**Traue deinen Ohren nicht!**

**Traue deinen Augen nicht!**

**RENN!**

Hinweis zur Aussprache: Forste By wird im Norwegischen ‚Foschte Bie' ausgesprochen.

**Contentwarnung:**

Um Ihnen nicht vorab Hinweise auf den Inhalt zu verraten, habe ich die Auflistung der sensiblen Themen, die in dieser Geschichte behandelt werden, an das Ende des Buches gesetzt.

PHILLIP L. PEROMIUS

# DER ANCHOR

2. Auflage, Jahr 2025

Verlag: BoD · Books on Demand GmbH,
Überseering 33, 22297 Hamburg, bod@bod.de

Druck: Libri Plureos GmbH, Friedensallee 273, 22763 Hamburg

Satz & Korrekturat: Skatch' Art by Stefanie Kleinevoß, Frankfurt

Lektorat: Jaqueline Modzel

Illustration: /@Creainting

ISBN: 978-3-7597-7925-0



Bibliografische Information der Deutschen Nationalbibliothek:
Die Deutsche Nationalbibliothek verzeichnet diese Publikation in der Deutschen Nationalbibliografie; detaillierte bibliografische Daten sind im Internet über dnb.dnb.de abrufbar.

*Dieses Buch widme ich mir selbst – für die Herausforderungen, die ich überwunden habe, und für die Kraft, immer wieder aufzustehen. Durch das Schreiben habe ich nicht nur vieles verarbeitet, sondern auch erkannt, dass ich mehr gewinnen kann, als ich jemals gedacht hätte. Trotz der Hindernisse, die mich gebremst haben, habe ich begonnen, mein wahres Potenzial zu entfalten – und dieses Buch ist der Beweis dafür.*

Die tobenden Wellen schleuderten das Schiff erbarmungslos umher, während Kapitän Veland Brown unerschütterlich am Steuerrad seines Segelschiffs stand.

Der Sturm entlud seine unbändige Wut über das aufgewühlte Meer. Gischt und Salzwasser peitschten gegen das Holz, die Wellen türmten sich bedrohlich auf, als wollten sie das Schiff in die Tiefe reißen.

Der Wind heulte und zerrte an den Segeln, als Veland verzweifelt gegen die entfesselten Naturgewalten kämpfte. Ein ohrenbetäubender Knall durchbrach die tosende Geräuschkulisse des Sturms. Mit einem donnernden Krachen brach ein Mast entzwei und stürzte herab. Splitter schleuderten und wehten in alle Richtungen und die Männer auf dem Deck schrien entsetzt auf.

John Hartley, der Bootsmann, kämpfte sich durch den Sturm zu Veland vor. »Kapitän! Der Rumpf hat schweren Schaden genommen! Wir nehmen Wasser auf! Das Schiff wird untergehen. Wir müssen es aufgeben, bevor es zu spät ist!«, schrie er gegen das Heulen des Windes an.

Velands Herz raste vor Angst. Er wusste, dass es keine Rettung für das Schiff gab und mit einer Mischung aus Verzweiflung und eiserner Entschlossenheit rief er über das Gebrüll des Sturms hinweg: »Alle Mann von

Bord! Das Schiff ist verloren! Rettet euch, solange ihr noch könnt!«

Ein blendend heller Blitz durchzuckte den pechschwarzen Himmel, traf das Hauptsegel des Schiffes und setzte es augenblicklich in Flammen. Das Feuer breitete sich rasend schnell über das hölzerne Schiff aus, seine sengende Hitze schien selbst den Sturm zu übertrumpfen.

Verzweiflung und Entsetzen griffen um sich, als einige Männer von herabstürzenden Splittern getroffen und von den Flammen verschlungen wurden.

Eine gigantische Welle schlug über das Schiff und spülte die Männer ins aufgewühlte Meer.

Veland hastete durch das bereits knöchelhohe Wasser zur Zelle der Gefangenen und riss die Tür auf.

»Das Schiff ist dem Untergang geweiht«, rief er, während der Sturm um sie tobte. »Solange ihr an Bord meines Schiffes seid, hat euer Leben noch einen Wert für mich und ihr bekommt noch eine Chance. Ich befreie euch, damit ihr überleben könnt.« Seine Stimme war von Dringlichkeit erfüllt.

Er befreite die Gefangenen, die sofort in Richtung Deck rannten, doch im trüben Licht der Laternen verlor er sie bald aus den Augen.

Ein großer Engländer blieb regungslos zurück. Ihre Blicke trafen sich und in diesem Moment sah Veland mehr als nur die erwartete Leere in den Augen des Mannes. Stattdessen erkannte er darin einen tiefen, glühenden Zorn, der von einer endlosen Trauer durchdrungen war – ein Schmerz, der weit über das Sichtbare hinausging.

Plötzlich erschütterte ein gewaltiger Stoß das Schiff - ein Spektakel, das die Sinne betäubte. Veland spürte die unbändige Kraft der Welle, die über das Schiff hereinbrach, und er klammerte sich an eine Stütze, um nicht von den Beinen gerissen zu werden.

Als er das kalte Wasser an seinen Knien bemerkte, fiel sein Blick zur Luke.

Hartley hatte recht: Wasser stand bereits im Rumpf und jetzt drang noch mehr Wasser ein, und Veland konnte sehen, wie der Wasserspiegel schnell stieg.

Der Engländer war durch den Stoß von der Bank gestürzt, Veland packte seinen Arm und half ihm auf die Beine.

»Komm schon, wir müssen hier raus!«

Gemeinsam kämpften sie sich durch das einströmende Wasser an Deck, in der Hoffnung, ein Rettungsboot zu erreichen.

Doch noch bevor sie an ihrem Ziel ankommen konnten, erfasste sie eine gewaltige Welle und riss sie mit unbändiger Kraft mit sich ...

Livia erwachte mit einem Ruck – mit dem Gefühl zu ertrinken. Das Salz des Meeres brannte in ihrem Mund und auf ihrer Haut, sie war klitschnass und zitterte. Es war nur ein Traum, aber er hat sich so echt angefühlt. Solche Träume plagten sie oft, zeigten ihr Dinge, die sie nicht verstand und deren Bedeutung ihr verborgen blieb. Sie wischte sich den Schweiß von der Stirn und sah auf ihren Wecker, es war kurz vor sechs und von unten hörte sie bereits die Stimmen ihrer Mutter und ihres Bruders.

Ihre Mutter, eine Krankenschwester, arbeitete oft in Schichten und ihr Bruder war Mechaniker und betrieb die hiesige Werkstatt, die er früh öffnete.

Livia sprang aus dem Bett, zog sich an und ging ins Bad. Sie putzte sich die Zähne und kämmte ihr widerspenstiges Haar. Ein kurzer Blick in den Spiegel zauberte ein Lächeln auf ihr Gesicht. Sie mochte ihr Aussehen: die grünen Augen, die Sommersprossen, das rote Haar – alles Erbe ihres Vaters.

Ihr Vater war ihr Held, er starb vor einigen Jahren bei einem Feuerwehreinsatz, doch die Erinnerungen an ihn waren noch lebendig. Sie dachte gern an die gemeinsamen Campingausflüge in die Wildnis Schwedens und Norwegens. Er hat ihr die Besonderheiten der Natur, die Eigenarten der dort lebenden Tierarten und die Sternbilder mit ihren Bedeutungen beigebracht und ihr versprochen, dass sie alles sein und tun kann, wenn sie mit einem offenen und lernwilligen Geist durchs Leben geht.

Ihre Mutter hingegen sprach nur ungern über ihn, sie war nie einverstanden mit seiner Berufswahl gewesen, hatte Angst und Wut in sich getragen. Sie nannte ihn unverantwortlich und egoistisch, warf ihm vor, sie im Stich gelassen zu haben. Für sie war er kein Held, sondern ein Narr, weil er sich regelmäßig in brennende Häuser und Gebiete begab, obwohl er eine Familie hatte, die auf ihn angewiesen war. Livia verstand ihre Mutter nicht, sie liebte ihren Vater und vermisste ihn schmerzlich.

Sie ging zu ihrer Mutter in die Küche. »Ist Ansgar schon weg?« Ihre Mutter nickte und kaute auf ihrem Brot. Sie sah müde aus, aber lächelte. »Du bist aber früh dran, was ist los?«

Livia zuckte nur mit den Schultern und murmelte: »Bin einfach heute mal früher aus dem Bett gefallen.« Sie vermied den Blick ihrer Mutter, unsicher, ob sie von ihrem Traum sprechen wollte.

Sie schüttelte den Kopf. Heute war keine Zeit für Träumereien, sie hatte eine Mathearbeit vor sich, die wichtig für ihre Zukunft war. Sie wollte so weit wie möglich von diesem Ort wegkommen und die Welt sehen, Abenteuer erleben und etwas bewirken. Sie aß schnell auf und machte sich auf den Weg zur Schule.

Es war noch stockfinster, als sie durch den frischen Schnee stapfte, der unter ihren Füßen knirschte und im Sternenlicht funkelte. Sie zog ihren Mantel enger um sich, atmete die kalte, klare Luft ein und ging an vereinzelten Häusern vorbei, in denen schon Licht brannte. Die meisten Fenster waren aber noch schwarz. Sie sah die Rauchfahnen aus den Schornsteinen steigen und roch den Duft von Kaffee.

Nach einer Weile erreichte sie das Zentrum der kleinen Stadt Gards Träsk. Dort stand die alte Ruine, die sie jeden Tag passieren musste, es war das Haus, in dem ihr Vater umgekommen war. Es war vor Jahren bei einem Brand zerstört worden und niemand hatte es je wieder aufgebaut. Es war ein trauriger Anblick – ein Mahnmal für den Verlust, den sie erlitten hatte.

Livia blieb stehen und holte eine rote Rose aus ihrer Tasche, die sie aus dem kleinen Laden hatte, der sein Gemüse in einem überschaubaren Gewächshaus neben dem Haus anbaute und daneben noch eine kleine Auswahl Blumen verkaufte. Sie ging zu dem verkohlten Torbogen, der noch stand, und legte die Rose davor.

Seit ihr Vater gestorben war, tat sie dies an jedem besonderen Tag – wie heute, an seinem Geburtstag, und auch morgen, an Nikolaus, würde sie ihm eine Rose hinlegen. Es war ihr Ritual, ihr Zeichen der Erinnerung und der Liebe.

Sie schloss die Augen und dachte an ihn, sie dachte an seine Stimme, sein Lachen, seine Umarmungen. Sie dachte an die guten Zeiten, die sie mit ihm verbracht hatte. Sie dachte an seine Worte, seine Ratschläge, seine Träume.

Dann spürte sie einen Stich in ihrem Herzen und eine Träne lief ihr über die Wange. Livia vermisste ihn so sehr und mit dem Blick auf das Haus öffnete sie die

Augen. Ihr war klar, was sie wollte - ihren Vater mit Stolz erfüllen. Sie atmete tief ein und aus, richtete sich auf und ging weiter.

Auf der anderen Straßenseite befanden sich ein American Diner und eine alte Poststation. Das Diner war noch geschlossen, aber sie konnte die roten Stühle und die weißen Tische durch das Fenster sehen.

Das war der Ort, wo sie oft mit ihren Freunden hinging. Sie verbrachten dort viel Zeit, wenn sie nichts anderes zu tun hatten. Sie lachten, redeten, hörten Musik, aßen Pfannkuchen und tranken Kakao.

Sie ging weiter an der Polizei, der Feuerwehr und dem Krankenhaus vorbei. Die Polizei war eine mittelgroße Wache, die aus drei Wagen und sieben Angestellten bestand. Die Feuerwehrwache war klein, nur ein paar Fahrzeuge und eine Handvoll Freiwillige. Doch beim Anblick der Wache spürte sie ein leichtes Ziehen in der Brust - eine Erinnerung an das, was sie verloren hatte. Seit dem Tod ihres Vaters lösten die Wache und das Heulen der Sirenen ein unbehagliches Gefühl in ihr aus, das sie nie ganz loslassen konnte.

Das Krankenhaus war das einzige Gebäude, das etwas moderner aussah. Es war ein flacher Bau aus Beton und Glas, mit einem roten Kreuz an der Fassade. Livia hatte dort schon als Praktikantin gearbeitet und half den Schwestern und Ärzten, wo sie konnte. Häufig konnte sie sich nicht entscheiden, ob sie die Arbeit interessant und abwechslungsreich oder anstrengend und traurig fand. Denn Menschen, die leiden oder sterben, gehörten dort zum Alltag.

Die Straße endete in einem großen Wendekreis.

Dort begann der Weg zur alten Schule, die aus roten Ziegelsteinen gebaut war. Neben ihr stand die Bibliothek. Beide Gebäude sahen aus, als hätten sie schon immer hier gestanden. Sie waren von Schnee bedeckt und wirkten wie aus einer anderen Zeit.

Sie sah die hohen Fenster und die schweren Türen, das Knarren des alten Holzes und das Rascheln von Papier, das durch die offenen Fenster getragen wurde, drangen an ihre Ohren.

Sie stieg die steinerne Treppe hinauf und ging hinein. Ein abgestandener Geruch von Staub und verwittertem Holz schlug ihr entgegen. Sie folgte dem Gang mit dem grauen Boden und den gelben Wänden. Diese Wände – sie hasste sie. Dieses grelle, eintönige Gelb, das allgegenwärtig war und sie daran erinnerte, wie fest sie in dieser Stadt steckte. Das Gelb wirkte aufdringlich und doch leblos zugleich, wie eine ständige Erinnerung daran, dass sich hier nie etwas veränderte. Alles blieb gleich, Tag für Tag. Es war, als ob diese Wände sie in einer trostlosen, sich endlos wiederholenden Welt festhielten.

Sie kam an ihrem Klassenzimmer an, öffnete die Tür und sah sich um. Keiner ihrer Freunde war da. Sie ging zu dem ersten Tisch, an dem zwei Mädchen redeten. »Guten Morgen, ist Hanna schon da?«, fragte sie. Die Mädchen schüttelten den Kopf. »Hm, komisch, sie ist doch sonst immer die Erste.«

Livia ging zu ihrem Platz, setzte sich und schlug ihr Mathebuch auf. Sie wartete auf Hanna, während sie ihre Matheaufgaben durchging. Sie versuchte, sich zu konzentrieren, aber ihr Traum ließ sie nicht los …

»Brot oder Cornflakes?«, fragte Helga Asgirsson, Hannas Mutter, die mit einem Buttermesser in der Hand in der Küche stand. Sie sprach zu ihrer Tochter, die noch verschlafen am Küchentisch saß. »Hey, hast du mich gehört? Was ist denn heute mit dir los?«

Hanna schaute auf und deutete auf die Cornflakes. Sie streckte sich, fuhr mit ihren Fingern durch ihr langes blondes Haar und seufzte tief.

»Ich kann dir nicht sagen, was los ist. Ich habe nicht so gut geschlafen und bin etwas schlecht drauf. Diese Träume werden von Mal zu Mal komischer.«

»Wenn du mir erzählen möchtest, was du geträumt hast, tu dir keinen Zwang an«, bot ihre Mutter an.

Hanna schmunzelte: »Seit ein paar Tagen träume ich immer wieder dasselbe. Ich stehe an einem Steg und schaue auf eine Insel vor einer Bucht. Dem Wasser fehlt jegliche Bewegung, es ist glatt wie ein Spiegel. Die Insel ist von einem dichten Wald bedeckt und in der Mitte ragt ein hoher Berg auf. Auf der anderen Seite der Bucht steht ein Mann - ganz in Schwarz. Er steht auf dem Wasser, als ob es fester Boden wäre. Ein weißes Auge schimmert mich an. Er hebt seine Hand und von seiner Fingerspitze tropft Wasser.

Als der Tropfen auf die stille Oberfläche aufkommt, bebt es leicht. Ich drehe mich um und sehe eine riesige Welle, die auf mich zukommt. Dann klingelt der

Wecker und das war's.«

Hanna versuchte, sich nichts anmerken zu lassen, aber in Wahrheit beschäftigte sie der Traum sehr. Sie hatte das Gefühl, dass er eine Ahnung war, die sie warnen wollte und sie fragte sich, wer der Mann in Schwarz war und was er von ihr wollte.

Und warum träumte sie immer von dieser Insel? Sie hatte noch nie in ihrem Leben das Meer gesehen. Sie lebte in Gards Träsk, einer Kleinstadt im Polarkreis, wo es im Winter fast immer dunkel war und im Sommer fast immer hell. Sie hatte noch nie etwas anderes gekannt.

»Weißt du, Träume können manchmal seltsame Wege gehen, um uns zu sagen, was wir fühlen«, sagte ihre Mutter nachdenklich, ohne ihre Arbeit zu unterbrechen, »Vielleicht spiegelt dieser Traum einfach wider, wie sehr du deinen Vater vermisst. Er ist schon eine Weile nicht zuhause, und das macht sich auch in deinen Träumen bemerkbar.«

Sie hielt kurz inne, trocknete einen Teller ab und stellte ihn ins Regal.

»Der Mann in Schwarz könnte eine Verkörperung deiner Sehnsucht nach ihm sein, und die Insel und die Bucht, all das Unbekannte, könnten für die Unsicherheit stehen, die du empfindest, wenn er nicht da ist. Aber mach dir keine Sorgen, mein Schatz. Träume sind nur Träume. Sie können uns nichts anhaben.«

Mit einem sanften Lächeln fuhr sie fort, während sie ein Glas abtrocknete, »Ich weiß, wie sehr du ihn vermisst. Deine täglichen Briefe an ihn sind so voller Liebe und Sehnsucht. Es ist wirklich rührend zu sehen, wie du deine Gedanken und Gefühle mit ihm teilst, auch wenn er weit weg auf dem Meer ist. Diese Verbindung, die ihr habt, ist etwas ganz Besonderes.« Sie seufzte leicht und stellte das Glas ins Regal.

»Ich vermisse ihn auch sehr. Aber wir werden diese Zeit überstehen, wie wir es immer tun. Und denk daran, vor Weihnachten wird er sicher wieder hier sein. Dann können wir die Feiertage zusammen verbringen und all die schönen Dinge nachholen, die wir vermisst haben.«

Es wurde still in der Küche, nur das Ticken der Uhr war zu hören.

»Iss schnell auf und zieh dich an. Ich mache das noch schnell fertig und fahre dich dann. Sonst kommst du zu spät.«

Helga drehte sich um und machte sich weiter an den Abwasch.

Gesagt, getan. Hanna leerte die Schüssel, putzte ihre Zähne, zog Jacke und Schuhe an und keine fünfzehn Minuten später saßen sie im Auto auf dem Weg zur Schule.

Das Auto war ein alter Käfer, den Helga von ihrem Mann geschenkt bekommen hatte. Er war rot und hatte einige Beulen und Kratzer, aber er fuhr noch zuverlässig. Helga liebte ihn wie ein Familienmitglied. Er war das einzige Geschenk, das ihr Mann ihr je gemacht hatte.

Er war Fischer, der zwischen Island und Norwegen mehrere Wochen auf hoher See verbrachte. Er hatte lange dafür gespart, um ihr den Käfer zu kaufen, denn die Familie hatte nicht viel Geld.

Er war gerade auf einer seiner langen Touren und würde erst in ein paar Wochen zurückkehren. Hanna vermisste ihn sehr, aber sie sprach nicht gerne darüber. Sie wusste, wie hart er arbeitete, um für sie zu sorgen.

Sie fuhren an dem Diner und der Poststation vorbei und erreichten die Schule. Hanna sprang aus dem Wagen und rannte den Weg zum Gebäude entlang, die Treppe hinauf und stürzte noch vor dem Gong mit der Tür in den Raum. Sie schlängelte sich an den Tischen der bereits sitzenden Schüler vorbei und nahm neben Livia Platz.

»Das war aber knapp, bist doch sonst nie so spät dran«, flüsterte Livia Hanna zu. Sie schmunzelte und breitete ihre Bücher auf dem Tisch aus, nahm einen Bogen Papier aus der Tasche und fing an zu schreiben.

*Heute ist der 05.12.1984, auch wenn dich dieser Brief erst nach Nikolaus erreicht...*

Der Junge vor ihnen drehte sich um: »Na ihr zwei, habt ihr eure Stiefel auch gründlich geputzt, damit der Nikolaus euch morgen nicht vergisst?«

Livias blasse Haut wurde leicht rot und sie schmunzelte, ihre grünen Augen funkelten ihn an. »Aber natürlich, Otto, und guten Morgen.«

Dieser Junge war Otto Lund, ein schmächtiger Geselle mit braunem Haar und Hornbrille. Daneben saß Lars Larsson, ein groß gewachsener Junge mit blondem, kurzem Haar. »Was schreibst du da überhaupt?«, fragte er sie neugierig.

»Ich schreibe einen Brief an meinen Vater, so eine Art Tagebuch.« Sie lachte leicht und schrieb weiter.

Lars drehte sich um. »Guten Morgen, ihr beiden, habt ihr die Hausaufgaben von gestern schon fertig?«

Er hatte es nicht so mit Lernen und Hausaufgaben machen und verbrachte seine Zeit nach der Schule lieber in der Werkstatt neben der Tankstelle, um sich etwas dazu zu verdienen.

»Was denkst du denn?«, fragte Livia, »Würdest du dich mal mehr um die wichtigen Dinge kümmern, müsstest du nicht jeden Morgen versuchen, die Lösungen von uns zu bekommen. Zumal du doch eh bei Otto lebst und er scheint die Aufgaben ja auch gelöst zu haben.«

Otto, der sehr wissbegierig war und Bücher mindestens so sehr liebte wie Hanna, meldete sich zu Wort, »Wie soll er denn etwas lernen, wenn er nur am Abschreiben ist? Wir werden nächstes Jahr alle 18, wir sind keine Kinder mehr und wir sind im letzten Jahr. Bald ist die Schule zu ende, zumindest jetzt sollte er es alleine schaffen. Wenn wir unseren Abschluss haben, wird ihm auch keiner mehr helfen können.«

Lars, der mittlerweile sehr niedergeschlagen wirkte, stieß nur ein Raunen aus und richtete seinen Blick wieder nach vorne.

Plötzlich schlug die Tür zum Klassenzimmer auf und eine Dame mittleren Alters stapfte in den Raum. Diese Dame war Frau Holm, die Lehrerin der Klasse und zugleich Leiterin der Schule. Die Schule war sehr klein und hatte nicht mehr als drei Klassen: Vor-, Grund- und Oberschule. Das war total ausreichend für Gards Träsk, das verschlafene Örtchen im hohen Norden Schwedens, das an der Grenze zu Norwegen lag.

Anders als in größeren Städten blieb man hier in der Schule oft bis zum 18. Lebensjahr.

Da weiterführende Schulen in der Ferne lagen und die kalten Wintermonate den Zugang erschwerten, bot die Schule eine Art erweitertes Programm an, das sowohl Grund- als auch weiterführende Bildung abdeckte.

Die Schüler lernten hier alle Grundlagen und auch praktische Fähigkeiten, die man fürs Leben in der abgeschiedenen Region brauchte. In diesem System, das weniger strikt auf Altersgrenzen achtete, lernten jüngere und ältere Schüler häufig gemeinsam in einer Klasse – und das oft bis zum Ende ihrer Schulzeit.

»Kommt bitte nach vorne und legt mir eure Hausaufgaben auf den Tisch, danach räumt alles von euren Plätzen bis auf einen Stift und ein Radiergummi«, befahl sie. Ein Kratzen und Schleifen zog durch die Klasse, gefolgt vom Geräusch des knarrenden Holzbodens, als die Schüler der Reihe nach zum Pult gingen, um ihre Hefte abzulegen. Im Anschluss räumten sie ihre Plätze frei und Frau Holm verteilte die Klausuren.

»Ab jetzt ist Ruhe, in einer Stunde sammle ich die Arbeiten wieder ein«, sagte sie streng.

Livia schlug die erste Seite auf und fing an zu schreiben.

Das Lernen hatte sich bezahlt gemacht – die Aufgaben waren fordernd, aber nicht schwer.

Sie schaute auf und konnte an Lars' Körperhaltung erkennen, wie überfordert er war. Bei Hanna und Otto schien es gut zu laufen und nach einer Stunde war es geschafft.

Nach und nach sammelte Frau Holm die Arbeiten ein und entließ die Klasse in eine kurze Pause.

»Mann, warum war die Arbeit denn so schwer?«, jammerte Lars.

Livia beugte sich zu ihm runter: »Vielleicht solltest du mal anfangen zu lernen, statt deine ganze Zeit für andere Dinge zu verschwenden.«

Er stöhnte, richtete sich auf und ging zurück in den Raum. Die Pause war rum und nach und nach füllte sich die Klasse wieder mit den Schülern.

»Schlagt bitte Seite 38 in eurem Geschichtsbuch auf«, das Geräusch der aufschlagenden Bücher und das Durchblättern füllten den Raum wie ein Papierorchester.

»Hanna, bitte lies uns den Text auf dieser Seite laut vor.«

Hanna erhob sich.

»Im Jahr 1388 wurde die dänische Königin Margarethe I. von einer aufständischen Adelsfraktion als schwedische Herrscherin anerkannt. Nach ihrem Sieg über Albrecht von Mecklenburg im darauffolgenden Jahr wurden die skandinavischen Königreiche Dänemark, Norwegen und Schweden unter einem Regenten vereint. Im Jahr 1397 erfolgte die Krönung von Margarethes Neffen, Erich von Pommern, zum König der drei Reiche, wodurch die Kalmarer Union entstand. Diese politische Union dauerte bis 1523, als Schweden unter Gustav Vasa seine Unabhängigkeit von der Union erlangte, was das Ende der Union markierte ...«

Hanna las weiter, während die anderen Schüler ihr zuhörten.

Sie war fasziniert von der Geschichte, die sich vor ihren Augen entfaltete. Sie stellte sich vor, wie es wohl gewesen wäre, in dieser Zeit zu leben, welche

Abenteuer sie erlebt hätte, welche Gefahren sie überstanden hätte. Sie träumte davon, eines Tages die Welt zu bereisen und neue Orte zu entdecken. Sie wusste, dass sie bald die Schule verlassen würde, und sie freute sich auf die Zukunft.

Es war kurz vor 11, als der Gong zur Pause ertönte.

Die Schüler sprangen von ihren Plätzen auf und stürmten aus dem Raum. Sie freuten sich auf eine kurze Pause von dem Unterrichtsstoff. Doch einer von ihnen wurde aufgehalten.

»Nicht so schnell, Herr Larsson. Wie mir beim Durchblättern der Hausaufgaben auffiel, fehlt Ihre. Da ich davon ausgehe, dass Sie keine gemacht haben, werden Sie ab heute den Rest der Woche lang nachsitzen, um sie unter meiner Aufsicht in der Schule nach dem Unterricht zu bearbeiten.«

Lars seufzte und nahm sein Heft entgegen. Er wusste, dass er einen Fehler gemacht hatte, und bereute es. Er verließ das Klassenzimmer und traf vor der Tür auf seine Freunde.

Otto, Hanna und Livia sahen ihn mitleidig an. Sie wollten ihm helfen, aber sie wussten, dass er seine Lektion lernen musste. Er nickte ihnen zu und ging mit ihnen in die Pause. Er wusste, dass er die Schule bald verlassen würde, und er fürchtete sich vor der Zukunft.

Hanna, Livia, Otto und Lars ergatterten den letzten freien Tisch in der kleinen Kantine und packten ihre Brote aus.

Lars' tiefes Seufzen unterbrach die Stille am Tisch, die nur von gelegentlichem Schmatzen gestört wurde. Er biss in sein trockenes Käsebrot und schob es mit einem Schluck Wasser hinunter.

»Wie kann sie mir nur Nachsitzen aufbrummen?«, klagte er. »Wie soll ich denn jetzt meiner Arbeit in der Werkstatt nachkommen, wenn ich den ganzen Tag hier festsitze?«

Er sah seine Freunde flehend an, als ob sie ihm eine Lösung bieten könnten. Alle am Tisch legten ihre Brote nieder und blickten fragend in seine Richtung.

Die erneute Stille wurde von Otto durchbrochen, der aufstand, um seinen Müll in den Mülleimer an der Tür zu bringen.

»Wir hatten das Thema doch erst kurz vor dem Unterrichtsbeginn«, sagte er vorwurfsvoll.

»Und nicht nur dann, wir sagen dir schon die ganze Zeit, dass du aufpassen musst.«

Er schüttelte den Kopf, warf seinen Beutel in den Eimer und setzte sich wieder.

»Jetzt musst du halt den Rest der Woche nachsitzen, aber vielleicht bringt es ja endlich mal was.«

Diese Worte kamen von Hanna, die ihn

erwartungsvoll anschaute. Sie hatte ein leises Lächeln auf den Lippen, als ob sie sich insgeheim freute, dass er endlich seine Lektion lernte.

Sie war immer die Beste in der Klasse und hatte kein Verständnis für Lars' Faulheit.

Lars ließ seinen Kopf auf den Tisch sinken, stieß einen Seufzer aus und vergrub sich in seinen Armen. Er spürte, wie die Blicke seiner Freunde auf ihm ruhten, aber er wollte ihnen nicht in die Augen sehen. Sie hatten recht, aber er konnte sich einfach nicht für die Schule begeistern. Er wollte lieber in der Werkstatt sein, wo er als Aushilfe arbeitete, dort half er Ansgar, ein altes Segelboot zu reparieren, das dieser in der Werkstatt stehen hatte. Es war ein spannendes Projekt, das Lars viel Spaß machte. Er hatte gehofft, dass er heute Nachmittag mit ihm daran arbeiten könnte, aber nun war alles ruiniert.

»Hat dein Vater dir eigentlich pünktlich zu Nikolaus einen Brief geschickt?«, fragte Livia Hanna ganz aufgeregt.

Sie wechselte das Thema, um die Stimmung aufzuhellen. Sie wusste, dass Hanna sich immer Sorgen um ihren Vater machte, der als Fischer in der norwegischen See arbeitete. Er war schon seit Wochen weg und hatte sich nur selten gemeldet. Livia hoffte, dass er ihr wenigstens zu Nikolaus eine Überraschung geschickt hatte.

»Nein, leider nicht. Kein Lebenszeichen, nicht einmal ein Anruf, obwohl er normalerweise Bescheid gibt, wenn er Landgang hat. Das passt eigentlich gar nicht zu ihm, vor allem, wenn er so lange weg ist.

Vielleicht übertreibe ich auch nur – Nikolaus ist ja erst morgen. Und wenn ich nachher zu Hause bin, warten bestimmt schon ein Haufen Briefe von ihm auf mich.«

Sie kämpfte tapfer darum, ein Lächeln zu zeigen, aber in ihren Augen spiegelte sich unübersehbar die tiefe Traurigkeit wider. Jedes Zucken ihrer Lippen war ein mühsamer Versuch, den Schmerz in ihrem Herzen zu verbergen. Doch die Furchen auf ihrer Stirn und die zitternde Unsicherheit in ihrem Blick verrieten ihre wahre Gefühlslage.

Der Verlust ihres Vaters wog schwer auf ihrer Seele, und die Leere in ihrem Leben schien mit jedem Tag größer zu werden. Die Sorge um sein Wohlergehen lastete wie ein bleierner Mantel auf ihren Schultern, drückte sie nieder und raubte ihr den Schlaf. Jede Minute, die er fernab war, fühlte sich an wie eine Ewigkeit voller quälender Ungewissheit.

Die Gedanken an die Gefahren, die in der eisigen Weite der norwegischen See lauerten, quälten sie unaufhörlich.

Bilder von tosenden Stürmen, unerbittlichen Eisbergen und den unberechenbaren Kreaturen des Nordens fanden ihren Weg in ihre Gedanken und verstärkten ihre Angst.

Sie konnte sich kaum vorstellen, welche Prüfungen ihr Vater in dieser lebensfeindlichen Umgebung bestehen musste, und jeder Augenblick des Wartens fühlte sich an wie eine schmerzhafte Ewigkeit.

Trotz aller Bemühungen, sich Mut zuzusprechen, blieb ein nagender Zweifel in ihrem Inneren zurück.

Die Hoffnung, dass ihr Vater bald sicher nach

Hause zurückkehren würde, war das einzige Licht in der düsteren Dunkelheit ihrer Gedanken, doch es flackerte unsicher, von Ängsten und Unsicherheiten bedroht.

»Ach, wird schon nichts sein«, erwiderte Livia beruhigend. Sie nahm Hannas Hand und drückte sie sanft. »Er ist nun mal Fischer. Du sagst doch selbst immer, dass er über Wochen auf dem Meer ist und nur dann Briefe senden oder anrufen kann, wenn er Landgang hat. Da kann man wohl nicht immer davon ausgehen, dass ein Brief pünktlich kommt und wie du schon sagst, nachher werden sicher ein Haufen Briefe auf dich warten.«

Sie versuchte, einen Scherz zu machen, aber spürte, dass Hanna nicht lachte.

Ein Teil von ihr wünschte, sie könnte mehr tun, um Hanna zu helfen – und doch war sie selbst kaum in der Lage, mit dem Verlust ihres Vaters umzugehen. Die eigene Trauer saß tief, machte sie hilflos und verschloss ihr die Worte. Wie sollte sie Stärke zeigen, wenn sie selbst noch auf wackeligen Beinen stand?

Hanna bemerkte die kippende Stimmung und es fiel ihr wie Schuppen von den Augen.

»Oh, verdammt, Liv, es tut mir so leid! Ich jammere dir hier die ganze Zeit die Ohren voll, weil ich keine Briefe von meinem Vater bekomme, und dabei ist heute der Geburtstag deines Vaters. Es tut mir wirklich leid … wie geht es dir?«

Livia fühlte sich ertappt und rang sich ein Lächeln ab. »Alles gut, mach dir keine Sorgen um mich. Es ist schon so viele Jahre her, auch wenn es an Tagen wie heute schwerer ist. Das Einzige, was mich wirklich trifft, ist, dass es meiner Mutter an solchen Tagen völlig egal zu sein scheint.« Sie zuckte die Schultern. »Also, wirklich, mach dir keine Gedanken um mich. Wenn es dir schlecht geht, erzähl mir davon – dafür sind Freunde doch da.«

»Das stimmt schon«, erwiderte Hanna und schenkte ihr ein dankbares Lächeln.

»Na siehst du, du lächelst! Also mach dir keine Sorgen, Hanna.« Livia nahm noch einen Bissen und sah zur Uhr. »Lass uns aufessen, die Pause ist gleich rum.«

Sie beendeten ihre Mahlzeit, und gerade, als sie den letzten Bissen genommen hatten, ertönte die Glocke. Gemeinsam gingen sie zurück in den Unterricht.

Der Rest des Tages verlief ohne große Aufregungen. Um 14:30 Uhr ertönte die Schulglocke das letzte Mal für diesen Tag und beendete den Unterricht.

Es war immer noch dunkel, nicht verwunderlich für den hohen Norden, an dem die Polarnacht dafür sorgte, dass die Sonne für einige Tage nicht aufging und die Dunkelheit die Oberhand gewann, nur vereinzelt erhellten Laternen ihnen den Weg. Der Schnee fiel unaufhörlich, als sich Hanna, Livia und Otto durch die Straßen Gards Träsks begaben.

Sie zogen ihre Mützen tief ins Gesicht und stampften durch die weiße Pracht. Sie spürten, wie die Kälte ihnen in die Knochen kroch, aber sie ließen sich nicht unterkriegen. Sie freuten sich auf das warme Diner, auf den heißen Kakao und auf die Gesellschaft ihrer Freunde.

Sie kamen an der Tankstelle mit der angrenzenden Werkstatt an, wo Ansgar arbeitete. Mit seinen 20 Jahren war er noch recht jung, um ein eigenes Unternehmen zu führen.

Er war groß gebaut, mit dichtem schwarzem Haar und kräftiger Statur – die er deutlich von seinem Vater geerbt hatte.

Obwohl er äußerlich seinem Vater ähnelte, fehlten ihm dessen markante roten Haare, Sommersprossen und grünen Augen. Stattdessen hatte Ansgar das dunklere Haar und die blauen Augen seiner Mutter.

Sie kamen am Tor an und sahen ihn hinter dem Boot stehen, das er für einen Kunden reparierte. Er war so vertieft in seine Arbeit, dass er sie nicht bemerkte.

»Hey Brüderchen, wir sind's.«, rief Livia in die Werkstatt.

»Wir wollten dir nur sagen, dass Lars heute nicht kommen kann, er muss nachsitzen.«

Ansgar schaute auf und lächelt.

»Hey, ihr seid ja früh dran. Kein Problem, ich komme auch ohne Lars klar. Das Boot ist fast fertig, ich muss nur noch ein paar Kleinigkeiten machen.«

Er strahlte vor Begeisterung und winkte sie zu sich, um ihnen das Boot zu zeigen. Es war ein altes Segelboot mit einem weißen Rumpf und einem roten Segel.

»Aber genug jetzt, wir wollen ja nicht zu spät kommen. Frey wartet bestimmt schon auf uns.«

Er führte die Freunde hinaus und schloss die Halle ab.

Wenig später erreichten sie das Diner und sahen Frey durch die Scheibe hinter der Theke stehen. Sie war die Freundin von Ansgar und 19 Jahre alt. Frey hatte blondes Haar, blaue Augen und eine schneeweiße Haut. Sie war relativ schüchtern und hatte außerhalb der Clique keine Freunde. Mit ihren 1,80 m überragte sie zudem die meisten anderen, was es für sie schwerer machte, sich anzupassen - zumindest in ihren Augen.

Kopps Diner war mehr als nur ein Diner - es war ein zweites Zuhause für Livia, Otto, Lars und Hanna. Seit sie sich vor 16 Jahren im Kindergarten kennengelernt hatten, verbrachten sie fast jeden Tag zusammen. Ihre Eltern waren schon damals alle befreundet und hatten sich regelmäßig mit den Kindern dort getroffen.

Inzwischen waren sie 17 Jahre alt, aber ihre Freundschaft war so eng wie am ersten Tag.

Der Besitzer und Vater von Frey, Johann Aström, hatte das Haus mit angrenzender Wohnung in den frühen 60ern gebaut, da er die Diner aus Amerika liebte und benannte es nach seinem Spitznamen. Er fand es immer sehr amüsant, wenn die Leute fragten, ob er Kopp heiße.

Das Diner hatte sechs weiße Tische - drei lange in der Mitte mit je acht roten Polsterstühlen und drei am Fenster, die sechs rote Polsterbänke zierten. Die Wand war mit Schallplatten-Covern tapeziert, die Johanns Musikgeschmack widerspiegeln. Neben der Tür zum Wohnbereich stand eine Jukebox, die immer eine Auswahl daraus spielte. Der Boden war schwarz-weiß gekachelt und glänzte vor Sauberkeit.

Frey, die, seit sie 16 war, im Diner mithalf, kümmerte sich liebevoll um die Gäste und das Essen.

Die vier betraten die Räumlichkeiten, die schon stark gefüllt waren, und vernahmen den Duft von frischen Pfannkuchen. Aus Richtung der Jukebox schallte ihnen »Mamma Mia« von ABBA entgegen.

Frey, die mit ihrem Vater gerade hinter dem Tresen stand und scheinbar diskutierte, lächelte ihnen zu und gab Ansgar einen Kuss, als er an ihr vorbeiging.

»Hey ihr, wie war die Schule und wo ist Lars?«, fragte sie in die Runde.

Die vier gingen zu ihrem Stammplatz am letzten Tisch und setzten sich hin.

Livia ergriff das Wort: »Also Lars muss nachsitzen, den werden wir die Woche wohl nicht mehr sehen. Was war gerade bei dir und deinem Vater los?«

Frey, die gerade an den Tisch kam, stellte dort viermal heißen Kakao ab und setzte sich. »Ah ok, dann weiß ich Bescheid, wird sicher seine Gründe haben, dass er nachsitzen muss. Ach, alles gut, er hat sich nur wieder etwas künstlich aufgeregt.«

Die vier bestellten ihre Pfannkuchen, die Frey ihnen kurz darauf brachte. Sie waren dick und fluffig, mit Ahornsirup und Butter bestrichen. Otto, der ein großer Fan von Pfannkuchen war, biss genüsslich in seinen ersten und seufzte zufrieden.

»Das sind die besten Pfannkuchen der Welt«, schwärmte er.

»Kein Wunder, dass du hier immer so viel isst«, neckte ihn Livia.

»Hey, das ist ein Wunder und kein Wunder ... du weißt doch selber, dass ich nie so viel essen würde, wenn es nicht lecker wäre«, verteidigte er sich.

Die vier lachten und genossen ihre Pfannkuchen. Sie fühlten sich wohl und geborgen im Diner, das sie so gut kannten. Sie kannten jeden Winkel, jede Macke, jede Geschichte. Sie kannten das Brandloch auf dem Tisch, das von einer Kerze stammte, die sie an Livias 13. Geburtstag angezündet hatten. Sie kannten die Risse in der Jukebox, die von einem Streit zwischen zwei betrunkenen Gästen herrührten, die sich nicht auf einen Song einigen konnten. Sie kannten die Unterschriften an der Wand, die von den vielen Freunden und Bekannten zeugten, die hier schon eingekehrt waren. Sie kannten das Diner wie ihre eigene Westentasche.

»Wisst ihr, manchmal habe ich das Gefühl, dieses Diner ist mehr Zuhause als mein eigenes Bett«, sagte Livia schmunzelnd, während sie ihren Kakao hochhob.

»Na, darauf sollten wir anstoßen«, erwiderte Ansgar mit einem breiten Grinsen und hob sein Glas.

»Auf das beste Diner der Welt«, fügte Hanna hinzu und stieß ihrs gegen Livias.

»Und auf uns, die besten Gäste, die es je hatte«, ergänzte Otto, wobei er gespielt selbstgefällig die Nase rümpfte.

Alle brachen in Gelächter aus, ihre Gläser klangen sanft aneinander, und für einen Moment schien die Welt perfekt.

Um 19 Uhr erhob sich die Gruppe schließlich und Livia und Ansgar begleiteten Hanna und Otto zur Tür, um sich dort von ihnen zu verabschieden. Es wurden noch ein paar letzte Worte gewechselt und Hanna umarmte Livia herzlich, bevor sie zusammen mit Otto in der kalten Abendluft verschwand.

Als die Tür hinter den beiden ins Schloss fiel, wandten sich Livia und Ansgar an Frey. »Sollen wir dir noch ein bisschen beim Aufräumen helfen?« fragte Ansgar, und Livia nickte zustimmend.

»Das wäre toll, danke euch«, antwortete Frey mit einem dankbaren Lächeln. Gemeinsam machten sie sich daran, das Geschirr zu spülen, die Tische abzuwischen und den Müll hinauszubringen, während das Diner langsam zur Ruhe kam.

Während Livia die letzten Teller abwischte, sah sie aus den Augenwinkeln in die Küche. Frey stand dicht neben Ansgar, ihre Hand leicht auf seinem Arm ruhend. Sie lächelte ihn an, und als er sich zu ihr hinunterbeugte, legte sie den Kopf an seine Schulter. Es war ein kurzer Moment, doch die Zärtlichkeit darin ließ Livia innehalten.

Sie beobachtete, wie sich ihre Lippen fast unmerklich berührten, ein zarter Kuss, der mehr sagte, als Worte es könnten. Livia fühlte ein leises Ziehen in ihrer Brust - eine Mischung aus Freude für die beiden und einer Melancholie, die sie nicht ganz einordnen konnte.

Es war ein stiller Moment der Verbundenheit, der ihr klar machte, wie tief die Beziehung zwischen Frey und Ansgar wirklich war.

Sie räusperte sich leise und wandte sich wieder den Tischen zu, während ein schwaches Lächeln ihre Lippen umspielte.

Sie waren müde, aber zufrieden, als sie sich schließlich von Frey und ihrem Vater verabschiedeten und gemeinsam nach Hause gingen.

Der nächste Tag begann wie jeder andere, Livia saß mit Otto und Lars in der Schule. Nur Hanna fehlte.

Die Tür öffnete sich und Frau Holm betrat den Raum. »Setzt euch, Hanna wurde von ihrer Mutter aufgrund von Krankheit entschuldigt«, ermahnte Frau Holm die Klasse.

Livia tippte Otto an, der vor ihr saß.

»Ihr ging es doch gestern noch gut, was soll sie denn haben, dass ihre Mutter sie von der Schule abgemeldet hat?«

»Ich habe keine Ahnung, wir sollten nach der Schule mal bei ihr vorbeigehen.«

Gesagt, getan: Nach der Schule machten sich Otto und Livia auf den Weg zum Diner, um Hanna etwas Gebäck zu kaufen.

Livia mochte die Auswahl, die Freys Vater anbot – eine bunte Mischung an süßen Köstlichkeiten, die sie und ihre Freunde sogar mit ausgesucht hatten. Neben den klassischen Donuts gab es hier auch Muffins, saftige Brownies, warmen Apfelkuchen, cremigen Käsekuchen und viele weitere Süßspeisen, die im Diner immer frisch zubereitet wurden. Livia fühlte sich fast ein bisschen stolz darauf, wenn sie daran dachte, wie ihre Ideen im Angebot gelandet waren und nun Teil des kleinen, gemütlichen Diners waren.

Der Schneefall machte das Vorankommen nicht

gerade angenehmer und so brauchten sie ein Vielfaches an Zeit, die sie sonst zum Diner unterwegs gewesen wären.

Nach einer Dreiviertelstunde betraten sie die warmen Räumlichkeiten.

Auf dem Weg zu ihrem Stammplatz hörten sie Gesprächsfetzen der anderen Gäste mit. Sie vernahmen Sachen wie:

»...armen Asgirssons...«

»...arme Mädchen. Was wohl aus ihnen werden sollte...«

Frey, die alles aufmerksam verfolgt hatte, eilte zu Livia und Otto.

»Kommt an den Tisch, ich erkläre euch alles« und führte sie an ihren Stammplatz.

»Raus mit der Sprache, Frey, was ist passiert? Und ich will nicht, dass du was auslässt«, funkelte Livia sie wütend an.

»Ja, ist ja gut, könnt ihr euch an die Diskussion zwischen mir und meinem Vater von gestern erinnern? Er erzählte mir dort, dass Hannas Vater verschollen war und vielleicht sogar gestorben ist.« ... »Ich wollte es euch gestern schon sagen, aber mein Vater trieb mir die Idee aus, aus dem Grund die Diskussion mit ihm.«

Livia und Otto schauten Frey mit großen Augen an. »Das meinst du jetzt nicht ernst, oder?«, fragte Livia aufgewühlt.

Frey setzte ein besorgtes Gesicht auf, »Doch, leider schon. Die beiden waren auch 15 Minuten vor euch hier, haben sich etwas zu essen geholt und sind dann nach Hause gefahren.«

Livia spürte, wie ihr die Tränen in die Augen stiegen. Sie konnte es nicht fassen. Hannas Vater war wie ein Onkel für sie gewesen.

Er hatte sie in ihrer schweren Zeit unterstützt, als ihr eigener Vater gestorben war. Er war ein guter Mensch. Und jetzt war er vielleicht tot. Sie stand auf und rannte zur Tür.

Sie rief Otto zu, dass er nach Hause gehen solle.

Ihre Beine trugen sie schneller zu Hannas Haustür, als sie es geahnt hätte. Sie hämmerte wie wild an die Tür, klingelte mehrfach, bis sich nach einer gefühlten Ewigkeit etwas regte.

Hanna öffnete die Tür, ihre Augen waren dick vor lauter Weinen. Sie wollte gerade etwas sagen, als Livia ihr weinend in die Arme fiel.

Beide Mädchen standen wortlos in der Eingangstür und um sie herum fing langsam an, ein kleiner Schneesturm zu toben.

Hanna zog Livia ins Haus und schloss die Tür hinter sich. Sie gingen ins Wohnzimmer, wo sie sich auf dem Sofa niederließen.

Livia hielt Hanna fest im Arm und streichelte ihr über den Rücken. »Es tut mir so so leid, Han, ich bin für dich da...«

Hanna schluchzte und kuschelte sich an Livia. Sie erzählte ihr, was die Polizei ihr und ihrer Mutter gestern gesagt hatte. »Sie sagten, dass das Schiff in einen Sturm geraten ist, als es auf dem Weg nach Norwegen war. Sie sagten, dass sie das Schiff an der Küste gefunden haben, aber ohne die Besatzung. Er und die anderen gelten als verschollen ...« Hanna brach erneut in Tränen aus. »Die Polizei sucht noch, aber die Hoffnung sei gering. Sie sagten, dass es vielleicht besser wäre, wenn wir uns auf das Schlimmste gefasst machen.«

Livia schüttelte den Kopf und sah Hanna mitfühlend an. »Das darfst du nicht glauben. Es gibt immer noch eine Chance, dass er lebt. Wir dürfen die Hoffnung nicht aufgeben. Vielleicht gibt es ja noch irgendwelche Hinweise oder Spuren, die uns helfen können.«

»Nein, es gibt nichts«, sagte Hanna bitter.

»Das einzige, was wir noch haben, ist die Info, dass der Kontakt zu dem Schiff am 03.12. abgebrochen ist. Die Polizei meinte, das wäre normal, weil die Verbindung in dieser Gegend oft schlecht ist. Aber das ist doch keine Erklärung, oder?«

Livia seufzte und drückte Hanna noch fester.

»Ich weiß es nicht, Hanna … ich bin genauso ratlos wie du. Aber wir müssen stark sein, auch für deine Mama … wo ist sie eigentlich?« Sorge lag in ihrer Stimme.

»Sie ist noch mal zur Wache gefahren, um zu sehen, ob es irgendwelche Neuigkeiten gibt. Sie wollte nicht, dass ich mitkomme.«

Hanna räusperte sich. »Livia, ich muss dir etwas erzählen. Etwas, das mir schon seit Tagen im Kopf herumspukt. Etwas, das mir Angst macht.«

Livia sah sie aufmerksam an. »Was ist es, Hanna? Du kannst mir alles sagen.«

Hanna atmete tief ein und aus. »Es geht um einen Traum, den ich immer wieder habe. Einen, der mir sehr real vorkommt.«

Livia runzelte die Stirn. »Einen Traum? Was meinst du?«

Hanna erzählte ihr, was los war. Sie erzählte ihr von der Insel, dem Mann in Schwarz, der Welle. Sie erzählte ihr, wie sie sich dabei fühlte. Sie erzählte ihr, was sie darüber dachte. Livia hörte ihr aufmerksam zu. Sie versuchte, den Traum zu verstehen. Sie versuchte, ihn zu deuten.

»Das ist ein merkwürdiger Traum, Hanna. Träume sind manchmal nur ein Spiegel unserer Ängste und Wünsche. Vielleicht hast du diesen Traum, weil du dir Sorgen um deinen Papa machst. Vielleicht hast du diesen Traum, weil du dir wünschst, dass er zurückkommt.«

Hanna schüttelte den Kopf. »Das sagte Mama auch, aber das glaube ich nicht. Dieser Traum ist anders. Er fühlte sich so real an.«

Livia sah sie skeptisch an. »Wie meinst du das?«

Hanna hob den Kopf und schaute sie mit ernstem Blick an. »Ich meine, dass dieser Traum mir vielleicht gezeigt hat, was Papa gesehen hat, was Papa gefühlt hat, was Papa gedacht hat.«

Livia schüttelte den Kopf und lächelte ungläubig. »Das ist doch Unsinn.«

»Livia, bitte, glaub mir. Ich weiß, wie es klingt. Ich weiß, dass es verrückt ist. Aber ich spüre es. Ich spüre, dass dieser Traum wichtig ist. Ich spüre, dass dieser Traum echt ist. Ich spüre, dass dieser Traum eine Verbindung ist. Eine Verbindung zu Papa.«

Hannas Stimme bebte leicht, ihre Augen flehten um Verständnis.

Livia ließ Hannas Worte auf sich wirken, dann atmete sie tief durch ...

»Ja, vielleicht hast du ja doch irgendwo recht mit dem, was du sagst. Ich hatte auch einen schlimmen Traum. Ich erinnere mich nicht an den Inhalt, aber es ist nicht das erste Mal, dass ich diesen Traum habe, und jedes Mal habe ich das Gefühl, ich würde ertrinken.«

Hanna schaute überrascht auf, »Was hat er zu bedeuten?«

Livia zuckte die Schultern und seufzte leise.

»Ich weiß es nicht. Ich weiß nicht, ob er etwas zu bedeuten hat. Ich weiß nur, dass es mir Angst gemacht hat, auch wenn ich glauben will, dass es nichts ist.«

Hannas Gesicht verdüsterte sich, »Ich habe auch Angst, Livia. Ich habe Angst, dass ich Papa nie wiedersehen werde.«

Livia nahm ihre Hand und drückte sie ganz fest.

»Wir sind nicht allein, Hanna. Wir haben uns. Du hast deine Mama und die anderen.«

Livia sah sich im Wohnzimmer um und bemerkte eine große Kiste, die in der Ecke stand.

»Was ist das für eine Kiste?«

Hanna wischte sich die Tränen aus dem Gesicht.

»Das sind die persönlichen Sachen meines Vaters, die die Polizei uns heute gebracht hat. Ich habe mich aber noch nicht getraut, sie zu öffnen. Würdest du mir dabei helfen?«

Hanna erhob sich von ihrem Platz und begab sich zur alten Kiste, die im Raum stand. Mit bedächtigen Schritten trug sie sie zum kleinen Sofatisch und hob den Deckel behutsam an.

Die Seemannskiste war aus robustem Eichenholz gefertigt, ihr Alter deutlich sichtbar an den kleinen Kratzern und Schrammen, die von Jahren des Gebrauchs zeugten. Die Oberfläche war mit einer schlichten, matten Lackierung versehen, die das Holz vor den rauen Witterungen der See geschützt hatte.

In dem Augenblick, als der Deckel sich öffnete, ergossen sich Erinnerungen über sie.

Eine Flut von Fotos, eingefangenen Momenten zwischen ihr und ihrer Mutter, säumte den Boden der Kiste. Darunter befanden sich unausgesprochene Worte in Dutzenden von Briefen, die ihr Vater nie abgeschickt hatte.

Neben diesen Zeugnissen der Vergangenheit fand sich sein Portemonnaie, welches ein Kinderbild von Hanna enthielt, ein alter Kompass und unter einem Berg von Wäsche ein ranziges, altes Buch.

Livia griff nach dem Stapel Briefe und durchblätterte sie mit einem Anflug von Ehrfurcht.

Jeder Brief war an Hanna adressiert - sogar einer für Nikolaus befand sich darunter.

Sie reichte Hanna den Nikolausbrief, der mit

zartem Papier und den Zeilen ihres Vaters gefüllt war. »Was schreibt er?«

Hanna unterbrach kurz, um ihre Fassung zu wahren, und erzählte dann mit leisen Wimmern in der Stimme, was im Brief stand.

»Er erzählt von seiner Tour und dass er Orcas gesehen hat. Er wünscht dir und mir ein schönes Nikolausfest. Zusätzlich schreibt er, dass er mich …« Ihre Stimme zitterte, als sie fortfuhr, »vermisst und hofft, dass die Tour bald vorbei ist, damit er schnell wieder zu uns kommen kann. Er liebt mich über alles, und es gibt keinen Tag, an dem er nicht an uns denken muss.«

Sie legte den Brief beiseite, erhob sich und begab sich in die Küche. Minuten vergingen, bevor sie mit Taschentüchern und Getränken zurückkehrte. Livia hatte die Zeit genutzt, um die Briefe zu sortieren. Auf dem Tisch lagen die restlichen Gegenstände, einschließlich des alten Buchs.

»Das Buch kenne ich«, ein Hauch von Melancholie lag in ihrer Stimme.

»Das ist sein Tagebuch, sein kleines Logbuch, das er wie einen Schatz gehütet hat.«

Sie nahm das Buch behutsam vom Tisch und öffnete es. Das Tagebuch, mit einem abgegriffenen braunen Einband und einem kleinen Anker darauf, verströmte den Duft vergangener Tage auf dem Meer.

Hanna blätterte bis zu den letzten Einträgen vor dem Abbruch des Kontakts.

25. November 1984, Tag 72 auf See: Der Fang fiel eher bescheiden aus. Der Captain entschied, den Kurs nach Island zu verlegen, während die Tage kürzer und die Nächte kälter wurden. Die Sehnsucht nach euch frisst mich auf, aber der Gedanke, bald wieder bei euch zu sein, treibt mich weiter an.

26. November 1984: Die Ruhe an Bord wurde gestört. Der Kahn musste durch ein Unwetter manövriert werden. Die See forderte ihren Tribut, der Fang blieb aus und die Entscheidung, das Island-Dreieck zu befahren, wurde vom Captain gefällt. Hoffentlich fällt der Fang die Tage besser aus.

27. November 1984: Unwohlsein zieht sich über Bord. Etwas stimmte wohl nicht mit dem Fisch. Wir kämpfen mit Schwindel und Fieber. Ich höre Stimmen in meinem Kopf, die nicht sprechen, sondern singen. Es liegt wohl am Fieber.

Die Einträge der folgenden Tage offenbarten eine zunehmende Unruhe an Bord. Träume und Halluzinationen begleiteten die Besatzung, während sich das Schiff im Island-Dreieck der nordöstlichen Küste Norwegens näherte.

Hannas Vater spürte eine Veränderung und den Wunsch, umzukehren. Der Eintrag vom 30. November 1984 berichtete von einem mysteriösen Mann in seinen Träumen, der sich dem Steg näherte.

Die letzten Einträge vor dem Abbruch des Kontakts am 2. Dezember 1984 offenbarten eine schaurige Entwicklung.

Der Mann aus den Träumen erschien vor ihm, seine Augen leer und sein Mund voller Schrecken. Hannas Vater hörte den Schrei seiner Tochter. Die Maschinen versagten, die Besatzung verschwand, und er blieb allein in der düsteren Stille des Dreiecks zurück.

Als Hanna die Worte ihres Vaters las, erstarb die Luft im Raum.

Die Hälfte der Seite und die nachfolgenden Einträge fehlten, und sie saß da wie ein Stein, unfähig, sich zu bewegen. Eine einzelne Träne rollte ihre Wange hinunter.

Livia, von der Schwere des Moments ergriffen, wagte es kaum zu fragen. »Was steht in dem Buch?«

Hanna hob den Blick und begann, Livia alles zu erzählen, was sie im Tagebuch gefunden hatte. Dabei unterbrach sie sich gelegentlich, um ihre Nase zu putzen.

»Irgendetwas ist mit Papa dort passiert, und er war irgendwo im Island-Dreieck. Ich höre zum ersten

Mal davon, aber ich glaube fest daran, dass er noch irgendwo da ist – und was mich noch mehr überzeugt, er hatte scheinbar denselben Traum wie ich«, sagte sie entschlossen. »Den einzigen aus dieser Stadt, den man über das Dreieck hätte fragen können, wäre mein Papa gewesen – sonst hat doch keiner Ahnung von der Seefahrt hier.«

Livia, die selbst keine Ahnung hatte, zuckte nur mit den Schultern.

»Wie wäre es, wenn wir morgen mal in die Bibliothek gehen? Ich glaube nicht, dass wir etwas finden, aber ich denke, ein wenig Ablenkung schadet dir jetzt nicht. Ich werde später mal mit meiner Mutter darüber sprechen, sodass sie mich für den Rest der Woche entschuldigen kann.«

Die Stunden vergingen, und Livia blieb noch eine Weile bei Hanna. Am späten Abend holte Ansgar sie ab. Auf dem Weg nach Hause wechselten sie kein Wort.

Bei ihrer Ankunft sprach Livia mit ihrer Mutter über Hanna und ihr Vorhaben. Glücklicherweise stimmte ihre Mutter der Idee zu, sodass Livia beruhigt ins Bett gehen konnte.

An diesem Morgen, der in der anhaltenden Dunkelheit des Polarkreises verweilte, schien die Nacht länger als die vergangenen Tage zu dauern.

Ein schwaches Dämmerlicht huschte am fernen Horizont entlang, während Livia in ihrem Bett erwachte. Die Kälte der Dunkelheit drang durch die Fenster und der Duft von frisch gebrühtem Kaffee und warmen Pfannkuchen durchdrang den Raum.

Sie erhob sich behutsam, spürte die Kälte des Bodens unter ihren Füßen und wandte sich dem Kleiderschrank zu. Das Knarren der Holzmöbel hallte durch die Stille des Hauses. Ihre Mutter konnte alles mit der Schule klären, sodass dem Besuch in der Bibliothek nichts im Wege stand.

Die Treppe hinabgestiegen, betrat sie die Küche, in der nur ein schwaches, flackerndes Licht die Schatten an den Wänden tanzen ließ.

Ansgar und ihre Mutter saßen schweigend am Tisch, die Schultern leicht gesenkt, als würde eine unsichtbare Last auf ihnen ruhen. Ihre Gesichter wirkten im Halbdunkel müde und angespannt.

Livia schnappte sich einen Teller und schob sich wortlos etwas von dem dampfenden Essen darauf, doch der Geruch, der sonst appetitlich war, schien sie heute nicht zu erreichen.

Im Schein der Kerze fiel ihr Blick auf die

Tageszeitung, die offen auf dem Tisch lag. Das Titelblatt war kaum zu übersehen – in großen Buchstaben prangte dort die Schlagzeile über das Verschwinden der Fischer und Hannas Vater.

Sie griff zögernd nach dem Blatt und las die bedrückenden Worte:

orrasverige

**Boot verliert Mannschaft**

Polizei und Küstenwache suchen mit vereinten Kräften nach den Vermissten. Am 03.12.1984 brach der Kontakt zu dem Fischerboot Matilda ab, am 05.12. wurde das Schiff an der Küste Norwegens gefunden, wenige Kilometer von Helnessund entfernt. Die Küstenwache versucht ihr Bestmögliches, um alle Männer wohlbehalten wiederzufinden.

Sie legte die Zeitung zurück, ihr Blick haftete einen Moment länger auf der trostlosen Schlagzeile.

Schweigend aßen sie weiter, und nur das leise Klirren des Bestecks auf den Tellern durchbrach die erdrückende Stille. Kein Wort wurde gewechselt, bis Livia sich schließlich erhob und sich auf den Weg machte. Die Straßen waren von einer undurchdringlichen Dunkelheit umhüllt, nur vereinzelte Lichter erleuchteten den Weg.

Hanna wartete bereits vor der Tür der Bibliothek, eingehüllt in mehrere Schichten Kleidung, um der Kälte zu trotzen.

»Mensch, Liv, ich dachte echt, du kommst gar nicht mehr. Ganze dreißig Minuten habe ich jetzt auf dich gewartet. Du weißt ganz genau, dass die Bibliothek um acht Uhr öffnet«, maulte Hanna, ihre Atemwolken in der kalten Luft sichtbar.

»Es tut mir sehr leid, aber wenn ich schon von der Schule abgemeldet werde, sollte ich wohl nicht mit all den anderen den Weg teilen, nur um dann statt in die Schule in die Bibliothek zu gehen.«

Hanna guckte sie schockiert an, da sie nicht mit so einer schnippischen Antwort gerechnet hätte.

Livia erwiderte den Blick und fing an zu lachen, da sie sich nie wirklich streiten konnten. Hanna erwiderte ein Lächeln und gemeinsam betraten sie die Bibliothek. Ein leichter Geruch von altem Papier und Holz schlug ihnen entgegen, warm und beruhigend, wie ein stiller Gruß aus längst vergangenen Zeiten. Sie begaben sich zu einem massiven Pult, an dem eine alte Frau saß – klein gewachsen und seit Jahren die Bibliothekarin. Ihr Gesicht trug die Spuren zahlreicher Winter, und ihre Augen funkelten wie Sterne in der Dunkelheit.

»Entschuldigen sie …«, fragte Hanna ganz höflich, »haben Sie hier zufällig Bücher über das Island-Dreieck?«

Die Augen der Bibliothekarin blitzten auf: »Wieso ist das Interesse für dieses verfluchte Dreieck momentan so groß? Gestern Abend war schon ein Mann von der Polizei hier und hat danach gefragt.«

»Wie, die Polizei hat nach dem Buch gefragt?«, erwiderte Hanna verwirrt.

Die Bibliothekarin guckte sie fragend an. »Ja, gestern Abend kurz vor der Schließung kam ein schmächtiger junger Mann Mitte 30 und wies sich als Polizist aus. Er brauchte dringend das Buch für seine Ermittlungen. Somit händigte ich ihm mein einziges Exemplar aus. Das Buch ist recht alt, müsst ihr wissen, und es wurden nicht viele davon gedruckt.«

»Hat der Mann gesagt, wann er das Buch zurückbringt?«

»Nein, er hat es auf unbestimmte Zeit mitgenommen. Ihr solltet vielleicht mal auf der Wache nachfragen, ob ihr einen Blick riskieren dürft.«

Die beiden nickten und bedankten sich. Mit diesen Informationen verließen sie die Bibliothek und traten zurück in die beißende Kälte. Der Schnee fiel in dichten Flocken, leise und unaufhörlich, während sie durch die Straßen liefen.

Nach drei Querstraßen erreichten sie die kleine Wache. Dort angekommen trafen sie auf den Polizisten, der Hanna und ihrer Mutter die traurige Kunde unterbreitet hatte.

»Guten Morgen, Kinder, gar nicht in der Schule heute?«, fragte Finn Larsson, der Vater von Lars und der Wachtmeister der kleinen Stadt.

»Nein, ich bin entschuldigt wegen der Sache mit Papa, und Livia steht mir etwas bei. Hoffe, das ist in Ordnung für Sie, Herr Larsson. Livias Mutter weiß Bescheid und hat sie entschuldigt.«

Wachtmeister Larsson sah die beiden

verständnisvoll an. »Überhaupt kein Problem, ich sehe mal darüber hinweg und hoffe, dass es dir bald wieder gut geht. Was kann ich für euch beide tun?«

Die Mädchen erzählten Herrn Larsson von dem Buch, das sie suchten und dass ein Polizist dieses mitgenommen haben sollte für Ermittlungen.

»Stopp, Stopp«, unterbrach er die beiden. »Keiner meiner Leute hat irgendetwas aus der Bibliothek holen sollen. Die Ermittlungen über das Verschwinden deines Vaters obliegen ganz der Küstenwache und der norwegischen Polizei. Wir erhalten lediglich Aktualisierungen über den Vorgang.«

Er stieg in seinen Wagen. »Wir werden der Sache mit dem vermeintlichen Polizisten trotzdem einmal nachgehen. Und du, mach dir keine Sorgen, es wird sicher alles gut, deinem Vater, dem alten Seebären, kann niemand so schnell was ...«, zwinkerte er und Hanna lächelte zurück. Dann fuhr er davon.

Es war ein schöner Tag im polaren Dämmerlicht, das den Horizont in sanfte Schatten tauchte. Die Häuser und Laternen wirkten wie Silhouetten in der Dunkelheit, während die Schneeflocken unaufhörlich vom Himmel tanzten. Auf den Gehwegen hatten die Bewohner vereinzelt Schneisen in die weiße Decke geschaufelt, die jedoch kaum gegen den stetig fallenden Schnee ankamen. Ein Schneepflug bahnte sich seinen Weg durch die Hauptstraße, das metallische Knirschen seiner Schaufel hallte durch die Stille.

An der Einfahrt des Krankenhauses fuhr ein Krankenwagen mit blinkenden Lichtern auf die Straße, seine Sirene wurde erst in der Ferne lauter. Gleichzeitig näherte sich der Postbote mit seiner Tasche voller Briefe. Er nickte den beiden zu und grüßte freundlich, bevor er weiterzog, seine Fußspuren rasch vom Schnee verschluckt.

An der nächsten Kreuzung blieben sie stehen. Hier befanden sich die Post und direkt daneben das kleine Diner, dessen warmes Licht durch die beschlagenen Fenster nach draußen drang. Von hier führte der Weg geradeaus an der alten Ruine vorbei, bevor man das Viertel erreichte, in dem Livia wohnte. Es war eine ruhige Gegend mit mehreren Holzhäusern. Rechts abzubiegen bedeutete, am Diner vorbeizugehen und in Richtung von Hannas Haus weiterzugehen, das in einer kleinen Nachbarschaft lag, wo auch Otto und Lars wohnten.

Geistesabwesend und in ihren Gedanken versunken, hatten ihre Beine sie wie von Geisterhand zum Diner getragen. Als sie bemerkten, vor welcher Tür sie gelandet waren, mussten sie lachen und betraten schließlich das Lokal. Es war weniger gefüllt als an den Abenden, da jetzt so gut wie alle Bewohner der Stadt ihrem Tagewerk nachgingen.

Auch Frey, die wieder wie wild am Arbeiten war, hetzte von Tisch zu Tisch, um die Gäste schnell zu bedienen. Als sie Hanna sah, stellte sie ihr Tablett ab, rannte auf sie zu und schloss sie ganz fest in ihre Arme. »Es tut mir so leid, Hanna. Wenn du irgendwas brauchst, sind wir auf jeden Fall für dich und deine Mutter da. Entschuldige auch bitte mein Verhalten gestern. Ich wollte nicht so distanziert wirken, wusste aber auch nicht, wie ich mit der ganzen Sache umgehen sollte. Ich hoffe, du kannst mir verzeihen.«

Hanna, die wieder ein paar Tränen in den Augen hatte, umklammerte sie ebenfalls: »Es ist schon gut. Ich habe keinen Grund, dir böse zu sein.«

Frey, die sichtlich erleichtert wirkte, bot den beiden einen Platz am Tresen an. »Euren Stammplatz kann ich euch leider nicht geben. Wusste ja nicht, dass ihr zu dieser Zeit hier ankommen würdet. Dort sitzt jetzt dieser schmierige Mann, ganz komischer Kauz, muss ich euch sagen.«

»Wie meinst du das, Frey?«, fragten die beiden, während sie ihre Limonade tranken, die Frey vor sie gestellt hatte.

»Ach, er kam hier vollgepackt mit Büchern und Karten rein, besetzte den letzten Tisch und bestellte einen Kaffee nach dem anderen. Scheinbar macht er die ganze Zeit irgendwelche Notizen und misst etwas aus.«

Von Neugier gepackt, schauten die Mädchen sich den Mann etwas genauer an. Ein Blick genügte, und ihnen wurde klar, dies war der vermeintliche Polizist, der sich das Buch unter den Nagel gerissen hatte.

Am hinteren Tisch saß ein schmächtiger Mann. Man sah ihm an, dass er nicht viel aß oder schlief. Sein Gesicht war recht knochig, und seine langen Haare lagen vor Fett triefend auf seinen Schultern.

Livia sprang auf, ihre Augen voller Entschlossenheit und ging zielstrebig auf ihn zu. Ohne zu zögern, setzte sie sich an seinen Tisch. Hanna folgte ihr mit kleinen Schritten und nahm neben Livia Platz.

Der Mann hob nur kurz den Kopf, seine Augen funkelten vor Ärger, als er scharf sagte: »Was soll das? Wer seid ihr, und was wollt ihr an meinem Tisch? Habt ihr keine Manieren? Verschwindet, ich arbeite hier!«

»Ach, Arbeit nennen wir das, Mr. Polizist?«, antwortete Livia schnippisch. »Ich weiß nicht, wer Sie sind, aber von der Polizei sind Sie auf jeden Fall nicht. Am besten kooperieren Sie mit uns, oder ich muss den Wachtmeister darüber in Kenntnis setzen.«

Der Mann schnaubte verächtlich und verdrehte die Augen. »Kooperieren? Mit euch? Ich schulde euch gar nichts! Verzieht euch, bevor ihr euch Ärger einhandelt. Ich habe keine Zeit für solch kindischen Unsinn.«

Livia blieb ruhig, obwohl seine Worte deutlich schärfer wurden. »Nun, wenn das so ist ...« Sie erhob sich langsam und griff nach ihrer Tasche. »Ich denke, ein Anruf bei der Polizei wird die Situation schnell klären.«

Als sie sich zum Gehen wandte, stieß der Mann wütend die Luft aus, sein Blick wurde finster. »Warte.« Er zögerte, bevor er widerwillig nachgab. »Ja, ist ja gut, nur bitte keine Polizei«, erwiderte er mit einem resignierten Seufzen. »Was wollt ihr wissen?«

Die Mädchen erzählten dem Mann über das Verschwinden von Hannas Vater, aber die Sache mit dem Tagebuch behielten sie für sich. Der Mann hörte den Mädchen und ihren Vermutungen stillschweigend zu, ohne sie zu unterbrechen.

»Ich muss wohl erst einmal mein Beileid aussprechen. Ich kann dich und deine Beweggründe voll und ganz nachvollziehen, Hanna. Auch mir geht es nicht anders.« Ein kurzes Innehalten, ein Moment der Stille, dann öffnete der Mann wieder seine Augen, holte tief Luft und begann zu erzählen. »Mein Name ist Peter Hoffmann. Ich bin Geschichtslehrer aus Deutschland. Vor drei Jahren ist mein Bruder auf ähnliche Weise verschwunden. Ich gehe nicht davon aus, dass ich ihn lebend wiedersehen werde, aber zumindest erwarte ich mir von der ganzen Sache Antworten, die mich wieder ruhig schlafen lassen können.«

Hanna und Livia warfen dem Mann einen betroffenen Blick zu.

Peter machte eine kurze Pause, seine Augen zeugten von Jahren des Leidens. Er nahm einen großen Schluck von seinem schon kalten Kaffee. Die Tasse noch immer in der Hand haltend, setzte er seine Erzählung fort. »Er hat vor ein paar Jahren eine Tour mit seinen Freunden gemacht, Norwegentour nannten sie es. Sie wollten von Tromsø aus bis zu den Lofoten fahren und dann weiter nach Süden. Kurz darauf kam die Meldung, dass er und seine Freunde spurlos verschwunden sind. Offiziell wurde uns gesagt, dass in diesen Gebieten Menschen gelegentlich verschwinden, sei es durch die Natur, Unfälle oder andere Umstände. Aber weitergehende Antworten? Fehlanzeige.«

Er stellte die Tasse ab, seine Hände zitterten leicht. »Es war leider länderübergreifend schwierig, Informationen zu bekommen. In Deutschland hatte niemand Zugang zu den norwegischen Ermittlungsakten, und die Kommunikation mit den Behörden vor Ort war zäh. Mal fehlten Übersetzungen, mal waren die Informationen widersprüchlich. Keiner konnte mir genau sagen, wo sie das letzte Mal gesehen wurden oder was genau passiert sein könnte. Die Behörden schienen... desinteressiert, als sei das alles nur ein weiterer Fall auf einer langen Liste.«

Peter hielt kurz inne, zog dann aus seinem Koffer eine zerfledderte Sammlung alter Zeitungen hervor, die er behutsam auf den Tisch legte. »Also bin ich irgendwann allein losgezogen. Ich habe mein Erspartes zusammengekratzt, meinen Job in Deutschland auf unbestimmte Zeit pausiert und bin nach Norwegen gereist. Ich habe jede noch so kleine

Spur verfolgt – Einträge in alten Zeitungen, Gespräche mit Einheimischen, Gerüchte, die ich aufgeschnappt habe.« Er blickte auf die Zeitungen vor sich, als würden die vergilbten Seiten die Antworten enthalten, nach denen er so lange suchte. »Ich will nicht aufgeben, nicht bevor ich weiß, was mit ihm passiert ist. Selbst wenn ich nie wieder ein Lebenszeichen bekomme – ich brauche Gewissheit.« Mit einem Finger deutete er auf einen vergilbten Artikel vom 16. September 1949. »Hier. Lies das.«

Hanna griff nach der Zeitung.

**16. September 1949**

# 40 Männer verschwunden

Die Stadt Forste By ist im hellen Aufruhr. Die aus den Ruinen wiedererrichtete Stadt steht nun vor dem Scherbenhaufen ihrer Existenz.

Nach einem Jahr des Wohlstandes müssen die Bewohner ihrer Stadt den Rücken kehren Theodore Beckmann und sein Sohn Mortimer Beckmann, die vor einem Jahr die Eisengießerei auf der Insel vor Forste By erbaut haben, sind tot.

Sie und ihre Angestellten sind vor einigen Tagen verschwunden. Die Behörden haben keine Anhaltspunkte. Heute in den frühen Morgenstunden wurden ihre leblosen Körper am Hafen Forste Bys angespült.

Der Tod von zwölf weiteren Personen wird dem verseuchten Fischgrund zugesprochen.

Das Verschwinden von Mitgliedern der Rettungskräfte bleibt ungeklärt und der Ort wird als potenziell gefährlich eingestuft.

Somit müssen die Bewohner die Stadt zur eigenen Sicherheit verlassen. Von den vierzig Mitarbeitern fehlt jede Spur.

Sie legte die Zeitung nieder und blickte mit Entsetzen in Peters Richtung. Während sie nach Luft zum Reden schnappte, reichte sie Livia die Zeitung und begann entgeistert zu sprechen. »Oh mein Gott, davon habe ich nie etwas gehört. Nicht einmal im Geschichtsunterricht wurde das erwähnt. Ich könnte nicht einmal behaupten, dass ich den Namen Forste By überhaupt schon einmal gehört habe.«

Peter zuckte nur mit den Schultern. »Kein Wunder. Der Ort war bis nach dem 2. Weltkrieg unbewohnt, bis Herr Beckmann das Land erwarb und die Stadt errichtete. Er legte auf der Insel vor Forste By eine Gießerei und eine Bergbauanlage an, da der Eisenanteil dort sehr hoch gewesen sein soll.« Er nippte noch einmal an seinem Kaffee. »Die Stadt wuchs sehr schnell an, da nach dem Krieg endlich wieder Arbeit zu ergattern war. Der Beckmann machte es den Leuten lukrativ und schenkte jedem seiner Angestellten ein Haus, in dem sie mit ihrer Familie leben konnten.« Vom vielen Reden wurde seine Kehle trocken, und er räusperte sich. »Alles lief gut, bis zum 10.09.1949. Laut Berichten der Anwohner gab es einen großen Knall auf der Insel, und sie sahen Rauch aufsteigen. Als einige der Bewohner sich zur Insel aufmachten, kamen sie nicht mehr zurück.«

Er griff in seine Tasche und zog ein altes, abgegriffenes Buch hervor, dessen Ecken zerfranst waren und das vom ständigen Gebrauch den Großteil seiner ehemaligen Schönheit einbüßen musste. Peter legte es neben die Karte, die bereits auf dem Tisch lag.

»Schaut euch diese beiden Punkte genau an«, sagte

er, während er auf die Karte im Buch deutete.

»Forste By ist hier klar verzeichnet. Aber auf der modernen Karte? Nichts.«

Hanna und Livia tauschten verwirrte Blicke.

»Und was hat das mit dem Island-Dreieck zu tun?«, fragte Livia skeptisch.

Peter holte einen Stift hervor und verband mit präzisen Strichen Island, die Färöer und Forste By.

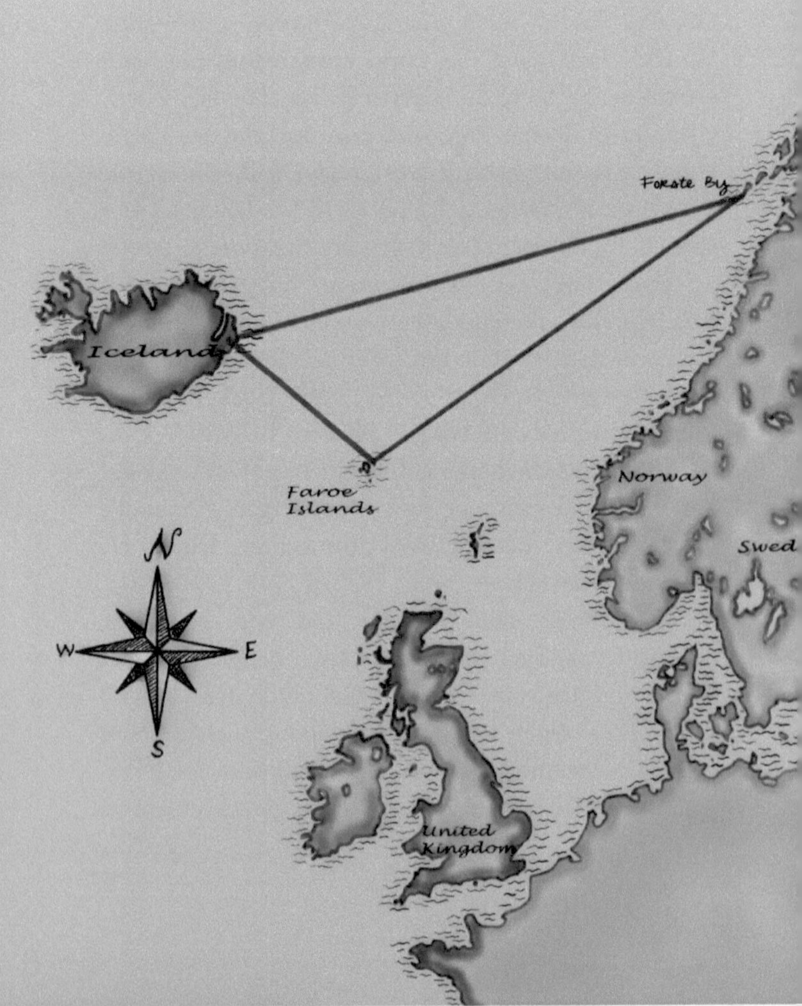

»Das hier ist das sogenannte ›Island-Dreieck‹. Zwischen 1382 und 1888 sind in diesen Gewässern unzählige Schiffe verschwunden, oft ohne jegliche Spur. Nur wenige tauchten wieder auf, aber die Mannschaft war verschwunden.«

Dann fuhr er fort, während er eine andere Karte hervorholte, auf der Notizen und Markierungen erkennbar waren. »Ich war sowohl auf Island als auch auf den Färöern und habe dort versucht, Hinweise auf ähnliche Vorkommnisse zu finden, aber es gibt nichts. Kein einziges verschwundenes Schiff, keine vermissten Menschen in diesen Gewässern. Alles, was ich herausgefunden habe, führt immer wieder zu einem einzigen Ort zurück: Forste By.«

Er zögerte kurz und sah die beiden Mädchen eindringlich an. »Dann, im Mai 1888, hörte es plötzlich auf. So, als wäre nie etwas gewesen.«

Er stand auf, ging zu Frey an den Tresen, nahm sich eine Kanne frischen Kaffee und kehrte zurück an den Tisch.

»Du willst uns also sagen, dass ihr Vater aufgrund von verseuchten Fischgründen, einem magischen Dreieck oder sonst was verschwunden ist?«

Peter war etwas verdutzt: »Halt, stopp, ich habe nichts dergleichen behauptet. Ich gebe euch hier nur Stück für Stück die Informationen, die ich zusammengetragen habe, und nichts weiter. Was ihr am Ende daraus macht, ist eure Sache.«

»Wir sind dir auch sehr dankbar«, griff Hanna ins Gespräch ein. »Livia wird sich jetzt zurückhalten. Bitte erzähl weiter.«

Er räusperte sich. »Einige Tage nach dem Verschwinden der Arbeiter aus Forste By fingen die Vorkommnisse wieder an.«

Er schenkte sich noch einmal Kaffee nach: »Seit jenem Tag legt sich ein dichter Nebel bis weit raus vor die Küste, es verschwinden wieder Menschen, und der Ort selbst liegt dicht in diesem Nebel verborgen. Selbst wenn man wollte, kommt man nicht ohne weiteres dorthin. Doch ich glaube, ich wäre dazu in der Lage.«

»Warum solltest du in der Lage sein, diesen Ort zu erreichen, wenn es vor dir keiner geschafft hat oder, wie du es sagst, es unmöglich ist dorthin zu kommen?«

Peter fing an zu lachen. »Man muss einfach nur wissen, wie man dorthin kommt. Durch die eingeschränkte Sicht kann jeder falsche Schritt den Tod bedeuten«, sagte er selbstsicher und arrogant. Er räumte die Karte und das Buch wieder zurück in die Tasche. »Wenn du deinen Vater wirklich suchen willst und die Hoffnung noch hast, dass er am Leben sein könnte, würde ich dich mitnehmen nach Forste By. Ich fahre in zwei Tagen hier ab.«

Livia, die Hannas strahlende Augen bemerkte, fuhr energisch dazwischen.

»Wir kennen dich nicht einmal. Du könntest uns sonst etwas erzählen, und jetzt willst du sie auch noch mit dir nehmen? Ich glaube wohl kaum.«

Peter, der weiter seine Sachen einräumte, zuckte nur mit den Schultern.

»Mir ist egal, was ihr macht. Das Angebot steht, und in zwei Tagen breche ich auf. Was ihr am Ende daraus macht, ist euch selbst überlassen.«

Livia setzte einen mürrischen Blick auf, und Hanna wäre wohl am liebsten gleich mit dem Mann mitgegangen, ohne zu fragen, wie genau sein Plan überhaupt aussieht.

»Behaltet dieses Gespräch für euch.«, ermahnte er.

»Eine Sache möchte ich noch wissen: Warum hast du dich als Polizist ausgegeben, obwohl du scheinbar keiner bist?«, fragte Livia.

»Zu Beginn habe ich es ganz normal versucht, okay? Ich wollte einfach an Informationen kommen, aber es hat alles ewig gedauert. Papierkram, Verhöre, endlose Wartezeiten.«

Er hob den Kopf und sah Livia direkt an.

»Dann habe ich irgendwann angefangen, mich als Polizist auszugeben. Plötzlich haben mir die Leute alles gegeben, was ich wollte. Es war der einzige Weg, um schnell voranzukommen.«

Mit diesen Worten verließ er das Lokal.

Livia und Hanna, die ihm nachsahen, waren sich uneinig, sodass sie noch etwas am Tisch verweilten. Als sie gerade aufstehen wollten, bemerkten sie, dass Peter eine Mappe vergessen hatte, die immer noch auf der Bank lag.

Die Mädchen öffneten die Mappe, und einzelne Blätter fielen in ihren Schoß. Karten und eine detaillierte Beschreibung, wie man nach Forste By gelangt, waren sorgfältig von Peter in deutscher Handschrift niedergeschrieben.

Die fremden Worte blieben ihnen unverständlich, doch anhand der schwedischen und norwegischen Städtenamen konnten sie sich zumindest vergewissern, dass es das richtige Dokument war.

Unsicher und ein wenig frustriert legten sie die Blätter zurück in die Mappe, steckten diese in Hannas Tasche und warfen sich einen kurzen Blick zu, bevor sie zur Tür gingen.

Sie hielten inne, als sie das Räuspern von Frey hinter sich hörten. Die beiden drehten sich um und sahen ihr in die Augen. Sie stand da, die Fäuste in die Hüften gestemmt.

»Ich habe alles mitgehört und werde euch begleiten, es sollte wichtig sein, dass ein Erwachsener dabei ist. Ich werde auch Ansgar darüber informieren.«

Hanna schaute verdutzt.

»Was hast du denn bitte alles mitgehört?«

»Na, wir machen einen Roadtrip und bauen dich etwas auf ... Ziel Norwegen habe ich nur mitbekommen«, Freude lag in der Stimme.

Hanna und Livia stießen ein einheitliches »Psst«

aus, packten Frey am Arm und zogen sie in Richtung der kleinen Tür, die das Diner vom angrenzenden Wohnbereich trennte.

Aus der Jukebox neben der Tür schallte »Jailhouse Rock« von Elvis Presley, dessen warmer Klang dem Diner eine behagliche Atmosphäre verlieh, die Freys Vater so liebte.

Sie drückten sich durch die Tür und folgten dem schmalen Treppenaufgang, der sie in den Wohnbereich führte.

Oben angekommen, veränderte sich die Stimmung sofort: Der vertraute Duft des Diners verblasste, und stattdessen empfing sie ein sanfter Hauch von Kerzen und Holz. Der Wohnbereich strahlte eine gemütliche Wärme aus. Eine grob gestrickte Decke und Kissen lagen auf dem Sofa, während ein kleiner Holztisch in der Mitte eine Auswahl von Büchern trug.

Frey führte sie weiter durch den Raum, vorbei an einem schmalen Flur, dessen Wände mit Bildern geschmückt waren – Familienfotos, Reiseaufnahmen und Landschaftsbilder, die eine lebendige Chronik von Freys Leben darstellten.

Schließlich öffnete Frey die Tür zu ihrem eigenen Zimmer. Das warme Licht einer Schreibtischlampe fiel auf einen Tisch voller Notizbücher, und an einem kleinen Spiegel hingen Postkarten – Erinnerungen an vergangene Abenteuer und Wünsche für die Zukunft.

Hier oben, nur eine Etage über dem bunten Treiben des Diners, schien die Welt stillzustehen: ein privater Rückzugsort voller Erinnerungen und persönlicher Geschichten.

Frey setzte sich auf das Bett, dessen Decke mit handgewebten Mustern verziert war.

Hanna nahm den Stuhl an einem kleinen Tisch mit einer Duftlampe und einem Stapel Bücher, während Livia die Zimmertür schloss und an der Wand lehnte.

Die Mädchen tauchten in die Atmosphäre zwischen Abenteuerlust und gemütlicher Geborgenheit, die das kleine Zimmer ausstrahlte.

Frey starrte mit gesenktem Kopf auf den Boden, während sie schweigend auf dem Bett saß ... in dem Glauben, etwas falsch gemacht zu haben.

Ein kurzer Moment der Stille verstrich, und Livia schaute noch einmal nach, ob sie wirklich allein waren.

»Bevor wir irgendwas erzählen, möchten wir, dass du das, was du jetzt hörst, komplett für dich behältst ... kein Wort zu niemandem. Wir wollen nicht behindert werden und uns die einzige Möglichkeit verbauen, Hannas Vater zu finden. Bist du damit einverstanden?«

Frey, die ihren Kopf hob, schaute in die Runde und nickte zustimmend.

Die beiden Mädchen erzählten Frey alles, was sie bis jetzt in Erfahrung bringen konnten: vom Tagebuch, Peter und seiner Geschichte, dem Island-Dreieck, Forste By, das von der Karte gelöscht wurde, aufgrund von unerklärlichen Todesfällen und vielem mehr. Anschließend überreichte Hanna Frey die Mappe, die Peter vergessen hatte. Frey öffnete sie, während Hanna weitererzählte.

»Ich weiß, dass alles, was wir dir erzählen, unglaubwürdig klingt ... aber nach dem Gespräch mit diesem Peter habe ich die Hoffnung, etwas zu finden, ohne hier zu warten, dass man uns mitteilt, dass die Suche aufgegeben wurde ... denn ich will Papa nicht aufgeben.«

Wimmern lag in ihrer Stimme.

Frey sah sich den Inhalt genau an und stieß auf den Zettel mit der detaillierten Wegbeschreibung nach Forste By. Sie überflog die Zeilen und runzelte die Stirn, bevor sie zu den anderen sagte: »Du meinst also, dass du all deine Hoffnung in die Worte eines Fremden und ein Stück Papier legen willst?«

Hanna und Livia sahen sie überrascht an, bis sie sich schließlich erinnerten.

Frey hatte vor einigen Jahren einen Deutschkurs belegt, aus purer Neugier und weil sie es faszinierend fand, die Sprachen der Reisenden zu verstehen, die in die Stadt kamen.

Sie hatten diesen Umstand längst vergessen, doch nun, in diesem Moment, erwies sich Freys Wissen als überraschend nützlich.

Frey hielt kurz inne, holte Luft und schaute sie ernst an.

»Also, wir reden hier über ein ›magisches Dreieck‹ ... und auf dem Weg dorthin könnte man sterben, wenn man nach den Aussagen dieses Peters geht?«

Livia und Hanna nickten leicht.

Frey stieß einen Seufzer aus.

»Du bist meine Freundin, und ich will, dass es dir besser geht. Also, egal, was es ist und wohin es geht, ich bin dabei.«

»Danke!«

Ein leichtes Lächeln huschte über Hannas Gesicht.

»Wir können unseren Eltern nicht erzählen, wohin wir wollen ... und auch nicht, weshalb. Unsere Geschichten sollten einheitlich sein.«

Frey und Livia nickten zustimmend.

»Ja, wir sollten unsere Geschichten abgleichen, aber Ansgar und den anderen sollten wir ehrlichere Details geben – zumal Ansgar der einzige mit einem Auto ist – außer du willst in zwei Tagen mit diesem Peter fahren«, warf Livia ein.

Alle drei saßen einen Moment gedankenverloren herum, bis sich Frey zu Wort meldete: »Also, was den Trip angeht, könnten wir ja einfach sagen, dass wir als Gruppe übers Wochenende einen kleinen Ausflug machen wollen ... damit du auf andere Gedanken kommst. Dafür müssen aber Ansgar, Otto und Lars eingeweiht werden.«

»Heute ist Freitag«, warf Livia ein, »also endet auch das Nachsitzen von Lars. Bis jetzt hatte er eh keine Freizeit mehr. Der wird sicher mitspielen. Der Einzige, bei dem ich mir wirklich Gedanken mache, ist mein Bruder ... mit dem sollten Frey oder ich reden.«

Frey fing an zu lachen.

»Ja, das stimmt wohl. Sich über Anweisungen hinwegzusetzen oder Dinge heimlich zu machen, ist nicht so sein Ding.«

Hanna sprang auf.

»Also gut ... dann sprecht ihr mit Ansgar, und ich werde Otto und Lars heute Abend in die Werkstatt bestellen.«

Ein lautes Klopfen schreckte die Mädchen auf.

»Frey, der Laden schmeißt sich nicht von alleine.

Beeile dich etwas und komm wieder runter«, rief ihr Vater durch die Tür.

Aufgeschreckt, als hätten sie einen Mord geplant, verließen sie nacheinander den Raum. Frey stieß ein leises »Tut mir leid« aus, und von Hanna und Livia kam ein einheitliches »Guten Morgen, Herr Aström, und auf Wiedersehen.«

Frey ging mit scharfen Schritten die Treppe hinunter ins Diner und entschuldigte sich noch einmal bei der Handvoll Gäste für ihre Abwesenheit.

Hanna und Livia, die langsam nachkamen, riefen Frey nur noch ein »Bis später« zu und verließen das Lokal.

Sie verließen das Diner und bogen nach links ab, in Richtung der Post. Der Schnee wollte einfach nicht weniger werden, und sie stapften mühsam voran. An der Kreuzung überquerten sie die Straße, folgten dem Gehweg ein Stück weiter und wechselten dann erneut die Straßenseite.

Nach ein paar Metern erreichten sie Lunds, ein kleines Geschäft für den täglichen Bedarf.

»Lass uns etwas zum Frühstück kaufen ... bei der ganzen Aufregung habe ich das Essen im Diner total vergessen.«

Hanna holte ihren Geldbeutel hervor und fing an zu zählen.

»Joa ... sollte reichen.«

Zusammen betraten sie den Laden, der nicht recht groß war, aber für die kleine Stadt ausreichte. Wilma Lund, die Besitzerin, begrüßte sie mit einem freundlichen Lächeln.

»Guten Morgen, ihr beiden. Nehmt euch, was ihr braucht, ich lade euch ein. Otto ist noch in der Schule ... aber das wisst ihr ja.«

Die beiden nickten zustimmend und bedankten sich.

»Wenn er später da ist, Frau Lund, könnten Sie Otto bitte sagen, dass er direkt zur Werkstatt kommen soll?«

Sie gingen durch den Laden, griffen jeweils eine Milch und eine Brezel und gingen zur Kasse.

»Ich habe doch gesagt, dass ich euch schenke, was ihr haben wollt ... und ja, ich gebe ihm Bescheid.«

Die beiden bedankten sich erneut und verließen den Laden.

Sie bogen nach rechts ab. Neben dem Geschäft führte ein kleiner Wanderpfad entlang, dem sie folgten. Der Pfad brachte sie zu einer verschneiten Bank nahe eines kleinen Baches, einem ihrer Lieblingsorte, wenn sie sich nicht im Diner trafen.

Es war ruhig hier, nur das sanfte Plätschern des Wassers war zu hören. Hin und wieder raschelte es im Schnee, doch sie konnten nicht ausmachen, welches Tier sich dort verbarg.

Sie setzten sich, um ihre Mahlzeit zu verspeisen. In ihre dicken Mäntel und Schals gehüllt, spürten sie die Kälte kaum, auch wenn ihre Atemwolken in der klaren Luft sichtbar waren. Nur die Nasenspitzen kribbelten leicht vom Frost, während sie die Mahlzeit genossen und sich von der eisigen Umgebung kaum stören ließen - schließlich waren sie das winterliche Klima gewohnt.

»Meinst du, Herr Aström hat gehört, was wir besprochen haben?«

Livia, mit vollem Mund, schüttelte nur den Kopf.

»Du kennft ihren Vater, hätte er waf gehört, hätten wir unf alle waf anhören können.«, schmatzte sie vor sich hin.

Sie verweilten noch eine Weile dort und verloren sich in der winterlichen Natur Nordschwedens. Das Dämmerlicht tauchte die verschneite Landschaft in sanfte, blasse Farben, und die Welt wirkte still und endlos. Die Zeit schien stillzustehen, doch als Livia auf die Uhr schaute, merkte sie erschrocken, wie spät es bereits war.

Sie schloss kurz die Augen, um die Gedanken zu ordnen.

»Hey, Hanna, wir sollten uns langsam auf den Weg machen. Otto sollte von seiner Mutter informiert werden und dann auch zur Werkstatt kommen.«

Die beiden erhoben sich von der Bank, auf der sie jetzt gefühlt, seit Stunden saßen und streckten sich.

»Ah, meine Beine sind eingeschlafen.«

»Ach, stell dich nicht so an. Du solltest dich jetzt langsam auf den Weg in die Schule machen, damit du Lars noch erwischst«, gähnte Livia.

Hanna schüttelte ihre Beine und richtete ihre Jacke.

»Ja, ich laufe nun los, wir treffen uns nachher in der Werkstatt.«

Mit diesen Worten entfernte sie sich von Livia und machte sich auf den Weg in Richtung Schule.

Durch den stetigen Schneefall wurde das Vorankommen immer anstrengender. Auf dem Weg zur

Schule kam sie an einigen ihrer Klassenkameraden vorbei, die sie mit mitleidigen Blicken bedachten. Sie hatte keine Lust auf noch mehr Mitleid, zog ihre Kapuze tiefer ins Gesicht und ging zügig weiter, ohne jemanden anzusehen.

Während sie weiter stapfte, wunderte sie sich, warum sie Otto nicht begegnet war. Er hätte doch längst auf dem Weg sein müssen. Der Gedanke beschäftigte sie kurz, doch sie schüttelte ihn ab und konzentrierte sich darauf, endlich das Gebäude zu erreichen. Die Stufen der Schule raubten ihr gefühlt die letzte Kraft.

Diesen verdammten Schnee ... sollte man nach siebzehn Jahren gewohnt sein, dachte sie.

Sie öffnete die Tür und betrat den Eingangsbereich, ging dort noch einmal drei Stufen hoch und folgte dem langen Korridor. Auf der linken Seite befanden sich die drei Türen für die Klassen. Die Türen wurden durch eine Reihe Schließfächer getrennt ... je dreißig Fächer pro Klasse.

Hanna steuerte zunächst auf ihr Klassenzimmer zu, in der Hoffnung, Lars dort anzutreffen. Sie griff nach der Klinke, doch die Tür war abgeschlossen. Ein kurzer Blick durch das kleine Fenster in der Tür bestätigte, dass der Raum leer war. Auch die anderen Zimmer fand sie verschlossen vor.

Vielleicht ist er oben, dachte sie und machte sich auf den Weg zur Treppe am Ende des Korridors, die ins erste Obergeschoss führte.

Als sie die ersten Stufen erklommen hatte, hörte sie ein Räuspern hinter sich.

Sie hielt inne und drehte sich auf dem Absatz um.

Hinter ihr stand Frau Holm, die Fäuste in die Hüften gestemmt. »Was machen Sie nach dem Unterrichtsschluss hier, Frau Asgirsson? Sie sollten zuhause sein, nach der Entschuldigung Ihrer Mutter«, ermahnte sie.

Hanna ging die Treppe wieder hinunter und näherte sich der Lehrerin. Ihre grauen Augen funkelten, und ihren schmalen Mund konnte man durch das Zusammenpressen der Lippen noch weniger wahrnehmen.

»Guten Tag, Frau Holm. Ja, ich weiß, dass meine Mutter mich entschuldigt hat. Ich bin aber hier, um kurz mit Lars zu sprechen. Dürfte ich eben zu ihm gehen? Geht auch schnell.«

Frau Holm funkelte sie immer noch finster an. »Er muss seine Strafe absitzen, und diese beinhaltet keine Besuche von seinen Freunden.«

Hanna, die nicht so recht wusste, wie sie dieser Aussage widersprechen konnte, wiederholte noch einmal: »Ich möchte nur kurz Lars sehen, ihm etwas ausrichten und bin dann auch schon wieder verschwunden.«

»Also, Frau Asgirsson, ich weiß nicht, ob Sie mich nicht verstanden haben oder mich nicht verstehen wollen. Ich drücke aufgrund Ihrer momentanen Situation aber noch einmal ein Auge zu und sehe über Ihre Anmaßungen hinweg. Des Weiteren kann ich Ihnen mitteilen, dass ich Herrn Larsson schon ins Wochenende geschickt habe. Sie können also nicht erwarten, ihn hier anzutreffen. Gehen Sie nun bitte nach Hause. Ein schönes Wochenende und alles Gute für Sie und Ihre Mutter.«

Mit diesen Worten ging sie an Hanna vorbei und schloss im ersten Stock die Tür zu ihrem Büro. Hanna, etwas verdutzt über das Gespräch, verließ das Gebäude.

Vor den Toren der Schule hielt sie kurz inne. Wo würde Lars jetzt hingehen? – sie musste nicht lange überlegen und machte sich wieder auf den Weg.

Nach einer Weile durch den Schnee stapfend, erreichte sie das Diner, öffnete die Tür und sah Lars am letzten Tisch mit einem Haufen frischer Pfannkuchen, zwei Gläsern Milchshake und einem Stück Torte sitzen. Er aß, als hätte er seit Tagen nichts mehr zu essen bekommen. Sie schaute sich kurz im Diner um, konnte Frey aber nicht ausmachen. Ob sie schon zur Werkstatt gegangen ist? Mit einem »Hey Lars« gesellte sie sich an seinen Tisch. »Du scheinst aber Hunger zu haben«, und deutete auf den Tisch vor ihm.

Lars schaute auf, den Mund mit den Pfannkuchen gefüllt. Er schmatzte vor sich hin, schluckte und nahm noch einen gewaltigen Schluck von seinem Shake.

»Puh, ich habe echt das Gefühl, als hätte ich eine Woche nichts mehr gegessen. Ich bin nach der Schule immer nach Hause und da gab es nur noch Brot mit Aufschnitt oder das kalte Mittagessen, das Ottos Mutter mir aufgehoben hat. Jeden Tag, Hanna ... Jeden Tag habe ich nichts anderes gesehen«, jammerte er, griff sich noch einen Pfannkuchen und verschlang ihn direkt.

Hanna musste lachen. »Ja, ich merke, dass du echt hungrig bist. Iss aber langsam, sonst verschluckst du dich nur.«

Die Warnung kam leider einen Moment zu spät, Lars räusperte sich und rang nach Luft. Er griff nach seinem Shake und trank noch einmal einen kräftigen Schluck.

»Oh man, ich dachte, das wäre es jetzt gewesen. Ja, ich mache ja vorsichtig.« Er trank seinen ersten Becher leer und widmete sich anschließend seiner Torte.

»Nimm dir einen Pfannkuchen, ich glaube, dass ich die eh nicht alle schaffe.«

Hanna griff sich einen, rollte ihn zusammen und biss ab. Sie beobachtete ihn eine Zeitlang, wie er sich wie ein Kind über den Berg voller Sahne und Schokolade hermachte. Dieser kleine Moment Normalität hat ihr gefehlt.

»Also, was machst du hier allein, wo sind die anderen?«, riss Lars sie aus den Gedanken.

Hanna, die etwas erschrak, hätte sich beinahe selbst an dem Pfannkuchen verschluckt. Sie räusperte sich und griff sich den Milchshake von Lars, nahm einen Schluck und atmete dann tief durch.

»Jetzt ist mir fast dasselbe passiert«, lachte sie kurz auf.

Lars schmunzelte und schaute sie fragend an.

»Wir treffen uns alle in der Werkstatt. Ich war eben in der Schule, um dir Bescheid zu sagen, aber Frau Holm meinte, du wärst schon weg ... also bin ich hergekommen.«

Lars, der etwas wehleidig dreinschaute, standen die letzten Tage ins Gesicht geschrieben. Der Name Frau Holm löste etwas in ihm aus.

Er schob seinen Teller von sich weg, legte den Kopf

auf den Tisch und jammerte vor sich hin, wie gemein sie doch wäre und dass sie das alles nur mache, weil sie ihn auf dem Kieker habe. Dabei erwähnte er auch, dass sie ihn heute nicht nachsitzen ließ und er sogar etwas früher gehen konnte, da die letzte Stunde ausfiel.

»Ich bin dann mit Otto in die Bibliothek gegangen«, murmelte er, ohne den Kopf zu heben. »Er wollte sich irgendwas Neues ausleihen, aber danach hab ich ihn nicht mehr gesehen. Wir haben uns wohl nur knapp verpasst – ich bin auch erst seit fünfzehn Minuten hier.«

»Ach, deshalb habe ich euch auf dem Weg nicht getroffen, das erklärt es. Du scheinst gerade aus der Bibliothek gekommen zu sein, als ich in die Schule gegangen bin. Echt lustig.« Hanna lachte herzhaft.

Es tat ihr gut, nach all dem Kummer endlich wieder unbeschwert zu lachen – einer der Gründe, warum sie Lars so liebte. »Also, bist du dabei oder nicht?«, fügte sie mit einem breiten Grinsen hinzu und blickte ihn auffordernd an.

»Wann treffen wir uns denn?«

»Jetzt.«

Ansgar und Frey waren schon in der Werkstatt, als Livia mit Otto im Schlepptau dazustieß. »Sind Hanna und Lars noch nicht hier?«

»Wie du sehen kannst, sind sie es nicht«, antwortete Ansgar sichtlich genervt. »Ich hoffe, es ist wichtig. Ich habe noch genug Arbeit und nicht die Zeit, mich mit euch hier über Kinkerlitzchen zu unterhalten«, setzte er noch nach. Er nahm sich einen Schraubenschlüssel und schraubte an seinem Volvo 145 rum. Den Wagen hatte er mit der Werkstatt von seinem Vater hinterlassen bekommen. Er war in der Zeit etwas verkommen, aber das Einzige, was er noch als Erinnerung von ihm hatte.

Erst vor kurzem hatte er neue Sitze gekauft, damit wieder sieben Fahrgäste in ihm Platz finden konnten. Der Wagen war blau mit leichten Rostflecken hier und da. Er war gerade dabei, den Motor zu kontrollieren, als er ein »Hey, wir sind da« vernahm.

Hanna und Lars betraten die Werkstatt, und Ansgar legte seine Arbeit nieder. Er ging auf sie zu und nahm sie in den Arm. »Es tut mir sehr leid, wenn du etwas brauchst, sag Bescheid ... und jetzt raus mit der Sprache. Was machen wir alle hier?«

Sie begaben sich alle in den Pausenbereich der Werkstatt und ließen sich auf den Stühlen und Sofas nieder. Nur Hanna und Livia blieben stehen.

»Eins vorweg«, warf Livia ein, »egal, was wir dir

jetzt erzählen, Ansgar, du musst uns versprechen, dass du ruhig bleibst und uns erklären lässt.«

Er nickte zustimmend in ihre Richtung, und Hanna und Livia, die sichtlich erleichtert waren, fingen an zu erzählen. Sie berichteten der Gruppe über das Tagebuch und über das Treffen mit Peter im Diner. Sie legten der Gruppe die Mappe vor, die die Unterlagen über Forste By enthielt - die Sache mit dem Tod behielten sie aber für sich, um die Gruppe nicht vollends zu verstören. Am Ende der Erzählung schauten sie in offene Münder und in das Gesicht eines genervten Ansgars.

Sie sahen, wie Frey ihn zurückhalten wollte und wie sie auf ihn einredete, doch es half nichts ...

»Deinen Verlust in allen Ehren, Hanna ... aber meinst du nicht, dass das alles Aufgabe der Polizei ist?« Er holte kurz Luft ... »Was meinst du, wird passieren? Wir fahren fröhlich dorthin, und was passiert dann? Meinst du, wir ... wir sechs, die Hälfte noch Kinder, erledigen die Arbeit der Polizei schneller?« Frey scheiterte kläglich daran, ihn zurückzuhalten, und er sprach weiter ... »Und wenn das nicht schon schlimm genug wäre, kommt ihr mir mit Argumenten von Peter Hoffmann ... dem gleichen Peter Hoffmann, der sich als Beamter ausgibt und somit ein Verbrechen begeht.«

Der Gruppe blieb seine Wut nicht verborgen und Frey versuchte weiter, ihn zu beschwichtigen. Doch leider wollte nichts Früchte tragen und so ließen sie ihn zu Ende sprechen. »Ich verstehe nicht, wie man so naiv sein kann und einem Fremden, der zugleich noch ein Verbrecher ist, so viel Vertrauen entgegenbringen kann.«

»Weil dieses Vertrauen der einzige Hoffnungsschimmer ist, den ich noch habe«, antwortete Hanna unter Tränen, »Die Polizei gibt meinem Vater keine Chance. Meine Mutter geht davon aus, dass wir spätestens am Sonntag die traurige Gewissheit haben werden.«

Ansgar merkte, dass er mit seinen Worten einen wunden Punkt getroffen hatte. »Es tut mir leid, Hanna ... ich habe mich etwas in Rage geredet. Es tut mir wirklich leid. Ich möchte einfach nicht, dass du irgendwelchen Geistern nachjagst. Zumal an diesem Ort auch etwas Komisches passiert sein soll, laut eurer Geschichte. Aus dem Grund glaube ich nicht, dass es ein sicheres Ziel ist.«

Lars und Otto, die sich aus der ganzen Angelegenheit etwas raushielten, tauschten nervöse Blicke aus. Lars stand schließlich auf, zögerte einen Moment und sprach mit gedämpfter Stimme: »Ich weiß nicht ... das klingt alles ziemlich gefährlich. Aber ... ich denke, ich bin dabei, wenn wir wirklich alle mitmachen.« Er sah in die Runde, offensichtlich unsicher.

Otto kratzte sich am Kopf und seufzte leise. »Ja, ich weiß auch nicht. Es fühlt sich nicht richtig an, ohne die Polizei etwas zu unternehmen. Aber ich will auch nicht, dass du alleine gehst, Hanna.« Er verfiel ins Schweigen, aber setzte erneut an: »Also gut ... ich bin auch dabei.«

Livia kniff ihre Augen herausfordernd zusammen: »Nun, Brüderchen, wir würden alle fahren, für Hanna ... also sei nicht so ein Spielverderber. Was soll schon passieren?«, ein Schmunzeln auf ihren Lippen.

Ansgar, sichtlich überfordert und zugleich verärgert, wusste nicht recht, was er sagen sollte.

»Ich muss dazu noch erwähnen … ich war vorhin noch bei der Polizei und Peter behielt Recht. Ich werde für die nächsten Wochen wohl der Witz der Wache sein.«

Hanna schaute verdutzt in ihre Richtung. »Ich dachte, wir sagen der Polizei nichts?«

»Keine Sorge, habe nur die Sachen von Peter erwähnt ... mega peinlich, kannst du mir glauben.«

Die Runde verstummte und schaute versammelt auf Ansgar.

»Ok, ok ... ist ja gut. Ich bin dabei, aber wie habt ihr euch das vorgestellt ... was sagen wir unseren Eltern? Forste By ist bestimmt zehn, wenn nicht sogar fünfzehn Stunden von hier weg, dazu noch der Schnee ... Also, wie habt ihr euch das vorgestellt?«

»Wir machen einen kleinen Ausflug nach Norwegen ... und das alles, um Hanna aufzubauen. Du und ich sind als Erwachsene dabei, damit sie keine Dummheiten machen.«

Der völlig verwirrte Ansgar schaute Frey an. »Bis hierhin habt ihr schon geplant, ohne auch nur einmal mit uns gesprochen zu haben?«

Frey lachte: »Ja ... wie du siehst, ging ja alles gut. Heute ist Freitag, und wenn wir jetzt nicht länger quatschen, können wir morgen schon in Forste By sein.«

Sie erhoben sich und mit diesen letzten Worten trennte sich die Gruppe, um den Familien Bescheid zu geben. Ansgar setzte sich an die letzten Reparaturen am Auto, damit später auch nichts schiefläuft.

Sie trennten sich, und alle gingen nach Hause ... nur Frey und Ansgar blieben in der Werkstatt zurück. Sie sahen relativ betrübt aus und auch Freys anfängliche Euphorie ließ langsam nach.

»Meinst du, wir machen einen Fehler, Ansgar?«, fragte Frey leise, als hätte sie Angst, jemand könnte sie belauschen. »Ich meine, helfen möchte ich ihr schon, aber du hast mit deinen Begründungen nicht ganz unrecht.«

Er starrte an die Decke, stieß einen Seufzer aus und schlug seine Arme gegen seine Hüften. Er machte kehrt und ging zu seinem Wagen.

»Ach, ich weiß es doch auch nicht. Ich verstehe Hanna voll und ganz. Hätte ich damals die kleinste Chance gehabt, meinen Vater noch lebend finden zu können, hätte ich sie auch ergriffen. Nur die ganze Geschichte kommt mir mehr als komisch vor.«

Er nahm sich seinen Schraubenschlüssel und machte sich weiter daran, den Wagen zu reparieren. Die Fahrt würde länger werden, und somit müsste alles reibungslos vonstattengehen. Er ging ans andere Ende der Werkstatt und holte einen Sitz aus der Ecke hervor.

»Ich muss jetzt erst einmal die beiden Sitze einbauen, damit wir alle Platz finden, und mache mir dabei Gedanken, was ich mache. Mein Bauchgefühl sagt mir, dass es ein Fehler ist, einfach so zu fahren, ohne dass jemand davon erfährt.«

Er stellte den Sitz in den Kofferraum und stieg hinterher. Nahm sich die Schrauben aus der Hosentasche und fing an, den ersten Sitz festzuziehen.

»Wenn es echt stimmt, was Liv gesagt hat ... bringt es nichts zur Polizei zu gehen. Den beiden jetzt komplett in den Rücken fallen möchte ich auch nicht.«

Frey, der bewusst war, in welchem Zwiespalt er sich befand, ging zu ihm.

»Und was ist, wenn du deiner Mutter einen Brief hinterlegst? Einen, wo du alles niederschreiben wirst, was wir hier besprochen haben, und du legst noch eine Abschrift von dem Routenzettel bei. Nur für den Notfall.«

Ansgar drehte sich um und nickte.

Er stieg aus dem Auto, lief schnell in die Ecke und kramte den zweiten Sitz hervor, brachte ihn zum Auto und baute ihn rasch ein. Er kontrollierte noch schnell, ob alles festgezogen war, und nahm sich dann Stift und Papier, um Freys Vorschlag umzusetzen.

Er schrieb alles nieder, und Frey machte eine Abschrift von der Route. Beides kam in einen Umschlag, den Frey in die Tasche steckte.

»Mach dir keine Vorwürfe ... es ist die richtige Entscheidung. Du machst hier weiter, und ich bringe den Brief zu dir nach Hause. Auf dem Rückweg kaufe ich noch etwas ein, damit wir nicht ohne Verpflegung hier abhauen.«

Sie gab ihm einen Kuss, wuschelte ihm durch sein dichtes Haar und verschwand in Richtung Ausgang.

An diesem richtete sie noch einmal ihre Jacke, setzte die Kapuze auf und stapfte hinaus in den wieder stärker fallenden Schnee.

Ansgar blieb alleine zurück, er hing gerade im Motor, als er ein Räuspern hinter sich hörte. Er hob seinen Kopf und Peter Hoffmann stand unmittelbar vor dem Wagen.

»Was kann ich für Sie tun?«, er setzte ein freundliches Lächeln auf.

»Ob Sie mir helfen können, weiß ich nicht, aber diese Rothaarige ... Livia oder so ... ist Ihre Schwester, wenn ich mich nicht täusche?«, fragte er in harschem Ton.

Ansgar, der etwas perplex über die Redeweise des Mannes war, nickte leicht. »Ja, aber woher wissen Sie das, und was wollen Sie von ihr?«

Peter war seine Verärgerung anzusehen: »Ich suche meine Mappe. Ich hatte sie wohl im Diner vergessen. Als ich wieder da war, war sie weg. Ich fragte den Besitzer über die beiden, und er meinte, sie wäre oft hier und dass Sie ihr Bruder sind.«

»Ja, Livia ist meine Schwester ... und die besagte Mappe habe ich hier. Die Mädchen haben sie hiergelassen. Warten Sie einen Moment, ich hole sie.«

Ansgar rannte schnell zur Lounge, wo sie vorher saßen, und brachte Peter die Mappe, ohne weiter drüber nachzudenken.

Dieser bedankte sich und verließ rasch die Werkstatt.

Komischer Kauz, dachte Ansgar und nahm seine Arbeit am Auto wieder auf.

Es dauerte nicht lange, bis die Stimmen von Otto und Lars die Halle erfüllten. Sie unterhielten sich lautstark über ein Buch ... so nahm es Ansgar zumindest auf, den Kopf erneut im Motor steckend, konnte er nicht viel verstehen. Er erhob sich und gesellte sich zu den beiden.

»Ihr seid aber schnell wieder hier«, gab er lachend von sich. »Habt ihr Zuhause Bescheid gegeben?«

Lars und Otto unterbrachen ihre Unterhaltung und wandten sich ihm zu. »Mein Vater ist auf Streife ... den habe ich nicht erwischt. Aber Ottos Mutter weiß Bescheid und wird es ihm weitergeben«, erwiderte Lars.

Seit dem Tod seiner Mutter lebte Lars bei Otto und dessen Mutter. Sein Vater hatte sich damals in die Arbeit geflüchtet und war kaum noch zu Hause, sodass Ottos Mutter ihn wie einen zweiten Sohn aufnahm.

Sie war die beste Freundin seiner Mutter gewesen und hatte schon früh begonnen, sich um Lars zu kümmern, und mit der Zeit waren sie und Lars' Vater sich nähergekommen.

»Ja, Mama macht das schon. Mache mir da keine Sorgen. Haben ihr von dem Trip erzählt und dafür ein bisschen Proviant bekommen«, erwähnte Otto noch ergänzend.

Er stellte einen Rucksack voll mit Wasser und geschmierten Broten auf den Tisch. »Jetzt warten wir nur noch auf Frey, Hanna und Liv, und dann könnte es direkt losgehen.«

Lars schaute etwas verdutzt drein.

»Ist der Wagen nicht schon lange fertig? Ich weiß,

dass du die Sitze noch einbauen musstest, aber sonst war der doch fahrtüchtig?«

Ansgar, der eine Miene aufsetzte, als hätte man ihm einen Betrug überführt, fing an zu stammeln: »Ich war der Meinung, ich sollte ihn noch einmal für die längere Fahrt überprüfen.«

Lars gab sich mit der Antwort zufrieden und nahm sich eine Taschenlampe. »Lass mich dir helfen, dann geht es schneller.« Es dauerte nicht lange, den Rest des Wagens zu prüfen, da Lars recht behielt und der Wagen gut in Schuss war.

Otto saß abseits und nutzte die Gelegenheit, die Zeit mit einem Buch zu überbrücken – dem Gießerei-Handbuch von Wolfgang Thiel.

Nach ungefähr einer Stunde kam Frey zurück.

»So, ich habe alles erledigt«, sie ging an Otto und Lars vorbei und stellte sich dicht an Ansgar. »Habe den Brief in ihren Kreuzworträtseln versteckt. Sie sollte ihn also spätestens morgen finden«, flüsterte sie ihm ins Ohr.

Er nickte, drehte sich zu ihr und flüsterte: »Was das angeht, haben wir ein Problem. Peter war da und hat sich die Mappe zurückgeholt. Unser Plan für die Fahrt nach Forste By ist dahin.«

Sie starrte ihn mit großen Augen an, ihre Lippen leicht geöffnet, bevor sie die Worte fand. »Was? Du hast ihm einfach die Mappe gegeben?«

Er wich ihrem Blick aus und kratzte sich verlegen am Nacken. »Na ja, er kam so plötzlich und … ich dachte, er hätte einen guten Grund. Ich wollte keinen Verdacht erregen.«

Sie schüttelte den Kopf und atmete tief durch, die Enttäuschung stand ihr ins Gesicht geschrieben. »Und jetzt? Ohne die Mappe wissen wir nicht, wie wir überhaupt dorthin kommen sollen.«

Ein Moment der Stille breitete sich zwischen ihnen aus, ehe sie sich abwandte. »Ich muss nachdenken«, murmelte sie und verließ die Werkstatt, das Geräusch ihrer Schritte hallte nach und ließ ihn alleine mit der Schuld, die nun schwer auf ihm lastete.

Der Schnee peitschte Frey ins Gesicht, als sie durch die leeren Straßen von Gards Träsk zog. Das Wetter wollte einfach nicht besser werden, fast so, als wolle es ihnen klarmachen, dass es eine schlechte Idee war, aufzubrechen. Normalerweise hätte Frey so ein Zeichen ernst genommen.

Sie war die Vernünftigste in der Gruppe, diejenige, die immer die Risiken abwog und den Kopf klar behielt. Solche impulsiven Aktionen waren eigentlich nichts für sie.

Und doch war sie diesmal sofort dabei gewesen. Für Hanna. Sie wusste selbst nicht, warum sie so schnell zugestimmt hatte – vielleicht, weil sie spürte, dass es Hanna wichtig war, oder weil Hannas Entschlossenheit etwas in ihr berührt hatte.

Auch wenn sie zögerte und das Gefühl nicht loswurde, dass sie hier die Vernunft über Bord warf, hielt sie sich daran fest.

Einmal aus sich herauszugehen, einmal über ihre eigenen Grenzen zu treten, fühlte sich plötzlich richtig an. Und so kämpfte sie sich weiter durch den Schnee, ungeachtet der Zweifel, die in ihr nagten.

Auf ihrem Weg kam sie am Diner vorbei, betrat es und ging durch zur Auslage, wo all die Kuchen und Gebäcke lagen. Sie nahm sich ein großes Stück Mandeltorte, verpackte es sicher und verstaute es behutsam in ihrer Tasche. Sie setzte ihren Weg durch die Dunkelheit fort.

Die Straßen waren zumeist recht gruselig in ihren Augen ... hinter jeder Ecke und in jedem Schatten erwartete sie das Schlimmste.

Hätte Ansgar nur nicht die Mappe herausgegeben, ärgerte sie sich ... und beschleunigte ihren Gang so gut es ging.

Nach ein paar Minuten und einige Nebenstraßen weiter stand sie vor einem großen Haus mit Vorgarten. Sie öffnete die Pforte, folgte dem kleinen Weg bis zur Haustür und schellte. Ein Moment verging, und eine kleine, korpulente Frau öffnete die Tür.

»Ach Frey, du bist ja schon wieder hier.«

»Guten Tag, Frau Gustafsson. Ja, ich bin wieder da, und ich habe Kuchen mitgebracht. Das beste Stück aus unserer Auslage.«

Zusammen betraten sie das Haus und gingen in die Küche, wo Frey das süße Gebäck aus ihrer Tasche holte. Frau Gustafsson stellte zwei Teller bereit, und Frey legte das Stück darauf. Dann folgte sie ihr ins Wohnzimmer.

»Setz dich, Frey. Schön, dass du mich so kurz hintereinander besuchen kommst. Ich dachte, ihr seid mitten in der Planung für euren Ausflug.«

Frey nickte hastig. »Ja ... also, irgendwie. Ich dachte, ich schau kurz nach ihnen.«

Sie bemerkte, wie Frau Gustafssons Blick weich wurde, als diese nachdenklich innehielt. »Sag mal, wie geht es eigentlich Livia? Seit Hannas Vater verschwunden ist, mache ich mir Sorgen, wie sie das alles verkraftet. Gerade nach dem Verlust ihres eigenen Vaters ist es sicher schwer für sie. Manchmal habe ich das Gefühl, dass wir kaum noch richtig reden können. Sie wirkt oft so verschlossen – als ob sie denkt, ich hätte den Tod ihres Vaters längst abgehakt. Dabei ...«

Frau Gustafsson seufzte tief.

Frey sah den Schmerz in ihren Augen und zögerte.

»Ich glaube, Livia kommt damit zurecht, so gut es geht. Aber ... na ja, es ist nicht leicht für sie. Sie hat oft das Gefühl, alleine mit allem klarkommen zu müssen, wissen Sie? Deshalb ist sie auch zu Hanna gegangen, damit sie sich gegenseitig etwas stützen können. Vielleicht fällt es ihr schwer, bei Ihnen Trost zu suchen.«

Frau Gustafsson nickte und starrte in ihren Tee.

»Es ist nicht leicht, wenn das eigene Kind auf Abstand geht. Ich wünschte, sie würde sehen, dass ich immer für sie da bin.« Sie seufzte erneut, stand auf und begann, die leeren Teller in die Küche zu bringen.

Sobald Frau Gustafsson aus dem Zimmer war, nutzte Frey ihre Gelegenheit.

Sie sprang auf, beugte sich über die Sofalehne und griff nach dem kleinen Beistelltisch, wo die Zeitungen, Rätselhefte und Frau Gustafssons Lesebrille lagen. Rasch zog sie das Rätselheft heraus und fand den Zettel mit der Route. Sie schnappte sich ein leeres Blatt und einen Stift, die ebenfalls auf dem Tisch lagen, und begann hastig, den Zettel abzuschreiben.

Gerade als sie die ersten Zeilen notierte, hörte sie Schritte und die Stimme von Frau Gustafsson, die näherkam.

»Liebes, braucht ihr sonst noch etwas, bevor du wiederkommen musst?«

Frey spürte, wie ihr die Hitze ins Gesicht stieg. Hastig steckte sie den Zettel und das leere Blatt in ihre Tasche, warf das Rätselheft auf den Haufen zurück und griff den Brief, bevor Frau Gustafsson den Raum betrat.

»Hast du auch die Faszination für Rätsel entdeckt?«, fragte Frau Gustafsson, sichtlich erfreut.

Frey, die völlig außer Atem war, stammelte eine unverständliche Antwort.

»Was hast du gesagt, Liebes?«

»Ach, nichts. Ich habe den Stapel schon öfter gesehen, aber noch nie näher betrachtet. Müsste jetzt kurz auf die Toilette gehen und mir dann Gedanken machen, ob wir noch was brauchen.«

Sie eilte ins Bad, schloss die Tür hinter sich und atmete tief ein und aus.

Das alles kostet Ansgar auf jeden Fall einen Gefallen, dachte sie, während sie den Zettel kopierte.

Schnell legte sie das Original zurück in den Umschlag, spülte, wusch sich die Hände und verließ das Bad, ohne sich etwas anmerken zu lassen.

»Also, Frau Gustafsson, ich glaube, wir brauchen zwei weitere Rucksäcke, etwas Wasser und mindestens einen zusätzlichen Schlafsack. Haben Sie zufällig so etwas da?«

Frau Gustafsson zog die Stirn in Falten.

»Das kann ich dir gar nicht genau sagen. Wasser habe ich auf jeden Fall, aber nach dem Schlafsack muss ich oben schauen. Das geht ganz schnell.«

Sie erhob sich und ging die Treppe hoch zum Dachboden.

Diese Gelegenheit nutzte Frey, um den Brief wieder exakt dort zu platzieren, wo er gelegen hatte.

Sie stapelte die Hefte sorgfältig und setzte sich zurück an den Esstisch.

Kurz darauf kehrte Frau Gustafsson mit sechs Wasserflaschen ins Wohnzimmer zurück.

»Einen Schlafsack habe ich leider nicht, aber das Wasser kann ich euch geben.«

»Ach, das ist kein Problem. Dann schauen wir nochmal bei Hanna vorbei. Ich mache mich dann jetzt auf den Weg, damit wir rechtzeitig loskommen.«

Frau Gustafsson nickte, verstaute das Wasser und Frey lud sich den vollen Rucksack auf die Schultern, den leeren in den Händen. Sie verabschiedete sich freundlich und trat hinaus in die Kälte, während Frau Gustafsson ihr nachwinkte.

Frey beeilte sich, um schnell zurück zur Werkstatt zu kommen.

In der Zwischenzeit hatte es endlich aufgehört zu schneien, und der Himmel klarte auf.

Trotz des Gewichts auf dem Rücken war sie recht schnell wieder zurück.

Sie betrat die Halle und war scheinbar die, auf die jetzt gewartet wurde, da alle anderen sich schon wieder eingefunden hatten.

»Wo warst du denn jetzt so lange, Frey?«

Frey stellte die Rucksäcke ab und funkelte ihn böse an, ging zu ihm und drückte ihm den Zettel in die Hand. »Bitteschön«, sagte sie und ging zu den anderen.

»Also, was haben wir jetzt alles, und was brauchen wir noch?«, fragte sie in die Runde. Sie schaute sich um, und ihr Blick fiel auf die Taschen von Lars und Otto.

Otto bemerkte dies, »Also meine Mama hat uns Brote geschmiert und uns Getränke zur Verfügung gestellt.«

»Sehr gut« ...

»Was habt ihr dabei?«, fragte sie Hanna und Livia.

»Wir haben meiner Mutter Bescheid gegeben, und ich habe den Kompass von meinem Vater sowie sein Tagebuch mitgenommen.«

»Brauchen wir denn noch etwas, bevor wir losfahren, oder haben wir jetzt alles? Also ich habe noch zwei Rucksäcke und sechs Flaschen Wasser organisiert«, fügte sie hinzu.

Ansgar schloss die Tür vom Wagen und kam zu den anderen. »Wir sollten alles haben. Wir wissen, wo wir hinwollen, und im Auto habe ich noch eine Karte gefunden. Wenn man dieser trauen kann, kommen wir noch an mindestens zwei Städten vorbei, wo wir einkaufen können. Zusätzlich habe ich beim Postamt noch Geld gewechselt, damit wir in Norwegen einkaufen können, danken braucht ihr mir nicht, ich werde mir alles von euch zurückholen. Also, los jetzt.«

Ein Raunen zog durch den Raum und ein dankender Blick von Hanna und Livia traf auf ihn.

Alle erhoben sich, verluden die Rucksäcke im

Kofferraum und stiegen einer nach dem anderen in das Auto ein.

Ansgar öffnete das Tor, stieg in den Wagen und fuhr hinaus.

Frey, die alle Lichter ausschaltete und das Tor schloss, kam nach, setzte sich auf den Beifahrersitz, und zusammen verließen sie die Stadt in Richtung Norwegen.

›Sie verlassen Gards Träsk‹ stand auf dem Schild, das sie passierten.

»Da sind wir nun, ich danke euch allen, dass ihr das hier mit mir zusammen macht ...«

»Niemals würden wir dich diesem Wahnsinn allein aussetzen, auch wenn ich von der ganzen Sache nicht viel halte. Wenn es dir damit aber besser geht, sollte es gut sein«, kam von Ansgar, der seinen Kopf über das Lenkrad beugte, um eine bessere Sicht zu erhalten.

Der Schneefall der letzten Tage hatte sein Übriges getan - die Straßen waren verschneit und das Vorankommen gestaltete sich weitaus schwieriger als sonst. Das Quietschen des Schnees verweigerte das Aufkommen von Stille im Innenraum.

»So einen Schneefall hatten wir letztes Jahr aber nicht«, entgegnete Lars aus der letzten Reihe.

Otto, der immer noch in sein Buch vertieft war, legte dieses zur Seite und drehte sich zu Lars.

»Ja, das stimmt wohl, aber der letzte war dafür auch etwas kälter - minus 35 Grad. Bei diesen Temperaturen bilden sich keine Schneekristalle mehr.«

Lars lachte und verdrehte nur die Augen, »Du bist echt anstrengend, das weißt du, oder? Danke für die Aufklärung, Herr Neunmalklug.«

Der Rest der Gruppe schloss sich dem Gelächter an und Otto wurde leicht rot im Gesicht. Er nahm sein Buch wieder zur Hand und vergrub sich darin – unklar, ob ihm überhaupt bewusst war, worauf er sich eingelassen hat.

Livia und Hanna tuschelten etwas, dann tippte Livia Frey an: »Hast du die Mappe mit all den Unterlagen mitgenommen? Ich finde sie nicht mehr.«

»Was das angeht, Livia … dieser Peter war in der Werkstatt, als ihr weg wart. Er hat gewusst, dass du die Mappe hast, und ich habe sie ihm zurückgegeben.«

Livia, die total entsetzt war, starrte Ansgar an: »Ach und nur weil er es wusste, gibst du die Mappe raus? Warum hast du nicht einfach gelogen? Und jetzt, was machen wir nun? Blind drauflosfahren? Super gemacht, Ansgar. Applaus.« Die Worte sprudelten nur so aus ihr heraus. Sie war so erzürnt, dass Hanna Mühe hatte, sie zu beruhigen.

»Ey Liv, beruhige dich. Lass ihn doch erst einmal erzählen.« Frey, die im Handschuhfach herumwühlte, zog den Zettel hervor, den sie Ansgar in der Werkstatt zugesteckt hatte, drehte sich zu Livia und drückte ihn ihr in die Hand. »Bitteschön, du solltest echt mal an deinem Temperament arbeiten. Wir haben eine Kopie davon gemacht für alle Fälle. Also fahr wieder runter, der Weg ist noch weit, und Unruhe hier bringt uns auch nichts«, ermahnte Frey.

Livia griff den Zettel und ihr Blick fiel auf Ansgar, während sie nur ein leises »Tut mir leid« hervorbrachte.

Ansgar signalisierte mit einem Nicken, dass alles gut sei.

Doch Livia setzte eine skeptische Miene auf: »Warum solltet ihr den Zettel abschreiben? Ich meine, schön und gut, aber warum? Es war ja nicht klar, dass Peter mir auf die Schliche kommt.«

Frey verdrehte die Augen: »Es hatte keinen Grund, wir waren nur der Meinung, dass es besser sei, zwei für den Notfall zu haben, nicht mehr und nicht weniger.«

»Na egal, dann wollen wir mal sehen, wo wir hinmüssen.«

»Mach dir darüber mal keine Gedanken, ich weiß, wo ich hinfahren muss.« Ansgar warf Frey einen kurzen Blick zu und seufzte. »Weißt du was? Ich fahr kurz rechts ran. Dann zeig ich dir das besser.«

Er lenkte den Wagen an den Straßenrand und ließ den Motor laufen, damit er bei der Kälte nicht auskühlte. Während der Wagen leise brummte, griff er nach der Karte, die Frey inzwischen aus dem Handschuhfach geholt hatte. Ansgar breitete sie auf dem Armaturenbrett aus und deutete mit dem Finger auf die Route.

»Schau, wir fahren am Torneträsk vorbei. Danach sind es noch etwa 450 Kilometer. Hier«, er tippte auf eine markierte Kreuzung, »musst du mir Bescheid geben, dass wir abbiegen. Und in Siste Havn«, er zeigte auf die letzte größere Stadt auf der Karte, »halten wir, um einzukaufen.«

Frey folgte seinen Erklärungen mit den Augen und ließ ihre Finger über die eingezeichnete Strecke wandern. »Wir kommen an so vielen Städten vorbei, Ansgar. Warum willst du erst in Siste Havn halten?«

Ansgar lehnte sich zurück und warf ihr einen kurzen Blick zu, bevor er wieder auf die Karte zeigte. »Ganz einfach: Es ist die letzte Stadt, die auf der Karte verzeichnet ist – und wahrscheinlich die letzte Möglichkeit, jemandem zu sagen, wo wir hinwollen.«

Seine Stimme klang gereizt, und Frey spürte, dass es besser war, nicht weiter nachzuhaken. Sie nickte nur, faltete die Karte zusammen und legte sie zurück ins Handschuhfach. Zufrieden startete Ansgar wieder durch, und der Wagen setzte sich in Bewegung.

Die Fahrt war angespannt. Ansgar musste eine Strecke antreten, von der er nicht überzeugt war, und die Wetterverhältnisse der letzten Tage trugen nicht gerade zu seiner Laune bei. Der Schneefall hatte nicht nachgelassen, und die Sicht war schlecht. Keiner aus der Gruppe wagte etwas zu sagen, aus Angst, er könnte die Fahrt abbrechen und sie alle zurück nach Hause schicken.

Diese bedrückende Stille wurde schließlich von Frey durchbrochen. Sie blickte kurz zu Ansgar, bevor sie ihren linken Arm ausstreckte, ihre Hand auf seinen Hinterkopf legte und ihre Finger sanft in sein dichtes Haar grub. Behutsam begann sie, ihm den Kopf zu kraulen. Ansgar atmete hörbar aus, seine Schultern entspannten sich ein wenig, und ein Hauch von Ruhe kehrte in den Wagen zurück.

»Fahr ein bisschen runter, ich denke, alle hier wissen, dass es für dich nicht einfach ist. Keiner ist dir böse. Wir sind alle dankbar, dass du uns trotz deiner Zweifel begleitest.«

»Es stimmt, ohne dich wäre das alles hier nicht

möglich gewesen. Also vielen, vielen Dank. Wir werden dir jetzt auch nicht mehr reinreden und dich fahren lassen« kam von Hanna.

Von Livia kam ein zustimmendes »Mhm«, und sie widmete sich der Tüte Chips, die sie unter dem Sitz gefunden hatte.

Das Geräusch machte Ansgar hellhörig. »Wenn du gerade die Chips isst, die unter dem Sitz waren, ich habe keine Ahnung, wie lange die da schon liegen.«

Livia zuckte nur mit den Schultern und aß weiter. »Wemsch…Isch…Esche…K'n….isch w'nschtensch… nisch… M'kern.« Sie hatte Mühe und Not, diese Worte über die Lippen zu bringen, ohne die Hälfte ihres Essens zu verlieren.

Ansgar schmunzelte und widmete sich wieder der Straße vor ihm. Hanna starrte aus dem Fenster und beobachtete die vorbeiziehende Landschaft. Auf der rechten Seite zog der Torneträsk langsam vorbei, ein riesiger See, der sich über mehrere Kilometer erstreckte. Seine gefrorene Oberfläche war von Schnee bedeckt, der im Licht des Mondes und der Sterne glitzerte. Der Anblick war beeindruckend, fast überwältigend. Doch immer wieder wurde ihre Sicht durch dichte Wälder, kleine Hügel oder Schneeverwehungen entlang der Straße eingeschränkt.

Die wechselnden Bilder der Landschaft zogen sie in ihren Bann. Stellenweise lag der Schnee meterhoch, während es an anderen Stellen so wirkte, als hätte es die letzten Tage keinen Schneefall gegeben. Die unberührte Weite und Stille schufen das Gefühl, in einer anderen Welt unterwegs zu sein – einer Welt, die ruhig und einsam wirkte, aber zugleich eine seltsame Schönheit ausstrahlte.

Sie warf einen kurzen Blick auf Ansgar, der konzentriert hinter dem Steuer saß. Sein Gesicht war ernst, die Augen auf die Straße gerichtet. Der Rest der Gruppe schlief, eingewickelt in Decken und dicke Jacken, und das leise Brummen des Motors füllte den Wagen.

Nach einer Weile wurde der See von einem dichten Wald verdeckt, der sich auf beiden Seiten der Straße erstreckte. Die Bäume warfen lange Schatten auf die Fahrbahn, und das schwache Licht der Scheinwerfer ließ die verschneiten Äste wie Geister erscheinen. Hanna fühlte sich in die Stille der Umgebung hineingezogen, unterbrochen nur durch das monotone Geräusch der Reifen auf dem Schnee.

Dann, nach einer Weile, lichtete sich der Wald, und die majestätische Aussicht auf den Torneträsk kehrte zurück. Hanna konnte nicht anders, als staunend aus dem Fenster zu schauen. Der riesige See schien endlos zu sein, eingefroren und von einer dicken Schneeschicht bedeckt. »Wunderschön«, murmelte sie leise, mehr zu sich selbst.

Ansgar blieb auf die Straße fixiert, während die vermeintliche Stille, die nur ab und an von einer Erschütterung des Wagens gestört wurde, plötzlich von einem euphorischen »Oooh!« durchbrochen wurde.

Livia riss die Augen auf, ihr Gesicht zeigte Entsetzen. »Was ist los?«, fragte sie schrill und schaute sich panisch um.

Auch Otto und Lars schreckten hoch, noch halb verschlafen und suchend um sich blickend.

Ansgar warf Hanna einen kurzen, genervten Blick zu, ohne den Wagen langsamer werden zu lassen. »Hanna ... ernsthaft? Du hast gerade die halbe Gruppe ins Nirwana geschrien.«

Hanna grinste entschuldigend und deutete aus dem Fenster auf die große eisige Steppe, die nun frei vor ihnen lag. »Guckt, Rentiere, und dann auch noch so viele. Das müssen doch bestimmt hundert Tiere sein.«

Und tatsächlich, die Steppe war voll mit ihnen.

»Seht euch das an, die Herde setzt sich in Bewegung«, sagte Hanna erstaunt. Alle wollten einen Blick erhaschen und drückten ihre Gesichter an die Scheibe.

Frey stupste Ansgar an: »Hey, sieh dir das an, einfach atemberaubend.«

»Ich fahre, Frey, wie soll ich mir das denn angucken?«

Er stöhnte laut auf, ging vom Gas und fuhr an den Seitenstreifen, schnallte sich ab, stieg aus dem Wagen und ging an den Zaun, der die Straße vom Feld trennte.

Sein Atem fror bei jedem Ausatmen in der Kälte. Die Sterne, die klar am Himmel standen, erhellten durch ihre Reflexion die Ebene so gut, dass die Gruppe, die sich jetzt zu ihm gesellt hatte, alles sehen konnte.

»Es ist wirklich atemberaubend«, sagte Ansgar und zeigte auf das schimmernde Polarlicht, das den sternenklaren Himmel über dem Torneträsk erleuchtete. »Dabei sind wir noch nicht mal lange unterwegs.«

Die Rentiere um sie herum schienen die magische Atmosphäre ebenso zu spüren, wie sie in Ehrfurcht innehielten, um das faszinierende Spektakel am nächtlichen Himmel zu bewundern. Sie verharrten noch einen Augenblick, bis auch das letzte Tier an ihnen vorbeigezogen war, und begaben sich zurück ins Auto.

»Das war wirklich schön«, sagte Hanna noch immer im euphorischen Ton. »Unsere Fahrt hat zwar einen anderen Grund, aber ich bin froh, dass wir das hier sehen konnten«, fügte sie noch an.

Ansgar nickte, »Jo… ich bin zwar immer noch nicht von der Fahrt überzeugt, aber das war es wert.«

Er schaute in den Rückspiegel und richtete seinen Blick auf Lars und Otto: »Was ist eigentlich mit euch beiden los? Die ganze Fahrt hört man nichts von euch, und auch eben habt ihr nichts zu sagen gehabt.«

Lars schaute auf: »Ach, ist nichts los, Otto schläft wieder, und ich wollte auch noch einmal die Augen zumachen, bis wir da sind. Zumal ich auch nicht wirklich weiß, was wir zu erzählen hätten.«

Ansgar akzeptierte die Antwort und richtete seinen Blick wieder auf die Straße. Nach ein paar weiteren Kilometern erschien:

**WILLKOMMEN IN NORWEGEN**

Durch eine Erschütterung öffnete Hanna die

Augen. Sie richtete sich auf und schaute aus dem Fenster.

Die Gegend war zerklüftet, und auf der linken Seite erstreckte sich das Meer.

»Wo sind wir, Ansgar?«

»Wir sind jetzt fast in Siste Havn. Ich werde aber gleich einmal ranfahren, denn ich brauche auch mal eine Pause. Da die anderen noch schlafen, wollte ich die Chance nutzen.«

Er fuhr an der nächstmöglichen Stelle an den Seitenstreifen, rutschte etwas hinunter und schloss die Augen.

Es vergingen einige Stunden.

Ansgar wurde wach und schaute auf die Uhr. Es war kurz nach acht. Er schaute sich um, doch der Wagen war leer. Er stieg aus und ließ den Blick schweifen.

Weit und breit war keiner der anderen zu sehen.

»Hey, könnt ihr mich hören? Wo seid ihr?« Er lauschte einen Moment, doch es kam keine Antwort. »Livia, Hanna, Frey, Lars, Otto, wo seid ihr?«, rief er, bis ihm die Kehle wehtat.

Er lief einen Abhang hoch und erspähte die Gruppe etwas mehr als 50 Meter vor ihm. Er erkannte, dass Hanna, Frey und Livia vor etwas Großem standen, zu dem sich Lars und Otto hinunter gebeugt hatten, und erhöhte sein Tempo. Beim Näherkommen erkannte er eine Kuh, die wohl aus einem Stall in der Nähe geflohen war. Sie steckte mit einem Huf in einer Bärenfalle fest, und Lars versuchte, diese zu lösen, während Otto das Tier zu beruhigen versuchte.

»Hey, was ist denn hier passiert?«, fragte Ansgar mit schnaubender Stimme und nach Luft ringend.

»Ach, wir sind hier spazieren gegangen, während du geschlafen hast, und haben dann die Kuh entdeckt«, erzählte Frey ganz aufgeregt.

»Wir sind ganz schnell hingelaufen und versuchen jetzt schon seit einer gefühlten Ewigkeit, das Ding zu öffnen.«

»Leider haben wir keine Ahnung, wie man sowas macht«, sagte Otto mit unter Anstrengung zitternder Stimme.

Ansgar hockte sich hin und schaute sich die Bärenfalle an.

»Ihr habt echt keinen Plan von sowas, oder?« Mit einem Schmunzeln guckte er in die Runde. »An der Seite der Falle ist ein Spanner oder wie die Dinger heißen«, sagte er und deutete mit dem Finger auf ein großes Stück Metall, das von der Falle abstand.

»Wenn man den runterdrückt, löst sich die Spannung der Falle, und man kann sie problemlos wieder öffnen. Dabei muss die Kuh aber stillhalten«, erklärte er der Gruppe. Er schaute in die Richtung der Mädchen: »Kümmert ihr euch darum. Lars, Otto und ich werden dann die Falle öffnen.«

Die Mädchen nickten und gingen auf das verängstigte Tier zu. Frey legte ihre Hand auf den Kopf des Tieres und fing an, es zu streicheln und ihm gut zuzureden. Hanna und Livia taten es ihr nach, und sie merkten, wie das Tier langsam ruhiger wurde.

Lars war total außer Atem. »Was würden wir nur ohne dich tun, Ansgar.«

Dieser fing an zu lachen. »Das frage ich mich auch immer wieder. Ohne mich wärt ihr schon manches Mal aufgeschmissen gewesen«, lachte er weiter.

Ansgar griff nach der Falle: »Also, ich werde die Feder runterdrücken, und ihr beide zieht an den Zähnen. Frey, ihr müsst die Kuh weiter beruhigen. Wird jetzt sicher schmerzhaft 1… 2… 3… ziehen!«

Ansgar drückte mit all seiner Kraft die Feder hinunter, und mit Mühe und Not schafften sie es, die Kuh zu befreien, bevor ihre Kräfte nachgelassen hatten. Die Kuh sprang auf und lief in Panik von der Gruppe weg.

Sie rafften sich auf, und Frey deutete auf die Falle. »Wie kommt eine Bärenfalle überhaupt hier hin?«

»Hier ist weit und breit nichts zu sehen, und Bären gibt es hier doch gar nicht, oder?«, überlegte Hanna laut.

Ansgar überlegte und schaute sich um: »Ich glaube nicht, keine Ahnung, warum sie hier liegt. Wird sicher einen Grund haben.« Er deutete mit der Hand in die Richtung, aus der er gekommen war: »Es ist aber auch nicht unser Problem. Wir sollten jetzt weiterfahren und nicht noch mehr Zeit verschwenden, damit wir unseren Zeitplan einhalten können.«

Sie wollten sich gerade auf den Weg zum Auto machen, als sie lautes Brüllen hinter sich vernahmen. »Hey ihr Viehdiebe, was macht ihr hier auf meinem Land?«

Sie drehten sich erschrocken um und sahen einen kleinen rundlichen Mann, auf sie zu rennen. Er hatte ein knallrotes Gesicht vor Anstrengung und eine

Flinte in der Hand. Vom Alter her schätzte Ansgar ihn auf Mitte fünfzig.

»Was macht ihr da mit meiner Kuh, und was wollt ihr auf meinem Land? Verschwindet von hier!«, brüllte der Mann die Gruppe an.

Otto ergriff ruhig das Wort und ging dem Mann entgegen, bevor der Fremde weiter wettern konnte: »Entschuldigen sie bitte. Wir hatten nicht vor, ihr Land ungefragt zu betreten. Beim Spazieren entdeckten wir diese Kuh, die in einer Bärenfalle feststeckte, da sie es ja gerade bestätigt haben, wissen wir nun, dass es ihre Kuh ist.«

Der Mann senkte sein Gewehr und schien sich langsam zu beruhigen.

»Wir haben sie aus der Falle befreit, aber sie sollten sich die Verletzung an Ihrem Bein trotzdem noch anschauen. Wir wissen nicht, wie lange sie schon gefangen war und wie sehr sie sich verletzt hat«, berichtete Otto weiter.

Der Mann schnaubte nur und sagte: »Dann bleibt mir ja nichts anderes mehr, als euch zu danken, dass ihr meine Kuh befreit habt.« Er ließ den Blick über die Gruppe schweifen. »Und was macht ihr hier? Hab euch noch nie hier gesehen, eurem Akzent nach kommt ihr sicher nicht aus der Gegend.«

Livia trat hervor und ergriff das Wort: »Wir sind auf dem Weg nach Forste By. Haben sie schon einmal davon gehört und können uns vielleicht etwas darüber berichten?«

Der Mann setzte eine nachdenkliche Miene auf.

»Erzählen kann ich nichts darüber, man hört viele

Geschichten von verschwundenen Leuten in dieser Gegend, aber mehr weiß ich auch nicht.« Er kratzte sich an seinem Kinn. »Die Gegend ist auch sehr abgelegen, was verschlägt euch denn dahin?«

Hanna wühlte in ihrer Tasche: »Kann ich ihnen eine Frage stellen?«

Der Mann nickte.

Sie kramte das Foto raus und hielt es dem alten Mann vor die Nase.

»Haben sie zufällig diesen Mann gesehen?«

Er musterte das Bild ganz genau, doch zu Hannas Enttäuschung schüttelte er mit dem Kopf.

»Ne, den Mann hab ich noch nie gesehen.«

Er schaute auf seine Uhr.

»Ihr solltet langsam weiterfahren, in der nächsten Stadt habt ihr vielleicht mehr Glück. Es tut mir leid, dass ich dir nicht helfen konnte, ich möchte euch allen aber trotzdem noch einmal danken, dass ihr der alten Dame geholfen habt.« Mit diesen Worten entfernte er sich von der Gruppe und lief seiner Kuh nach.

»Er hat recht, wir sollten uns jetzt auf den Weg zum Auto machen. Ich habe schon im Gefühl, dass unser Zeitplan nicht mehr funktioniert, auch wird es gegen 14 Uhr wieder dunkler«, sagte Ansgar, und die Gruppe machte sich auf den Weg.

Beim Auto angekommen, stiegen sie schnell ein und fuhren weiter.

Nach dem nervenaufreibenden Zwischenfall dauerte die Fahrt nach Siste Havn nicht mehr lange. Es war mindestens noch zwei Stunden hell, als sie die Stadt erreichten. Beim Einfahren wurden sie von einem großen blonden Mann in einem olivgrünen Anzug angehalten. Ansgar kurbelte das Fenster herunter, und der Mann kam auf ihn zu.

»Herzlich willkommen bei uns. Wie war eure Fahrt? Ich hoffe, Ihr hattet keine Probleme?«

Ansgar, der nicht mit so etwas gerechnet hatte, fing etwas an zu stammeln und es dauerte einen kleinen Moment, bis er sich wieder gefangen hatte.

»Ja, soweit war alles in Ordnung ... wir hatten nur eine minimale Auseinandersetzung mit einem Bauern einige Kilometer zuvor.«

»Viele Bauern gibt es da oben nicht, also nehme ich an, dass ihr den alten Oliv meint. Er ist der Einzige dort, der öfter mal mit anderen aneinandergerät«, schmunzelte er, bevor er sich vorstellte.

»Ich bin übrigens Arvid Pedersen, der Bürgermeister dieser kleinen, aber feinen Gemeinde.«

Er reichte Ansgar die Hand, und dieser schüttelte sie.

»Er hat sich nicht bei uns vorgestellt, und da er eine Flinte in der Hand hatte, haben wir auch nicht nachgefragt, wie er hieß.«

Arvid fing laut an zu lachen. »Ah ja, das ist er. Er kann Fremde nicht ausstehen, besonders wenn es um seinen Hof und sein Land geht.«

Ansgar verzog das Gesicht und Arvid, der dies bemerkte, ergriff noch einmal das Wort. »Aber sei es drum, was verschlägt euch hierhin und wie lange habt ihr vor zu bleiben? Wollt ihr hier übernachten oder nur etwas essen?«

Die Worte sprudelten nur so aus dem Mann heraus, so dass Ansgar Mühe hatte, einen Satz zu beginnen.

»Wir möchten nicht übernachten... wir würden gerne etwas essen und unsere Vorräte wieder auffüllen. Können Sie uns da etwas empfehlen?«

Arvid überlegte kurz.

»Ja, Fersk Fist hat das beste Essen hier, und bei Mange könnt ihr eure Vorräte auffüllen, wo wollt ihr denn hin, wenn ich fragen darf?«

Ansgar schaute die Gruppe an, und Livia und Hanna nickten.

»Wir wollen nach Forste By.«

Arvid wurde kreidebleich. »Was diesen Ort betrifft, solltet ihr mal mit dem alten Alduin sprechen. Ihm gehört die Tankstelle hier... ich persönlich würde mich von dem Ort aber fernhalten, es verschwinden häufig Menschen in dieser Gegend.«

Ansgar bedankte sich bei Arvid, kurbelte das Fenster wieder hoch und machte sich auf den Weg zur Tankstelle.

Ansgar fuhr langsam durch die Stadt, um ja nichts zu übersehen. Er erschrak kurz, als Frey ihm auf den Arm haute.

»Guck, da vorne ist Fersk Fist ... lass mich mit Lars dort raus, dann können wir uns was zum Frühstück und zum Mittag holen.«

Er nickte und fuhr rechts ran. Frey und Lars verließen den Wagen. »Wenn wir fertig sind, kommen wir zur Tankstelle ... fragen dann, wo wir lang müssen.«

Er nickte und fuhr weiter Richtung Tankstelle.

Es dauerte nicht lange und kurz vor der Stadtgrenze tauchte sie auf der linken Seite auf.

»Das wird sie wohl sein«, Hanna deutete auf das alte Gebäude mit zwei Zapfsäulen.

Ansgar setzte den Blinker und sie fuhren auf das Gelände und hielten neben einer der Säulen.

»Was haltet ihr davon, wenn wir uns hier auch trennen?«, fragte Hanna die Gruppe. »Ich denke, wir sind schneller, wenn ich mit Ansgar in die Tankstelle gehe und Livia und Otto noch einmal Wasser und Proviant kaufen gehen.« Sie deutete auf die andere Straßenseite. »Da ist Mange. – Arvid meinte doch, dass wir dort einkaufen können.«

Es gab keine Widerworte. Keiner hatte große Lust, noch mehr Zeit zu verschwenden und somit machten sie sich auf die jeweiligen Aufgaben zu erfüllen.

Hanna blickte noch einmal zurück und sah, wie Otto und Livia in den Laden verschwanden, bevor sie und Ansgar die Tankstelle betraten.

»Hallo, ist hier jemand? Wir brauchen Benzin und wollten uns über Forste By erkundigen«, rief Ansgar in den dunklen Laden.

Es raschelte, und in einer Ecke fiel ein Haufen Dosen zusammen.

»Ich will den Namen hier nicht hören... Ich werde sicher nicht das Gespött für Touristen sein«, sagte eine Stimme, die einem älteren Herrn gehörte, der aus der Dunkelheit auf sie zutrat. »Es gibt nichts als schmerzliche Erinnerungen an diesen Ort... also sprecht nicht darüber«, fuhr er fort. »Ihr braucht Benzin, sagtet ihr?« Ansgar, der etwas näherkam, nickte.

»Genau, wir brauchen Benzin und...«

»Halt! Wir brauchen auch Informationen über Forste By und was dort geschehen ist«, fiel Hanna ihm ins Wort. »Es tut mir sehr leid, was Ihnen damals widerfahren zu sein scheint, aber Sie sind meine letzte Hoffnung, noch ein paar Dinge zu erfahren. Alduin, richtig? Arvid hat uns zu Ihnen geschickt. Mein Vater ist in den Gewässern vor Forste By verschwunden, und durch einige Recherchen sind wir auf Forste By gestoßen.«

Sie holte kurz Luft.

»Haben Sie ihn gesehen oder haben zumindest irgendwelche Informationen?«

Ihr Bitten schwang flehend mit. Der Mann presste seine Lippen zusammen, seine Augen wurden zu schmalen Schlitzen.

»Bitte ...« flehte Hanna mit glänzenden Augen und zitternder Stimme.

Alduin seufzte: »Der Bürgermeister ist so ein Schwätzer! Aber nun gut« grummelte er. »Du kannst das Bild aus meinem Gesicht nehmen, Mädchen. Deinen Vater kenne ich nicht. Wo soll ich anfangen?«

»Ganz am Anfang!«; bittet Hanna schnell – egal, ob die Frage eigentlich rhetorisch gemeint war.

»Mädchen …« Der alte Herr verdrehte die Augen und begann zu erzählen. »Also einige Tage bevor wir die Stadt verlassen mussten...«

Ansgar und Hanna merkten, dass es ihm Unbehagen bereitete, doch Hanna wollte alles in Erfahrung bringen, was ging.

»Es war uns schon klar, irgendwie hatten wir es damals geahnt, dass etwas nicht stimmte. Mein Vater war bei dem alten Beckmann angestellt und ist sonst immer nach spätestens drei Tagen nach Hause gekommen. Doch auch am vierten war er nicht da.«

Er ging in sein Büro, schaltete das Licht an und setzte sich in seinen Sessel.

»Kommt rein und setzt euch... Kann etwas länger dauern«, sagte er und deutete auf zwei Stühle an der Seite.

Ansgar und Hanna taten wie aufgefordert und betraten den Raum. Erst hier konnte Ansgar ihn richtig erkennen. Sein Gesicht war vernarbt, er war auf einem Auge blind, und man sah ihm an, was er in seinem Leben schon durchgemacht hatte. Er hatte langes weißes Haar und war etwas dürr.

»Meine Mutter wurde langsam nervös, und sie ging zum Hafen. Dort wurde ihr nur gesagt, dass alles gut sei und die Männer sicher bald nach Hause kommen würden ... dem war aber nicht so.«

Er erhob sich zitternd und schenkte sich einen Schluck Kaffee in seine Tasse, deutete auf zwei leere und setzte sich wieder.

Ansgar erhob sich ebenfalls und schenkte sich etwas von der schwarzen Brühe ein.

»Danke, erzählen Sie bitte weiter«, sagte er, als er sich wieder setzte.

Seine Miene verfinsterte sich. »Jetzt kommt der Teil, der mir bis heute einen Schauer über den Rücken laufen lässt und der mich zum Gespött der Stadt gemacht hat.«

Er stellte seine Tasse zur Seite und holte einen Flachmann aus seiner Brusttasche, den er in einem Zug leerte. Hanna und Ansgar warfen sich Blicke zu, aber sagten nichts.

»An dem Tag sind viele Menschen gestorben, und ich bin mir bis heute sicher, dass ich dort etwas gesehen habe.« Alduin wurde sichtlich nervös und schaute zwischen Ansgar und Hanna hin und her. »Ich weiß, was ich gesehen habe, und werde mir nicht einreden lassen, dass es am Schock oder sonst etwas gelegen haben soll. Ich war 17 Jahre alt, also kein Kind, das sich Geschichten ausdenken muss«, sagte er etwas lauter, was Hanna erschrecken ließ.

»Es tut mir leid«, fügte er hinzu. »Es macht mich einfach so wütend ... seit dreißig Jahren schleppe ich das mit mir herum und wurde immer nur verhöhnt. Ich weiß, was passiert ist und was ich gesehen habe.«

Er lehnte sich zurück, seine Augen starrten ins Leere, als er begann, die Ereignisse jenes Tages zu schildern.

»Es war ein sonniger Vormittag, die Art von Tag, an dem man glaubt, nichts könnte schiefgehen. Ich erinnere mich, als wäre es gestern gewesen... ein Fest war in vollem Gange, Kinder lachten, Musik spielte, und die Menschen genossen die friedliche Atmosphäre.

Dann, ohne Vorwarnung, brach das Chaos los. Ein Knall kam von der Insel, Schreie durchdrangen die Luft, und Rauch stieg auf. Menschen rannten panisch umher. Jedem in der Stadt war klar, dass nicht alles gut war, und drei Männer aus der Stadt fuhren rüber auf die Insel. Auch sie kamen nicht zurück.«

Alduin hielt inne.

»Inmitten dieses Albtraums«, fuhr er fort, seine Stimme zitterte leicht, »sah ich ihn. Eine schwarze Silhouette, die wie ein Schatten am Ufer der Insel stand. Er bewegte sich nicht, schien die Verwüstung um sich herum nicht wahrzunehmen. Er stand einfach nur da, seine Augen fixierten etwas in der Ferne, als ob er die Zukunft voraussehen könnte.«

Alduin räusperte sich: »Am nächsten Tag wurden der alte Beckmann und sein Sohn tot am Hafen gefunden. Wir alarmierten die Behörden. Im Laufe des Tages kamen sie, um bei der Suche nach den Arbeitern auf der Insel zu helfen. Doch auch sie kamen nicht zurück ... es war, als ob die Insel sie verschlungen hätte, genau wie die anderen. Niemand wusste, was dort vor sich ging, und die Angst in der Stadt wuchs. Danach ging es schnell... Die Stadt wurde evakuiert und abgeriegelt, und Forste By geriet in Vergessenheit, da niemand mehr darüber reden mochte. «

Er seufzte schwer und schaute Ansgar und Hanna ernst an.

»Ich weiß, dass das unglaublich klingt, aber ich habe es mit eigenen Augen gesehen... Diese Silhouette hat mich seitdem verfolgt. Ich kann sie nicht vergessen, und sie hat mein Leben verändert. Meine Mutter und ich kamen in diese Stadt und eröffneten diese Tankstelle, doch einige Monate danach wurde sie krank und verstarb kurz darauf. Mittlerweile bin ich der Letzte aus Forste By. Alle anderen, die an diesem Tag geflohen sind, sind tot«, ließ er den Kopf sinken.

»Diese Geschichte habe ich zu Beginn sehr vielen Leuten erzählt, aber nicht einmal die Bewohner aus Forste By haben mir geglaubt. Seit diesem Tag bin ich hier nur der komische Kauz oder der Geschichtenerzähler.«

Ansgar runzelte die Stirn und beugte sich näher zu Alduin. »Hast du versucht, mit jemandem darüber zu sprechen? Die Behörden, deine Familie?«

Alduin nickte langsam. »Natürlich... Aber niemand hat mir geglaubt. Sie sagten, ich sei traumatisiert, dass mein Verstand mir Streiche spielte. Doch ich weiß, was ich gesehen habe. Es war, als ob dieser Mann nicht wirklich existierte, zumindest nicht in unserer Realität. Er war wie ein Geist, ein Vorbote des Todes, und seit diesem Tag verfolgt mich seine Gestalt.«

Hanna legte eine Hand auf Alduins Arm, ihre Augen waren voller Mitgefühl.

»Wir glauben dir... es muss schrecklich gewesen sein, all das mit sich herumzutragen. Aber was glaubst du, wer oder was dieser Mann war?«

Alduin schüttelte den Kopf.

»Ich weiß es nicht ... ein Dämon, ein Engel des Todes, vielleicht auch etwas anderes. Aber tief in meinem Inneren fühle ich, dass er echt war. Und vielleicht war er ein Zeichen, eine Warnung, dass das, was an jenem Tag geschah, kein Zufall war.«

Die Stille im Raum war erdrückend, nur das leise Ticken der Uhr war zu hören. Ansgar und Hanna tauschten einen besorgten Blick aus.

Hanna trat näher an die alte Karte, die an der Wand hing, und musterte die Stelle, die Alduin beschrieben hatte.

Sie holte das Tagebuch ihres Vaters hervor und blätterte auf die letzten beschriebenen Seiten, ging zu Alduin und legte ihm das Buch auf den Schoß.

»Lesen Sie hier am 01.12. Dort erwähnt mein Vater den Mann in Schwarz ebenfalls.«

Alduin riss die Augen weit auf.

»Also bin ich nicht verrückt«, lächelte er leicht und schaute die beiden dann mit ernstem Blick an.

Im strengen Ton sagte er: »Haltet euch von Forste By fern... dieser Ort ist unwirklich, und noch heute verschwinden Leute, die sich dahin verirren und die Warnungen missachten. Über die Jahre habe ich die Strecke nach Forste By mit Warnschildern versehen.«

Er stand auf.

»Ihr werdet dort nichts finden. Es lebt dort auch keiner mehr, der euch helfen kann. Also bitte fahrt nicht weiter.«

Er schaute zurück zu Hanna, doch diese lächelte ihn nur an.

»Vielen Dank, dass Sie sich Sorgen machen... aber ich möchte meinen Vater wiederfinden und werde nichts unversucht lassen.«

In dem Moment klingelte die Glocke der Ladentür, und Lars, Frey, Otto und Livia kamen herein.

Hanna ging an Alduin vorbei und ging den

schmalen Gang entlang. Rechts und links standen Regale mit allerlei, und am Ende stand eine kleine Kasse. Sie versicherte ihren Freunden, dass sie alles haben, was sie brauchten, und sie verließen die Tankstelle- ohne Ansgar.

Ansgar griff sich einen Stift und einen Zettel vom Schreibtisch des Mannes und fing an zu schreiben.

»Ich nehme ihre Warnung ernst ... sollten wir also in spätestens drei Tagen nicht wieder da sein, rufen sie bitte meine Mutter an. Die Nummer habe ich ihnen aufgeschrieben. Mein Name ist Ansgar Gustafsson. Ich bin mit meiner Schwester Livia Gustafsson und unseren Freunden Hanna Asgirsson, Frey Aström, Lars Larsson und Otto Lund aus der Stadt Gards Träsk in Schweden auf dem Weg nach Forste By, um Hanna bei der Suche nach ihrem Vater zu unterstützen.«

Der alte Mann guckte etwas verwirrt.

»Machen sie sich keine Sorgen ... ich habe ihnen alles aufgeschrieben und meiner Mutter auch einen Brief hinterlassen. Ich erzähle ihnen das alles, weil ich nicht glaube, noch jemanden zu treffen, wenn wir erst einmal von hier los sind. Also bitte rufen sie an, sollten wir wirklich nicht mehr zurückkommen.«

Alduin nickte, nahm den Zettel und steckte ihn in seine Brusttasche, wo vorher der Flachmann gewesen war.

»Ich drücke die Daumen, dass meine Worte die eines alten Narren sind ... und bete für eure sichere Wiederkehr«, sagte er und geleitete Ansgar vor die Tür.

»So, dann lass uns noch einmal das tun, wofür ihr

noch hier seid, und den Wagen wieder voll machen«, sagte er und lachte dabei kurz auf.

Es dauerte einen Moment, bis der Wagen wieder voll war.

»Den Sprit schenke ich euch ... mach auch nochmal die Motorhaube auf, dann gucke ich, ob da noch was nachgefüllt werden kann.«

Ansgar öffnete die Motorhaube, und Alduin rüttelte etwas am Motor herum, stieß ein »Alles gut« aus und schloss die Haube wieder.

Alle stiegen ins Auto, und Alduin kam zur Fahrertür.

»Dann bleibt mir nichts mehr zu sagen als alles Gute und auf eine baldige Wiederkehr.«

Ansgar nickte, startete den Motor und rollte vom Gelände. Er hupte zweimal und fuhr dann los Richtung Forste By.

Ungefähr eine Stunde von Siste Havn entfernt fuhren sie durch eine immer dichter werdende Nebelwand, die das Gefühl von Einsamkeit und Isolation verstärkte.

Ansgar, der das Auto steuerte, erinnerte sich an die mysteriösen Worte Alduins und sagte: »Das meinte er also, als er von einem unwirklichen Ort sprach.«

»Ansgar, stopp!«, schrie Livia, die nun auf dem Beifahrersitz saß. Doch es war zu spät ... Ansgar konnte nicht schnell genug reagieren und fuhr frontal in einen umgestürzten Baum. Der Aufprall war nicht stark genug, um Verletzungen zu verursachen, doch alle waren durch den Aufprall etwas benommen.

»Seid ihr verletzt?«, fragte er in die Runde, ein Raunen zog durch den Wagen, aber keiner schien verletzt zu sein. Beim Versuch, den Motor zu starten, sprang er nicht mehr an. Ansgar stieg aus, ging zur Motorhaube und schlug die Hände über seinem Kopf zusammen. Die Front des Wagens war schwer beschädigt und deformiert – mit eingedrückten Stoßstangen, zersplittertem Glas und verformtem Metall. Der Kühlergrill war verzerrt und eingedrückt, und aus dem Motorraum trat dichter Rauch aus.

Der Motor war sichtbar beschädigt, als Ansgar die Motorhaube öffnete.

Plötzlich hörte er ein Plätschern, schaute unter das Auto und sah eine Öllache.

»Verdammt, der Schlauch muss auch gerissen sein«, ärgerte er sich.

»Kannst du den Schlauch nicht einfach reparieren?«, fragte Lars, der sich zu Ansgar begeben hatte.

Ansgars Blick zeigte, wie genervt er war, als er Lars ansah. »Hast du dich schon einmal umgesehen? Wir sind mitten in der Pampa – weit und breit ist hier nichts. Aber ja, wenn ich einen Schlauch hätte, könnte ich ihn wechseln, wenn das unser einziges Problem wäre. Guck dir die Front doch mal an – so kommen wir nicht weiter.«

»Vielleicht können wir in Forste By etwas finden oder zumindest jemanden anrufen«, schlug Lars leise vor.

Ansgar warf ihm einen wütenden Blick zu. »Ich wusste, dass das alles hier ein Fehler war. Egal, wie wir es machen – alles scheint uns daran hindern zu wollen, Forste By zu erreichen. Und trotzdem gehen wir immer und immer weiter.«

Ansgar war total außer sich und trat gegen sein Auto: »Wir hätten einfach zuhause bleiben sollen und keinen Hirngespinsten von so einem komischen Kauz folgen sollen. Wie ihr alle seht, haben wir jetzt die Scheiße hier.«

Ansgar wurde lauter und trat weiter auf seinen Wagen ein. Frey und Livia warfen sich wissende Blicke zu, dass zu seiner Wut, auch die eigene Traurigkeit hinzukam, das letzte Geschenk von seinem Vater in Trümmern zu sehen.

Lars, der nicht versuchte, ihn davon abzuhalten, ging an den Kofferraum und holte die Taschen hervor.

Er verteilte sie an die anderen und die letzte Tasche hielt er Ansgar hin: »Ich weiß, dass alles Mist ist, und ich weiß auch, dass du von der Fahrt nicht überzeugt bist. Aber hier so herumzuschreien und dein Auto zu demolieren, bringt uns auch nicht weiter. Wir haben jetzt nur zwei Optionen: Entweder laufen wir den letzten Kilometer weiter und versuchen unser Glück, oder wir laufen die vierzig Kilometer zurück nach Siste Havn. Das ist jetzt deine Entscheidung – du solltest aber berücksichtigen, dass wir mindestens 10 Stunden laufen müssen, um zurückzukommen. Und ich bin zwar nicht der Schlauste, aber selbst ich weiß, dass wir Glück haben, auf den Lofoten zu sein, wo das Wetter milder ist als im Rest des Landes. Sonst würde hier noch viel mehr Schnee liegen, und wir würden kaum vorankommen.«

Lars stellte den Rucksack neben Ansgar ab und ging zurück zu den anderen. Ansgar zuckte zusammen. Lars' Aussage machte die Situation nicht gerade erträglicher. »Es tut mir leid. Wir sollten einfach nicht hier sein, aber Lars hat recht – uns bleiben nicht viele Optionen.«

Livia trat neben ihren Bruder und fasste ihn tröstend an der Hand.

Er holte tief Luft und bereute bereits in Gedanken, was er nun sagte: »Wir sollten den letzten Kilometer nach Forste By laufen. Wenn wir dort nichts finden, machen wir uns auf den Weg zurück nach Siste Havn – wir hinterlassen aber eine Nachricht im Auto für alle Fälle.«

Er konnte das Glitzern in Hannas Augen erkennen.

Alle spürten Wehmut und Zusammenhalt … und so setzten sie ihren Weg gemeinsam fort.

Meter um Meter kämpften sie sich durch den Schnee. Der Weg nach Forste By führte durch eine malerische Landschaft aus verschneiten Bäumen und vereisten Hügeln. Die tief verschneite Wildnis wirkte wie verzaubert trotz des Nebels.

Die Warnschilder von Alduin, um vor der Route zu warnen, tauchten entlang des Weges auf. Bilder von unheimlichen Gestalten und düsteren Symbolen sollten Reisende abschrecken – doch die Gruppe ignorierte sie und setzte ihren Weg fort.

Die Stille wurde nur durch das Knirschen des Schnees unter ihren Schuhen und das gelegentliche Rufen von Vögeln durchbrochen.

Hanna blickte nachdenklich auf Livia und fragte leise: »Kannst du dich an meinen Traum erinnern, von dem ich dir erzählt habe, Livi?«

Livia erwiderte ihren Blick und nickte langsam. »Ja, ich erinnere mich. Der Steg, das Wasser, die Insel in der Mitte der Bucht … und der Mann in Schwarz auf der anderen Seite.«

Hanna zögerte, »Genau daran musste ich denken, als Alduin uns von damals erzählte. Er hat gesagt, dass er ebenfalls diese schwarze Gestalt gesehen hat.«

Livia überlegte einen Moment, bevor sie antwortete. »Wir behalten das für uns. Nach der Sache mit dem Auto will ich Ansgar nicht noch mehr aufregen.«

Ihre Blicke wanderten zu Ansgar, der bereits ein gutes Stück voraus war. Während sie in das Gespräch vertieft gewesen waren, hatte er sich unbemerkt abgesetzt und lief mit festen Schritten voran. Mit einem kurzen, stummen Einverständnis beschleunigten Hanna und Livia ihre Schritte und schlossen rasch wieder zu ihm auf.

Nach etwa 500 Metern stellte Frey ihren Rucksack ab und reichte Tee, den sie im Laden mitgenommen hatte, herum, damit sie sich während des Gehens stärken konnten.

Ansgar griff nach Gebäck und einem Apfel aus seiner Tasche: »Unter Essen habe ich mir eigentlich etwas anderes vorgestellt. Haben wir außer dem Tee nichts Warmes dabei?«, fragte er entgeistert.

Frey schaute etwas beschämt: »Sie hatten nichts anderes da... Ich konnte aber immerhin eine Kanne Tee aufkochen. Es gefällt mir auch nicht, aber was sollten wir sonst machen?«

»Es tut mir leid, Frey. Es ist nicht deine Schuld. Es ist einfach alles hier. Aber egal, wir gehen jetzt einfach weiter, und hoffentlich finden wir etwas.«

»Wir sollten wirklich nicht zu lange hier verweilen«, meldete sich Otto zu Wort.

Ansgar verschluckte sich fast an dem Gebäck: »Du sprichst ja doch mit uns«, lachte er und klopfte Otto auf die Schulter. »Seit wir von zuhause los sind, hast du kaum ein Wort gesagt. Das gleiche gilt eigentlich auch für Lars. Wenn etwas ist, dann sagt es.«

Otto und Lars schauten auf den Boden, als würden sie sich für irgendetwas schämen. »Ich bin von der ganzen Fahrt auch nicht überzeugt. Zumal ich das Gefühl habe, dass das alles hier unsere Gruppe auseinanderreißen wird«, sagte Otto. »Außerdem wollte ich nicht in eure Streitereien hineingezogen werden«, fügte er hinzu, half Livia auf und sagte: »Wir sind doch ein Team und sollten auch so miteinander umgehen. Wenn du nicht begeistert von der Fahrt bist, hättest du auch nicht fahren sollen.«

Ansgar war etwas entsetzt über die Worte Ottos, verstaute seine Sachen und ging auf ihn zu, legte seine Hand auf Ottos Schulter: »Es tut mir leid, wenn ich euch das Gefühl vermittelt habe, dass hier alles den Bach runtergeht.« Er wandte sich Lars zu: »Auch, dass ich dich so behandelt habe, tut mir leid. Ich habe auch keine Lust auf Streit in der Gruppe, zumal wir jetzt gerade nur uns haben.«

»Alles gut, Ansgar. Mach dir keinen Kopf. Danke aber, dass du es irgendwo einsiehst.«

Ansgar nickte und reichte ihm die Hand: »Vielen Dank für eure Worte. Ich gelobe Besserung«, lachte er und ging zu Frey, nahm ihre Hand in seine und drückte sie sanft, während sie gemeinsam ihren Weg fortsetzten.

Händchenhaltend liefen sie durch den Schnee, vorbei an zugefrorenen Bächen und kleinen Waldabschnitten. Das Knirschen unter ihren Füßen und die Nähe zueinander gaben ihnen die Kraft, den kalten Weg weiterzugehen – und ihre gegenseitige Wärme erinnerte sie daran, dass sie in all dem Schnee nicht allein waren.

Nach und nach veränderte sich die Umgebung, und ein Geruch von Moder stieg ihnen in die Nase. Zerklüftete Hügel zeichneten sich in der Ferne ab, während ein dichter Nebel langsam alles verschlang.

Anfangs konnten sie noch Vögel zwischen den kahlen Bäumen sehen, und der Wind ließ die Blätter rascheln. Doch mit jedem Schritt wurde es stiller. Der Wind legte sich, die Vögel verschwanden, und schließlich war es so ruhig, dass sie nur noch ihre eigenen Schritte und Atemzüge hören konnten. Die Sicht wurde immer schlechter, bis sie vor einer dichten, gräulich weißen Wand zum Stehen kamen. Die Nebelwand wirkte fast lebendig, als würde sie alles dahinter mit Absicht verbergen. Kein Laut drang daraus hervor, kein Licht schimmerte hindurch.

»Seid ihr euch sicher, dass wir da reingehen sollten?«, fragte Otto in die Runde, seine Stimme klang ungewöhnlich leise in der bedrückenden Stille.

Ansgar zuckte mit den Schultern und zog die Stirn kraus. »Ich habe keine Ahnung. Aber mal ehrlich – nach all dem, was wir jetzt schon erlebt haben, sollten wir ein paar Meter vor dem Ziel nicht aufgeben.«

Er trat einen Schritt näher an die Nebelwand heran und blieb kurz stehen, als hätte er einen Widerstand gespürt. »Haltet euch an den Händen, damit wir uns nicht verlieren«, sagte er noch, seine Stimme fest, aber leiser als zuvor.

Die Nebelwand vor ihnen schien sich weiter zu verdichten, und die letzten Umrisse der Bäume verschwanden. Es war, als würde die Welt, die sie kannten, von dem Nebel verschluckt werden.

Ein letzter Blick ging zwischen ihnen um, bevor Ansgar entschlossen die Hand ausstreckte und in die Wand griff.

Es dauerte eine halbe Ewigkeit, bis sie den Nebel hinter sich lassen konnten. Ansgar musste die Hand vor sein Gesicht halten, als ihm die Sonne ins Gesicht schien, und die Gruppe tat es ihm nach, als sie nach und nach den Nebel verließ.

Otto setzte eine verdutzte Miene auf. »Was ist denn hier los? Es sollte doch dunkel sein?«

Ansgar schaute ihn fragend an: »Warum fragst du mich das? Der Alte von der Tankstelle hat doch gesagt, dass das ein komischer Ort ist.«

Der Mann aus Siste Havn hatte nicht untertrieben, nicht nur stand die Sonne hoch am Himmel, sondern von Schnee war weit und breit nichts mehr zu sehen.

Die Gruppe setzte sich in Bewegung, und nach etwa 100 Metern kamen sie an ein altes, schon halb verrottetes Schild.

**WIL KO M N I ORST Y**

Sie gingen weiter und das Erstaunen stand ihnen ins Gesicht geschrieben. Am Stadtrand Forste Bys bot sich ein Bild des Verfalls. Die Holzhäuser, typisch für norwegische Küstenstädte, waren mehr als heruntergekommen. Die einst farbenfrohen Fassaden waren verblasst und abgeblättert, die Fensterläden hingen schief oder fehlten ganz.

Einige Häuser waren nach Bränden nur noch halb erhalten, mit verkohlten Balken, die wie gebrochene Rippen in den Himmel ragten.

Die Straßen waren zeitweise voller Scherben, die von kaputten Fenstern stammten, und der Boden war uneben und von Schutt übersät.

Was jedoch am meisten hervorstach, war der Gestank nach verfaultem Fisch, der die Stadt erfüllte und ihre Nasen reizte.

»Bah, riecht ihr das?«, Hannas angewidertes Gesicht sprach Bände.

Sie rümpften die Nasen und hielten sich ihre Ärmel vor die Gesichter, um den üblen Geruch abzuwehren.

Sie gingen weiter durch die verlassenen Straßen Forste Bys. Die Stadt wirkte wie aus einer anderen Zeit gefallen.

Die Holzhäuser, einst stolze Zeugnisse nordischer Handwerkskunst, waren jetzt von Moos und Schimmel überzogen. Die geschnitzten Veranden und verzierten Giebel waren morsch und drohten einzustürzen. Hier und da wuchs Unkraut durch die Ritzen im Kopfsteinpflaster, das die engen Gassen durchzog.

Auf dem Weg durch die Stadt kamen sie an den Übeltäter des Gestanks vorbei – mehrere Haufen Fisch, die in den Straßen verteilt waren und bereits von Fliegen umschwirrt wurden.

Vereinzelt flackerte eine Laterne an den Straßen, und an manchen Fenstern waren die Silhouetten von Menschen zu sehen.

Livia zupfte an Ansgars Ärmel: »Sollte die Stadt nicht unbewohnt sein? Siehst du das am Fenster?«

Ansgar ließ den Blick schweifen.

»Ja, ich sehe es, kann aber auch nicht erkennen, ob sie sich bewegen.«

Die Antwort bekamen sie schnell, als die Silhouetten nach und nach von den Fenstern verschwanden und bei einigen Häusern die Fensterläden zuschlugen.

Der ganze Ort strahlte eine beklemmende Atmosphäre aus.

»Mann, Ansgar, mir gefällt es hier nicht. Können wir uns ein wenig beeilen?«, merkte Livia an.

»Wir sollten am besten mit den Häusern anfangen, bei denen wir die Bewegung gesehen haben. So sparen wir uns vielleicht die Zeit, durch die ganze Stadt zu laufen, um Informationen zu bekommen«, sagte Ansgar.

Otto nickte, und sie näherten sich dem ersten Haus, an dessen Fenster sie eine Silhouette gesehen hatten. Doch als Ansgar an die Tür klopfte, blieb alles still. Kein Geräusch, keine Antwort. Als wäre dort niemals jemand gewesen.

Sie gingen weiter zum nächsten Haus, wieder klopfte Ansgar an die Tür und erneut kam keine Reaktion.

Die Gruppe begann, nervös zu werden.

»Das ist doch unheimlich«, murmelte Hanna.

»Wir haben doch ganz klar gesehen, dass sich dort jemand bewegt hat.«

»Vielleicht wollen sie uns nicht helfen«, fügte Livia hinzu. Ihre Stimme klang angespannt.

Haus für Haus klopften sie, doch immer mit demselben Ergebnis: absolute Stille. Die Fensterläden blieben verschlossen und von den Häusern kam keine Regung. Es war, als hätte die Stadt ihre Bewohner verschluckt.

Ein Schauer lief Livia über den Rücken, und sie spürte, wie die Anspannung in der Gruppe wuchs.

Sie setzten ihren Weg durch die trostlosen Straßen Forste Bys fort.

Die Dunkelheit kroch langsam heran, und der scharfe Geruch von Fisch wurde immer intensiver. Die Stadt um sie herum wurde stiller, und die einst lebhaften Holzhäuser, standen nun als geisterhafte Mahnmale der Vergänglichkeit da. An einigen Stellen versperrten Schutt und Geröll die Straßen, was ihr Vorankommen zusätzlich erschwerte.

Schließlich erreichten sie den alten Marktplatz im Herzen Forste Bys. Die Stände waren verlassen, und die Dächer der Verkaufsbuden waren eingebrochen.

Ein paar Möwen kreisten am Himmel und ließen ihre unheilvollen Schreie erklingen.

Auf dem Platz stand eine alte, heruntergekommene Telefonzelle, die aussah, als hätte sie schon lange niemand mehr benutzt.

»Seht mal, eine Telefonzelle«, sagte Otto und zeigte darauf.

»Vielleicht funktioniert die noch.«

Sie gingen auf die Telefonzelle zu, doch bevor sie sie erreichten, bemerkten sie ein schwaches Licht in einem der nahegelegenen Häuser.

»Da drüben, seht ihr das Licht?«, fragte Hanna, in der neue Hoffnung aufblühte. »Vielleicht ist dort jemand, der uns weiterhelfen kann.«

Ansgar hielt kurz inne. »Lass uns nachsehen, aber seid vorsichtig. Wir wissen nicht, wer oder was uns erwartet.«

Vorsichtig näherten sie sich dem Haus mit dem Licht. Die Fensterläden waren nicht ganz geschlossen und durch einen Spalt konnten sie Bewegungen im Inneren erkennen. Ansgar klopfte zögernd an die Tür, doch es kam keine Antwort.

Er klopfte erneut, dieses Mal etwas lauter.

Nach einigen Momenten wurde die Tür einen Spalt breit geöffnet und ein alter Mann mit einem besorgten Gesichtsausdruck blickte heraus. Er schaute sie an, seine Augen schienen kurz aufzublitzen.

»Ihr solltet nicht hier sein«, sagte er leise. »Forste By ist nicht mehr der Ort, der er einmal war. Wenn ihr klug seid, verlasst ihr die Stadt, solange ihr noch könnt.«

Dann schloss er die Tür wieder, Otto klopfte noch einige Male, aber keine Reaktion.

Der Gruppe war die aufsteigende Panik anzumerken. Livia fing an, an ihren Nägeln zu pulen, und Lars tippelte nervös von einem auf das andere Bein.

»Es tut mir leid, ich möchte aber gerne zurück zum Auto. Gerne laufe ich auch zurück nach Siste Havn, aber Hauptsache weg hier. Alleine bei der Sonne und dem komischen Wetter hätten wir direkt kehrt machen sollen«, sagte Lars panisch.

Livia nickte und stimmte ihm zu: »Lars hat recht, und gerne begleite ich ihn. Es hieß, die Stadt wäre unbewohnt aber das, was hier passiert, zeigt etwas anderes.«

Ansgar runzelte die Stirn. »Ich verstehe, warum ihr wegwollt, aber wir sollten zusammenbleiben. Sich zu trennen ist zu gefährlich. Wir wissen nicht, was hier los ist.«

Hanna schüttelte den Kopf. »Ich kann nicht gehen. Ich habe das Gefühl, dass wir hier Hinweise auf den Verbleib meines Vaters finden könnten. Ich kann nicht einfach so aufgeben.«

Otto nickte zustimmend. »Ansgar hat recht. Dieser Ort ist nicht normal. Bei der gegenwärtigen Situation könnte es wirklich gefährlich sein, sich zu trennen.«

Lars sah unentschlossen aus, aber er wusste, dass Ansgar recht hatte. »Also was sollen wir tun?«

Ansgar dachte einen Moment nach.

»Wir bleiben zusammen und machen uns zu Fuß auf den Weg zurück nach Siste Havn. Die Suche nach deinem Vater, Hanna, müssen wir abbrechen. Ich habe ein zu ungutes Gefühl an diesem Ort. Wir sollten so schnell wie möglich von hier wegkommen.«

Hanna drehte sich wütend zu Ansgar um. »So weit gekommen und jetzt willst du aufgeben? Was ist mit deiner anfänglichen Unterstützung? Ist dir mein Vater plötzlich egal?«

Ansgar seufzte und sah sie ernst an. »Hanna, es geht nicht darum, dass mir dein Vater egal ist. Es geht darum, dass ich für uns alle verantwortlich bin. Die Situation hier ist gefährlich und unberechenbar. Wir müssen zurück und Hilfe holen. Das sind wir uns und deinem Vater schuldig.«

»Aber Ansgar, wir könnten hier etwas Entscheidendes über meinen Vater herausfinden!

Wir dürfen jetzt nicht aufgeben«, beharrte Hanna verzweifelt.

Livia trat vor und legte eine Hand auf Hannas Arm.

»Hanna, ich verstehe dich. Aber wir müssen auch an unsere Sicherheit denken. Was bringt es, wenn wir uns in Gefahr bringen und niemand mehr da ist, um die Informationen zu teilen, die wir finden könnten? Wir sollten wirklich zurückkehren und besser vorbereitet zurückkommen.«

Otto nickte.

»Livia hat recht. Wir müssen jetzt vorsichtig sein. Wir sind hier draußen auf uns allein gestellt. Wir können später wiederkommen, mit mehr Unterstützung.«

Hanna sah von einem Gesicht zum anderen, ihre Entschlossenheit wankte. »Frey, was ist eigentlich mit dir? Du bist auf einmal ziemlich ruhig. Wie ist deine Meinung?«

Frey stand mit zusammengefallenen Schultern da, sodass sie mit ihren 1,80 Metern plötzlich ziemlich klein wirkte, blasser als sonst. »Ich vertraue voll auf Ansgar und werde ihm folgen, egal wie er entscheidet. Ich bin zu erschöpft.«

»War ja klar« seufzte Hanna und nickte widerwillig. »Okay, ihr habt recht. Es ist zu gefährlich. Aber wir kommen zurück, sobald wir können. Bitte versprecht es mir!«

Stummes Nicken.

Die Gruppe machte sich schließlich gemeinsam auf den Weg zur Nebelwand, in der Hoffnung, sicher zurückzukehren. Sie gingen vorsichtig hinein, hielten sich dicht zusammen und bewegten sich langsam vorwärts. Doch kurz darauf traten sie wieder aus dem Nebel heraus, am selben Ort, von dem sie gestartet waren.

»Was ist passiert?« Verwirrung war Livia ins Gesicht geschrieben.

»Wir sind geradeaus gegangen, nicht abgebogen, nichts. Warum sind wir wieder hier?«, stammelte Lars.

Ansgar runzelte die Stirn und ging erneut auf den Nebel zu. »Irgendetwas stimmt hier nicht, wartet kurz.« Er trat in den Nebel und ging geradeaus, nur um kurz darauf wieder in die Gesichter seiner Freunde zu blicken.

Frey brach zusammen und fing an zu weinen: »Heißt das, dass wir hier nicht mehr rauskommen?«

Ansgar kniete sich zu ihr und versuchte, seine eigene Panik zu verbergen: »Ich weiß, das ist beängstigend. Keiner von uns hat eine Ahnung, was hier los ist.«

Otto wurde hysterisch: »Wir sind hier gefangen und wissen überhaupt nichts! Die Sonne, dieser Nebel... Das ist alles nicht normal!«

Die Gruppe fing jetzt an, wild durcheinanderzureden. Sie wollten nach Hause, das war Ansgar bewusst, doch es ging nicht.

»HEY!«, rief er, und die Gruppe verstummte. »Ich weiß, dass ihr Angst habt. Ich würde lügen, wenn es mir nicht auch so gehen würde, aber es bringt uns jetzt auch nicht weiter. Wir sollten erst einmal Ruhe bewahren und uns umsehen«, deutete er auf die Stadt.

»Wir haben dort Silhouetten an den Fenstern gesehen, und einige Läden wurden zugeschlagen. Es könnte also noch andere Bewohner neben dem alten

Mann hier geben. Aber ehrlich gesagt, ich bin mir nicht sicher, wie sicher das ist. Ja, wir kommen hier erst einmal nicht raus, aber wir sollten eine Lösung finden, anstatt hier zu versauern. Ich habe ein ungutes Gefühl, aber es gibt keine andere Option.«

Er ging an Frey und Otto vorbei: »Es zwingt euch keiner mitzukommen, aber ich denke, wir sollten zusammenbleiben. Also hört auf, Wurzeln zu schlagen und kommt.«

Frey erhob sich, wischte sich die Tränen aus dem Gesicht, und auch Otto versuchte, sich zusammenzureißen. Gemeinsam gingen sie zurück in die Stadt. Dicht an dicht liefen sie die engen Straßen entlang. Sie schauten sich um und gingen gemeinsam von Haus zu Haus.

Hanna hielt das Foto ihres Vaters krampfhaft fest.

Nach vielen Versuchen öffnete endlich jemand. Eine ältere Dame ohne Zähne und schütterem Haar, man sah ihr die Unterernährung an. »Was wollt ihr hier? Ihr gehört nicht hierher. Verschwindet von hier.«

»Ich suche meinen Vater, er soll hier gewesen sein«, zeigte Hanna das Foto.

Die Dame zeigte mit ihrer knochigen Hand auf den Hafen. »Wenn ihr Antworten sucht, sprecht mit Veland am Hafen.«

Die Frau wollte gerade die Tür schließen, als Ansgar dazwischenfuhr: »Bitte warten Sie. Wie kommen wir hier wieder raus?«

Die Frau hielt inne, öffnete die Tür wieder ein bisschen und sagte: »Eure Antworten bekommt ihr von Veland. Ich kann euch nicht helfen.«

Ansgar wirkte leicht niedergeschlagen. »Ich bedanke mich für die Auskunft und entschuldige die Störung«, sagte Hanna.

Die Frau nickte und schloss die Tür.

»Also auf zum Hafen, und hoffentlich bekommen wir dann ein paar mehr Antworten«, sagte sie, und alle sechs setzten sich in Bewegung.

Auf dem Weg zum Hafen durchquerten sie die heruntergekommene Stadt. Boote lagen halb versunken an den Stegen, ihre einst stolzen Masten jetzt gebrochen und schief. Eine alte Mühle ragte gespenstisch am Horizont auf, völlig zerfallen und vom Efeu überwuchert. Verrostete Fischernetze und leere, umgestürzte Kisten lagen verstreut herum, als ob die Bewohner die Stadt in Eile verlassen hätten, ganz so wie Alduin es erzählt hatte.

Die Straßen waren mit Unkraut überwuchert, und die wenigen noch stehenden Laternen pfiffen im Wind, erzeugten ein unheimliches Heulen.

Nach einer halben Stunde und einem Dutzend weiterer abgebrannter Häuser erreichten sie den Hafen. Dieser war heruntergekommener als der Rest der Stadt. Die meisten Boote lagen in Trümmern, einige halb versunken im schlammigen Wasser.

Ein paar Möwen kreischten über ihren Köpfen und pickten an den Fischkadavern, was den beißenden Gestank noch verstärkte.

Sie gingen an verfallenen Lagerhäusern vorbei, deren Dächer teilweise eingestürzt waren, und erreichten schließlich ein kleines, verwittertes Haus am Steg.

In diesem trafen sie tatsächlich einen alten Mann mit einem wettergegerbten Gesicht und stechenden Augen, die aus einem dichten Netz von Falten hervorlugten.

»Guten Tag, sind Sie Veland?«

Dieser schaute erschrocken hoch: »Ja, der bin ich. Wer will das denn wissen?«

Hanna deutete auf ihre Freunde: »Ich suche meinen Vater und hoffe, dass Sie mir helfen können. Zum anderen sitzen wir hier fest und hoffen, Sie wissen, wie wir hier wieder rauskommen.« Sie holte das Foto ihres Vaters hervor und hielt es ihm entgegen.

Veland, ein etwas größerer Mann mit langem lockigem Haar und etwas dickeren Lippen, die unter seinem Bart hervorblitzten, spitzte diese: »Ja … vor 5 Tagen war er hier. Er wollte auf die Insel vor der Küste. Hab ihn rausgefahren, danach aber nichts mehr von ihm gehört. Wir aus Forste By dürfen die Insel nicht betreten.«

Hanna und Livia hörten kaum noch zu, da die Euphorie in beiden aufstieg. Ansgar fragte misstrauisch: »Warum dürfen die Menschen aus Forste By nicht auf die Insel? Hat der Mann Ihnen erzählt, was er vorhat, wann er wiederkommen will?«

Veland seufzte tief.

»So viele Fragen … es gibt eine unsichtbare Kraft, die uns daran hindert, die Insel zu betreten. Keiner weiß, was genau es ist oder warum es da ist, aber niemand aus Forste By kann diese Grenze überwinden. Und das ist nicht das Einzige. Der Nebel, der euch hier gefangen hält, und die übernatürliche Sonne – sie sind nicht normal. Wir wissen nicht, was sie verursacht, aber sie sind immer da, als wären sie ein Teil dieses Ortes.«

Ungeachtet, dass Veland nicht auf alle Fragen eingegangen war, warf Lars ein: »Wir haben versucht, die Stadt durch den Nebel zu verlassen, aber wir sind immer wieder hier gelandet. Können Sie uns erklären, warum?«

Veland nickte langsam. »Egal, an welcher Stelle ihr versucht, diesen Ort zu verlassen, ihr landet immer wieder hier. Es gibt kein Entkommen. Die Menschen sterben hier und bleiben auch auf ewig hier. Eure einzige Chance auf Antworten findet ihr auf der Insel.«

Otto merkte, dass die Fragen nicht richtig beantwortet wurden und fragte skeptisch weiter: »Und warum sollten wir Ihnen jetzt vertrauen?«

Veland zuckte mit den Schultern. »Ihr habt keine andere Wahl. Wenn ihr hier Antworten wollt, ist das der einzige Ort, an dem ihr sie finden könnt.«

Die Gruppe blickte sich unsicher an. Lars war der Erste, der sprach: »Was haben wir zu verlieren? Wir kommen hier sowieso nicht weg.«

Ansgar stimmte zu, »Das stimmt, aber wir sollten trotzdem vorsichtig sein. Wir wissen nicht, was uns dort erwartet.«

Hanna wurde wieder aufmerksam: »Ich weiß, dass das alles beängstigend klingt, aber wir müssen herausfinden, was mit meinem Vater passiert ist.«

Livia nickte, »Okay, aber wir bleiben zusammen!«

Die Gruppe nahm die Situation stillschweigend so hin.

»Also gut« sagte Ansgar und wandte sich an Veland. »Wir gehen das Risiko ein. Bringen Sie uns zur Insel.«

Veland nickte. »Wie ihr wollt. Ich werde euch rüberbringen.« Er setzte sich auf die Bank neben seiner Hütte, und sein Hosenbein rutschte ein Stück hoch, sodass Ansgar das Holzbein bemerkte.

Er starrte es einen Moment zu lange an, sodass Veland seinen Blick bemerkte: »Ja, mein Freund, das sind Narben des Lebens. Vor Jahren bei einem Unglück auf hoher See das gute Stück verloren.« Er erhob sich und fing lauthals an zu lachen: »Ein Kratzer, nichts weiter.«

»Ach verdammt, wir sollten das wirklich nochmal überdenken. Es könnte extrem gefährlich sein.« Otto war die Panik anzusehen.

»Wir haben keine andere Wahl. Mein Vater war dort, und das könnte unsere einzige Chance sein, ihn zu finden und Antworten zu bekommen.«

Livia zwang sich zu einem Lächeln. »Hanna hat recht. Wir sind sowieso schon in Gefahr. Vielleicht finden wir auf der Insel etwas, das uns helfen kann.«

Ottos Kopf wurde rot. »Trotzdem, was, wenn wir dort ebenfalls gefangen sind? Was, wenn wir gar nicht mehr zurückkommen können?«

Ansgar sah in die Runde. »Es ist ein Risiko, das wir eingehen müssen. Wir haben keine Garantie, dass wir hier sicher sind. Vielleicht ist die Insel unsere einzige Hoffnung.«

Lars richtete seinen Rucksack. »Vielleicht liegt die Antwort tatsächlich auf der Insel.«

Nach einem Moment des Schweigens nickte Otto schließlich. »Also gut. Wir tun es. Aber wir bleiben wachsam und zusammen.«

Ansgar wandte sich wieder an Veland. »Wir haben uns entschieden. Bringen Sie uns zur Insel.«

Veland nickte. »Wie ihr wollt.«

Die Gruppe machte sich zusammen mit Veland auf den Weg zur Insel. Sie bestiegen den alten Kahn, der sicher schon bessere Zeiten gesehen hatte. Das Holz war stellenweise marode, und auch der Turm, der einst in schönem Oliv gestrahlt hatte, verwitterte und war stellenweise mit Rost überzogen. Otto folgte Veland nach dem Losmachen der Taue in den Turm. »Was hat es eigentlich mit dem Wetter auf sich? Warum liegt hier kein Schnee, und warum scheint die Sonne?«

Veland schaute Otto von der Seite an. »Wie ich schon sagte, wir wissen nicht, was sie verursacht, aber sie sind immer da, als wären sie ein Teil dieses Ortes. Seit ich hier bin, ist es so. Die, die hier leben, stellen keine Fragen, da wir auch keine Antworten bekommen.«

Otto guckte etwas skeptisch, aber er gab sich mit der Antwort ab.

Er ging zu den anderen an den Bug und deutete auf die Insel: »Meint ihr wirklich, dass wir sie betreten sollten? Wir sollten uns doch mittlerweile alle einig sein, dass es hier nicht mit rechten Dingen zugeht. Ich würde sogar so weit gehen und sagen, dass dieser Veland auch nicht normal ist. Wieso gehen wir dieses Risiko überhaupt ein? Jaja, ich weiß, ich kenne die Antwort, es wurde ja jetzt oft genug gesagt.«

Die Gruppe schwieg. Keiner wusste so recht, was er sagen sollte, doch jeder wusste, dass Otto recht hatte.

»Uns bleibt nichts anderes übrig, als die Worte von Veland anzunehmen und ihm zu vertrauen. Was sollen wir sonst machen? Hier wegkommen tun wir ja eh nicht. Also warum nicht weitergehen?«, sagte Ansgar.

Otto zuckte mit den Schultern und setzte sich zu Lars und den anderen. Ansgar stand weiterhin am Bug und beobachtete die näherkommende Insel.

Er analysierte ihren Aufbau und bemerkte beim Näherkommen die Fabrik aus dem Zeitungsartikel, deren Dach über die Bäume ragte. Auch nahm er den sehr großen und dichten Wald wahr, dessen Ausmaße nicht richtig zu erkennen waren. Überragt wurde das alles von einem Berg, der in der Mitte der Insel stand, von dem wohl das Eisen stammte, das in der Fabrik verarbeitet wurde. Neben all diesen Dingen vernahm er nichts außer hier und da einen Strandauslauf mit Fischerhütten.

Dreißig Minuten später legten sie am Steg an. Veland machte das kleine Schiff an einem Poller fest, ließ die Rampe runter, und die sechs stiegen von Bord.

»Seht mal da.« Lars deutete auf ein Schild mit der Aufschrift:

**Beckmann und Sohn Minen und Gießerei**

Veland, der wie angekündigt nicht mit an Land ging, legte Ansgar eine Leuchtpistole in die Hand: »Wenn ihr gefunden habt, was ihr sucht, oder von der Insel runter wollt, schießt, und ich komme. Solltet ihr nichts finden und die Stadt nicht mehr verlassen können, werden wir uns schon um euch kümmern.«

Er lächelte, löste die Taue.

»Hey, das richtet sich an euch alle. Nichts, was hier passiert, ist so, wie es scheint. An diesem Ort werden euch eure Ohren versuchen, Streiche zu spielen. Glaubt ihnen nicht, und ihr werdet es schaffen. Viel Glück.« Mit diesen Worten begab er sich in den Turm und setzte den Kurs zurück zum Festland.

Alle sechs schauten sich mit fragenden Blicken um, keiner verstand so richtig, was Veland ihnen mitteilen wollte.

»Und weg ist er …«, sagte Lars, der Veland hinterherschaute. »Ich hoffe, es war kein Fehler, auf diese Insel zu kommen…«, murmelte er mit einem Hauch von Sorge in der Stimme.

Ansgar blickte ernst auf die Gruppe.

»Diese ganze Fahrt war ein Risiko… Ja, wir haben einen Hinweis, wo Hannas Vater sein könnte … aber wir müssen vorsichtig sein. Wir dürfen nicht vergessen, dass wir hier möglicherweise nicht mehr wegkommen.«

Hanna schaute auf den Boden, Tränen stiegen ihr in die Augen. »Es tut mir leid … ich habe euch alle hier mit reingezogen…«, gestand sie, ihre Stimme voller Bedauern. »Es war nicht meine Absicht, euch zu schaden. Woher sollte ich denn wissen, dass das hier passiert?«

»Mach dir keinen Kopf, Hanna. Ja, es ist nicht schön, dass wir hier feststecken… aber du hast Veland gehört… auf der Insel finden wir unsere Antworten«, versuchte Livia, die näher kam und Hanna in den Arm nahm, Trost in ihre Worte zu legen.

»Trotzdem ist alles hier ihre Schuld…«, giftete Otto die Mädchen von der Seite an. »Nichts davon wäre passiert, wenn sie auf die Polizei gewartet hätte. Ein Verlust tut weh, Ansgar… unsere Väter sind auch verstorben, und wir machen trotzdem weiter.«

Ansgar kam herüber, packte Otto am Kragen und zog ihn zu sich.

»Ja, das stimmt … nur tut das jetzt nichts zur Sache. Wir mussten wenigstens keinen leeren Sarg beerdigen. Es ist jetzt so, wie es ist und wir werden hier alle wieder rauskommen. Das verspreche ich euch.«

Er deutete in den Himmel. »Wir sollten das Sonnenlicht nutzen, bevor es zu spät ist. Also lasst uns hier keine Wurzeln schlagen und einen Unterschlupf für die Nacht suchen. Die Insel ist groß, also keine Einzelgänge.«

Die Gruppe nickte, und die sechs setzten sich in Bewegung. Sie mussten nicht weit gehen oder groß suchen. Wenige Meter hinter dem Steg führte auf der rechten Seite ein kleiner Pfad ans Wasser, an dem eine kleine hölzerne Hütte stand.

»Dort können wir unser Lager aufschlagen und sogar ein Feuer machen«, deutete Lars auf den Schornstein, der aus dem Dach des Hauses ragte.

Er schaute Ansgar an und wartete auf eine Reaktion. Dieser musterte die Umgebung einen Moment und nickte dann. Die Gruppe stieg den Weg hinab, und einen Augenblick später standen sie vor der kleinen Fischerhütte.

Die Hütte war modrig, an einigen Stellen hatte sie Löcher im Holz. Davor lehnte ein Ruderboot, das zu Ansgars Ärger ebenfalls mit Löchern übersät war. »Es wäre ja zu schön gewesen. Lasst uns reingehen, unsere Sachen ablegen und die nächsten Schritte planen.«

»Ah, sie will nicht aufgehen…«, rief Livia, nachdem sie mehrmals gegen die Tür gesprungen war.

Ansgar kam herüber, musterte die Tür und schmunzelte.

»Was grinst du so?«

Er griff an dem Knauf vorbei und löste die Verriegelung der Tür, drehte den Knauf, und die Tür öffnete sich.

Livia sagte etwas Unverständliches und stampfte an ihm vorbei in die Hütte.

Sie war im Inneren nicht viel größer. Ein Tisch mit vier Stühlen stand in der Mitte des Raumes, an der linken Seite befand sich ein kleiner Holzofen. Die Wände waren bis auf einige Fotos und zwei Fenster leer.

Beim Betreten fiel Ansgar eine Klappe am Boden auf, die durch den Teppich nicht direkt ersichtlich war. Er ging darauf zu, schob den Teppich zur Seite und öffnete sie. Darunter befand sich eine Vertiefung, die wie ein Einstieg zu einem Tunnel aussah.

Er überlegte, wo er wohl hinführt, und schloss die Klappe wieder. »Wir sollten uns jetzt beeilen, damit wir uns bei Tageslicht noch einen Überblick verschaffen können.«

Sie stellten ihre Taschen ab und breiteten sich etwas aus.

»Es ist wirklich warm hier«, bemerkte Livia. »In Forste By war es schon ungewöhnlich warm, aber hier auf der Insel sind es bestimmt 25 bis 30 Grad… Veland meinte ja, dass was mit dem Wetter hier los ist, unerklärlich ist.«

Die Gruppe begann, ihre Wintersachen auszuziehen und in der Hütte zu verstauen.

»Livia und ich könnten hierbleiben, den Ofen zum Laufen bringen und vielleicht etwas zu essen machen«, schlug Frey vor, die immer noch sichtlich erschöpft war.

Ansgar nickte und schaute sich um. Plötzlich wurde er kreidebleich. »Hey… wo ist Hanna hin?«

Livia rannte zur Tür, riss sie auf und spähte hinaus. »Hier ist sie nicht… Warum ist sie nicht einfach bei uns geblieben? Das haben wir doch deutlich gesagt … HANNA?? … wir müssen sie finden.«

Die Gruppe stürmte aus der Hütte und entdeckte auf dem Weg Hannas Tasche. Ansgar hob sie auf. »Sie muss hier irgendwo sein…«

Die Gruppe rief Hannas Namen und forderte sie auf, zu antworten, doch es kam keine Antwort.

»Sie kann nicht weit gekommen sein, sie muss maximal 20 bis 30 Minuten weg sein«, überlegte Ansgar laut. »Ich sage es nicht gerne, aber wir sollten uns aufteilen. Frey und Lars nehmen den Pfad in Richtung Wald, geht nicht zu weit und bleibt auf dem Weg. Livia und ich gehen geradeaus in Richtung Fabrik … und Otto, du bleibst hier, falls Hanna zurückkommen sollte.«

Frey wollte gerade ihren Einwand äußern, da verzog Otto das Gesicht, richtete seine Brille. »Alleine? In dieser Hütte? Ich weiß ja nicht.«

Lars trat zu ihm und klopfte ihm sanft auf die Schulter.

»Otto, glaub mir, das, was wir nächste Woche vorhaben, erfordert viel mehr Mut, als hier in der Hütte zu bleiben. Du schaffst das.«

Otto seufzte, dann nickte er widerwillig. »Na gut, aber ihr lasst mich nicht lange warten.«

Frey warf Ansgar einen kurzen Blick zu, bevor sie mit Lars in Richtung Wald aufbrach.

Ansgar lächelte und sah dann zu Livia. »Wir sollten uns auch auf den Weg machen. Ich möchte vor Sonnenuntergang Ergebnisse erzielen.«

Livia nickte, und sie machten sich auf den Weg.

Der Weg führte sie an grünen Wiesenstücken, vereinzelten Blumenfeldern und zerklüfteten Hügeln vorbei. Wären die Umstände nicht so, wie sie sind, wäre dieser Ort ein idyllisches Urlaubsziel. Ansgar blickte besorgt in den Himmel und bemerkte, dass die Sonne langsam begann unterzugehen.

»Wir müssen uns beeilen, bevor die Nacht einbricht«, er beschleunigte seine Schritte.

Nach einer Weile kamen sie in ein Barackendorf.

Links und rechts waren mehrere Holzhütten aufgereiht, die als Unterkunft für die Mitarbeiter gedient hatten.

Die Hütten waren einfach gebaut, mit verwittertem Holz und kleinen Fenstern. Hier und da lagen verrostete Spitzhacken, Schaufeln und andere Werkzeuge herum, als wären sie hastig zurückgelassen worden. Einige der Hütten hatten eingestürzte Dächer und Unkraut wuchs wild zwischen den Holzbauten.

»Man kann sich gar nicht vorstellen, was hier passiert ist… über eine Seuche hatte Veland auch kein Wort verloren«, bemerkte Ansgar.

Livia ging zu einem der Häuser und guckte durch das Fenster. »Das hier steht leer… Ich gucke mir die weiteren Häuser auf dieser Seite an, und du nimmst die anderen.«

Sie klapperten die Häuser ab und trafen sich an der Treppe zur Fabrik. Livia schüttelte mit dem Kopf. »Auf meiner Seite war nichts… Wie sieht es bei dir aus?«

»Auch bei mir war niemand anzutreffen… weder Hanna noch jemand anderes. Auch die Häuser sahen verwildert und verlassen aus. Veland meinte ja auch, dass sie die Insel nicht betreten dürfen.«

Er deutete auf die Fabrik und stieg auf die erste Stufe. »Wir sollten uns noch einmal in der Fabrik umsehen und dann zurück zu Otto gehen.«

Er stieg die Treppen hoch und öffnete die große blaue Doppeltür. Sie quietschte und knarrte, als er sie aufdrückte. Die schwere Tür war offensichtlich schon lange nicht mehr genutzt worden, genauso wie der große graue Betonklotz, der die Fabrik darstellte und anscheinend schon lange kein Eisen mehr gegossen hatte.

»Hallo… ist hier wer? Hanna? Wenn du mich hören kannst, komm her«, rief Ansgar in die große Halle.

Sie war recht dunkel, aber durch einige Oberfenster fiel etwas Sonnenlicht hinein. Das Licht erhellte nicht viel, aber er konnte Stapel mit Sand oder Ähnlichem erkennen und in einer anderen Ecke einen Haufen Schrott. In der Mitte füllte der große Schmelzofen so gut wie die ganze Halle, neben dem Ofen befand sich eine Wanne für geschmolzenes Eisen.

Er drehte sich zu Livia. »Sie ist nicht hier… zumindest bekomme ich keine Antwort. Und warum sollte sie sich vor uns verstecken?«

Er machte einen Schritt zurück, und die schwere Tür fiel zurück ins Schloss. »Wir sollten uns auf den Weg zu Otto machen und gucken, ob die anderen erfolgreicher waren.«

Zusammen machten sie sich auf den Rückweg, nicht ahnend, dass sie beobachtet wurden.

Zur selben Zeit, mehrere hundert Meter von Livia und Ansgar entfernt, streiften Lars und Frey durch den Wald. Wie von Ansgar aufgetragen, folgten sie dem kleinen Feldweg, der überraschenderweise frisch benutzt aussah, obwohl die Insel seit 30 Jahren nur vereinzelt betreten worden sein sollte.

Der Weg sah so aus, als würden täglich mehrere Leute ihn benutzen und auch der Rest der Insel waren nicht verwildert, was Lars und Frey verwunderte.

»Meinst du, diese frischen Spuren könnten von Hanna stammen?«, fragte Lars und beugte sich hinunter, um die Abdrücke genauer zu betrachten.

Frey nickte nachdenklich. »Es ist gut möglich... Wenn sie wirklich hier entlang gekommen ist, dann hat sie vielleicht nicht viel Vorsprung. Wir sollten uns beeilen.«

Sie setzten ihren Weg fort und hielten Ausschau nach weiteren Hinweisen, die auf Hannas Weg hindeuten könnten.

Der Wald um sie herum war dicht, aber der Pfad blieb überraschend gut erhalten. Vögel zwitscherten in den Bäumen, und das Unterholz raschelte gelegentlich, doch die beiden ließen sich nicht ablenken.

Frey musterte die Umgebung. »Meinst du nicht auch, dass hier irgendetwas nicht stimmt?«

Lars zuckte mit den Schultern. »Ich habe keine

Ahnung. Ich will auch nicht wirklich einen Gedanken daran verschwenden und alles schnell erledigen hier.«

Sie liefen tiefer in den Wald, bis sie das Ende des Weges erreichten. »Stopp«, sagte Frey, »hier geht es für uns nicht weiter. Ansgar meinte, wir sollen nicht vom Weg abkommen.«

Als sie kehrtmachen wollten, fragte Frey plötzlich: »Sag mal, was habt ihr eigentlich nächstes Wochenende vor, das mehr Mut verlangt, als hier alleine in der Hütte zu bleiben?«

Lars zögerte kurz und begann dann: »Na ja, du weißt ja, dass Otto und ich zusammen wohnen… und wir hängen halt oft zusammen ab, aber...« Gerade, als er weitersprechen wollte, erblickte er einen Schatten zwischen den Bäumen.

»Hanna, bist du das? Bleib stehen!«, rief er, ohne nachzudenken, und rannte los.

Frey rief ihm nach: »Lars, bleib stehen! Warum sollte sie vor uns weglaufen? Hier stimmt etwas nicht!«, und lief ihm hinterher.

Sie folgte ihm immer tiefer in dichte Waldgewirr, und das Licht verschwand fast spurlos. Nur vereinzelt ließen die dicht an dicht stehenden Bäume etwas Helligkeit hindurch.

Lars machte schwer atmend halt und Frey konnte endlich zu ihm aufschließen. Auch sie war völlig außer Atem: »Bist du von allen guten Geistern verlassen? Wir sollten den Weg nicht verlassen, und guck, wo wir jetzt sind… Es hätte auch ein Reh oder etwas anderes sein können… und selbst wenn es Hanna gewesen wäre, hätte sie keinen Grund gehabt, vor uns zu fliehen.«

Frey war sehr aufgebracht, ihre blasse Haut errötete und Lars stammelte vor sich hin, griff sich ins kurze blonde Haar, wie er es immer machte, wenn er zu nervös zum Reden war.

Es dauerte einen Moment, bis er sich sammeln konnte: »Ich bin mir sicher, dass es Hanna war… Warum sie vor uns geflohen ist, weiß ich nicht… Aber es gibt auch keinen Grund, warum sie verschwunden ist.«

Frey schaute in seine ernsten, doch glasigen Augen. Dass auch er Angst hatte, war kein Geheimnis.

»OK, ich vertraue dir. Lass uns weiter nach ihr suchen. Wo hast du sie denn zuletzt gesehen?«

Lars richtete sich auf und atmete noch einmal tief durch.

»Sie war da hinten zwischen den Bäumen… dort habe ich sie aus den Augen verloren. Ich bin mir sicher, dass sie es war… ich schwöre bei meinem Leben.«

Frey lachte: »Na, so eine Wette wollen wir bei der jetzigen Situation wohl nicht eingehen.«

Lars schloss sich gezwungen dem Lachen an, und gemeinsam gingen sie weiter in den Wald.

Nach einer Weile betraten sie eine Lichtung. An dieser Stelle war es etwas heller als im Rest des Waldes. Hier riefen sie nach Hanna, doch es gab keine Antwort.

»Wir sollten langsam zurück, Lars… diese Suche ist vergebens. Wir sollten einen neuen Plan mit den anderen machen. Wir sind jetzt schon weiter gegangen, als wir sollten.«

Frey wurde leicht panisch bei dem Gedanken, in der Dunkelheit im Wald herumzuirren.

Lars nickte niedergeschlagen: »Du hast wohl recht… Wir sollten nicht weiter planlos in einem Gebiet rumlaufen, das wir nicht kennen.«

Sie wollten gerade kehrtmachen, als es im Gebüsch raschelte.

Lars näherte sich dem Buschwerk und begutachtete es. Dann drehte er sich zu Frey. »Ich werde wohl langsam paranoid… Wo kann…?«

Ein heftiger Schmerz durchzog seinen Körper. Er schaute an sich hinab, und etwas ragte aus seiner Brust. Er fing an zu gurgeln und spuckte Blut.

Ein markerschütternder Schrei entwich Frey, als sie realisierte, was gerade passiert war. Starr vor Angst konnte sie nur dabei zusehen, wie Lars vor ihr auf die Knie ging.

Eine knochige Gestalt kam hinter ihm zum Vorschein und zog eine alte Lanze aus seinem toten Leib. Die Gestalt trat aus dem Schatten hervor und gab den Blick auf sich preis.

Es war ein Mann Mitte 20, er trug ein Leinenhemd und eine Hose. Er war blass, und an seinem Kehlkopf klaffte ein großes Loch. Er schien etwas sagen zu wollen, doch es kam nur ein gurgelnder Ton hervor.

Frey, immer noch starr vor Angst, konnte sich nicht rühren, auch wenn ihr Kopf schrie: »LAUF!«

Die Gestalt kam weiter auf sie zu, und Frey erkannte eine Träne, die dem Mann über die Wange rollte. In dem Moment kehrte das Gefühl in ihre Beine zurück, und sie rannte los.

Frey, von Panik erfasst, vergaß jegliche Erschöpfung und versuchte so schnell wie möglich, aus dem Wald zu entkommen. Doch sie war nicht schnell genug, und etwas traf sie am Rücken.

Durch ein Straucheln kurz aus der Balance gerissen, fasste sie sich schnell wieder und legte die letzten Meter Richtung Ausgang zurück.

Es dauerte nicht lange, und sie kam auf der Hauptstraße raus, wo sie Livia und Ansgar erblickte, die auf dem Rückweg zur Hütte waren.

Livia erschrak und schaute Frey mit großen Augen an: »Wo kommst du denn her?«

Bevor Frey jedoch ein Wort herausbekam, wurde sie von einer einbeinigen Gestalt, die hinter ihr aus dem Wald kam, niedergerissen.

Sie schrie auf, und Ansgar wirbelte herum, verpasste der Gestalt, einem Mann in Seemannstracht, einen Tritt ins Gesicht, und Livia half Frey auf.

Ansgar stellte sich schützend vor Livia und Frey und verpasste der Gestalt, die sich gerade aufrappelte, einen weiteren Tritt, sodass sie rückwärts eine kleine Böschung hinabrollte und im Wald verschwand.

Ansgar eilte schnell zu den beiden und half dabei, Frey in die Hütte zu bringen, an der Otto schon mit offener Tür auf sie wartete.

»Was ist passiert?«, fragte Ansgar. »Wo ist Lars?«

Otto warf einen suchenden Blick zur Tür, doch es kam niemand mehr.

Lars war tot.

Frey atmete schwer: »Mach die Tür zu, sie kommen.«

Otto war total verwirrt. »Wer kommt, Frey? Wer?«

»Die Dinger aus dem Wald. Lars wurde von einem

getötet«, schluckte sie und Tränen schossen ihr in die Augen: »Ich glaube, ich wurde verwundet.«

Unter Schmerzen raffte sie sich auf und drehte Ansgar ihren Rücken zu.

Ansgars Stimme wurde ruhiger, aber dringlich: »Livia, bring mir meine Tasche.«

Doch Livia stand regungslos da, benommen von der Nachricht von Lars' Tod. Ihre Augen waren leer, ihr Körper schien wie gelähmt.

»Livia!«, rief Ansgar erneut, diesmal lauter.

Erst beim dritten Mal, als seine Stimme fast durch den Raum hallte, zuckte sie zusammen und griff langsam nach dem kleinen Rucksack.

Frey schrie auf: »Vergiss die Tasche, wir müssen die Tür verbarrikadieren!«

Doch auch Otto schien wie in Trance. Er starrte auf die Tür, unfähig, sich zu bewegen.

Ansgar rief seinen Namen: »Otto! Los, hilf Livia!«

Es dauerte einen Moment, bis Otto blinzelte und sich wie durch dicken Nebel zu bewegen begann.

Livia warf Ansgar die Tasche zu und zusammen mit Otto, der noch immer geistesabwesend wirkte, schob sie den Tisch, die Stühle und eine Kommode, die noch im Raum standen, vor die Tür.

Gerade rechtzeitig, denn von draußen drang Gepolter herein. Jemand warf sich gegen die Tür, und nicht nur da – von allen Seiten hämmerte es, doch der Schock saß tief und lähmte ihre Sinne.

Ansgar blinzelte die Tränen weg, seine Stimme brüchig vor unterdrücktem Schmerz: »Otto, unter dem Teppich ist eine Luke mit einem Fluchttunnel … Den nehmen wir. Ich habe keine Ahnung, wohin er führt, aber wir müssen hier raus.«

Er hielt kurz inne, seine Stimme zitterte, als er fortfuhr: »Wir können später trauern, aber jetzt, jetzt ist keine Zeit dafür.«

Otto sprang vom Teppich, riss ihn nach oben und öffnete die Luke, sprang hinein, und nur noch sein Kopf guckte heraus: »Wir müssen unsere Taschen zurücklassen… wir passen nicht durch den Schacht, wenn wir sie dabeihaben.«

Ansgar öffnete seine Tasche und holte zwei Taschenlampen hervor: »Hier, Livia.«

Er reichte ihr beide und widmete sich wieder Frey: »Das wird jetzt weh tun, Frey.«

Er fing an zu zählen: »Eins… Zwei…«, zog das Messer aus ihrer Schulter, sie schrie auf, er nahm einen Verband aus der Tasche und wickelte die Stelle, so gut es ging ein. Dann half er ihr auf und begleitete sie zu der Luke.

Er küsste seine Freundin auf die Stirn. Otto reichte ihr die Hand, und sie stieg unter Schmerzen zu ihm herab. Das Poltern wurde lauter, und hinter Ansgar ertönte das Geräusch von zersprungenem Glas.

Ansgar erblickte einen Arm, der durch das Fenster griff, dahinter stand ein Mann in einem grauen Overall mit der Aufschrift Beckmann & Sohn.

Seine leeren Augen starrten Ansgar an, doch es lag keine erkennbare Reaktion in seinem Blick. Ansgar sah ein klaffendes Loch am Hals des Mannes, das bei jeder seiner Bewegungen unnatürlich pulsierte.

In diesem Moment streckte Livia ihren Kopf aus der

Luke und sah die Gestalt ebenfalls. Ihr Gesicht wurde blass, als sie die Szene vor sich erfasste. »Ansgar, komm endlich! Wir müssen hier weg!«, rief sie, ihre Stimme vor Dringlichkeit bebend.

Die Gestalt hielt inne, zog den Arm langsam zurück und blieb regungslos vor dem Fenster stehen, ihre leeren Augen weiterhin auf Ansgar gerichtet. Ansgar, der für einen Moment wie erstarrt war, tauschte einen letzten Blick mit der seltsamen Erscheinung, bevor er ins Loch stieg.

Als er die Klappe hinter sich schloss, warf er einen letzten Blick nach oben und sah, wie die Gestalt sich langsam umdrehte und lautlos verschwand, als wäre sie nie da gewesen.

Schlagartig verstummten die Geräusche, die bis eben noch die Hütte erfüllten. Livia deutete mit den Augen nach oben, doch Ansgar schüttelte den Kopf. Auf keinen Fall wollte er gucken, ob sie weg waren, und so entschieden sie sich, dem Tunnel ins Ungewisse zu folgen.

Otto war sich nicht sicher, wie lange sie dem Tunnel schon folgten, aber eins stand fest: Seine zerschundenen Knie würden ihm diese Tortur sicher nicht so schnell verzeihen. Auf allen vieren kämpften sie sich mühsam durch den engen Schacht voran, und auch Freys Verletzung bremste die Gruppe aus. Otto hielt kurz inne, besorgt um sie, leuchtete er mit seiner Taschenlampe nach hinten. »Ist alles okay bei dir, Frey? Wie geht es deiner Schulter?«

Ihr schweißgebadetes Gesicht wurde von der Taschenlampe erhellt, während sie schwer atmete. »Mir… geht es gut.«

Otto konnte ihr ansehen, dass nicht alles gut war, aber in diesem engen Tunnel konnten sie nicht viel tun. Also krochen sie weiter, eine halbe Ewigkeit schien zu verstreichen, als Otto plötzlich etwas Helles am Ende des Tunnels bemerkte - ein flackerndes Licht. Er schaltete seine Taschenlampe aus und bedeutete Ansgar dasselbe zu tun. Im Dunkeln näherte er sich dem Licht.

Durch einen Spalt konnte er eine Laterne erkennen, die an der Decke eines weiteren Tunnels hing. Sein Blick wanderte nach unten: »Das sieht aus wie Schienen… Ich glaube, der Tunnel hat uns in die Mine geführt«, flüsterte er den anderen zu. Doch bevor er mehr sagen konnte, vernahmen sie ein Kratzen und Rasseln.

Instinktiv senkten sie die Köpfe. Sie versuchten, ruhig zu atmen und keine Laute von sich zu geben.

Trotz Freys Schmerzen gelang es ihnen, sich ruhig zu verhalten, als eine schwarze Silhouette am Spalt vorbei schlurfte. Das Kratzen und Rasseln kamen von etwas Metallischem, das die Gestalt hinter sich herzog. Otto konnte nicht erkennen, was es war. Es dauerte einen Moment, bis die Gefahr vorüber war, und die Gruppe konnte erleichtert aufatmen.

»Otto, was jetzt? Kriechen wir weiter?«, keuchte Frey.

Otto wurde aus seinen Gedanken gerissen, wandte sich ihr zu und flüsterte: »Das Ding ist weg… Der Spalt ist zu eng, um durchzukommen. Wir müssen ihn aufklopfen, bin mir aber nicht sicher, ob es zurückkommt. Ansgar entscheidet, was wir machen.«

Die Blicke fielen auf Ansgar, der im Licht der wieder eingeschalteten Taschenlampen die Augen zusammenkniff.

»Also, ich bin dafür, noch einen Moment zu warten und dann zu versuchen, den Tunnel mit deiner Taschenlampe aufzubrechen… Stück für Stück, um keine Aufmerksamkeit zu erregen.«

Otto nickte, und sie warteten einen Augenblick.

Als nichts geschah, wagte Otto den Versuch und schlug mit aller Kraft, die sein schmächtiger Körper zuließ, mit der Taschenlampe, gegen den Stein. Ein lauter Knall durchzog den Tunnel, die Wand brach ein.

Otto, etwas verdutzt, kroch zurück, um sicherzustellen, dass sie nicht entdeckt wurden. Nach einigen Minuten wagte er einen erneuten Blick.

»Die Luft ist rein… Wir können hier endlich raus und uns die Beine vertreten.«

Er stieg als Erster hinaus und half dann Frey. Livia und Ansgar folgten. Die Gruppe streckte ihre Arme nach oben, um die Verspannungen zu lösen.

»Das hier scheinen echt die Minen zu sein. Da vorne steht sogar noch ein alter Wagen«, deutete Ansgar auf einen verlassenen Minenwagen neben den Gleisen.

»Genau wie ich sagte. Die Gestalt ging rechts lang nach oben. Wir sollten erst dem Weg nach unten folgen und sehen, ob es noch einen anderen Ausgang gibt«, schlug Otto vor.

Ansgar stimmte zu, und so setzte sich die Gruppe in Bewegung, immer den Laternen an der Decke nach.

Sie gingen eine Zeit lang, als Livia plötzlich Otto am Ärmel zog. »Du, sag mal, wieso gibt es hier eigentlich noch Strom nach all der Zeit?«

Otto kratzte sich am Kinn und betrachtete die Lampen. »Viele Minen hatten Notstrom… dieser sollte aber auch nicht mehr funktionieren. Aber ehrlich gesagt, hier wundert mich nichts mehr.«

Livia seufzte. »Hm, du hast wohl recht… wie geht es dir? Wir hatten noch keine Zeit über Lars und Hanna zu sprechen.«

Otto blieb stehen und schaute sie mit glasigen Augen an, die Hornbrille schon leicht beschlagen. Er holte tief Luft, um das Weinen zu unterdrücken. »Was soll ich sagen? Lars ist weg, und was mit Hanna ist, können wir uns wohl alle denken, auch wenn es keiner ausspricht. Ich bin traurig, wie könnte ich es auch nicht sein… Nur fehlt uns die Zeit zu trauern.«

Livia nickte und legte ihm eine Hand auf die Schulter. »Ja, ich verstehe dich… mir fällt das auch nicht leicht. Aber ich dachte, du möchtest trotzdem reden. Immerhin wart ihr beste Freunde…«

»Herrgott, Livia«, fiel er ihr ins Wort. »Er war nicht nur mein bester Freund. Wir haben es nie erzählt, weil wir selber nicht wussten, wohin es führt. Aber Lars und ich waren zusammen, Livia. Jetzt ist es raus. Somit tut mir sein Tod wohl doch mehr weh, als du dir vorstellen kannst.«

Livia wollte ansetzen, um die unfaire Reaktion zu kommentieren, aber nach diesen Worten konnte Otto seine Trauer nicht mehr zügeln, und die Tränen kullerten ihm übers Gesicht. »Wir wussten es beide schon länger voneinander. Nach dem Tod seiner Mutter und meines Vaters, als er dann bei uns einzog, weil sein Vater zu oft nicht zu Hause war, sind wir uns nähergekommen. Nächstes Wochenende wollten wir es unseren Eltern erzählen, auch wenn Lars Angst vor der Reaktion seines Vaters hatte.«

Livia war total geschockt, die Worte von Otto trafen sie mitten ins Herz.

»Warum habt ihr uns das denn nicht erzählt? Wir sind doch Freunde.«

Otto wollte davon nichts hören und erhöhte sein Tempo. Mit immer größer werdenden Schritten entfernte er sich von den anderen, bis er vor einem großen, überfluteten Raum innehielt. Den Spuren nach zu urteilen, wurde dieser Raum aufgesprengt. Überall lagen große Brocken herum, und weiter abseits stand eine Kiste mit der Aufschrift TNT.

Doch das Interessanteste an diesem Fund waren die Brocken selbst. Als er sich ihnen näherte, bemerkte er an einigen unversehrten Steinen mysteriöse Runen und Malereien. Als er begann, sie näher zu betrachten, gesellten sich die anderen dazu und staunten nicht schlecht. An fast jedem Stein fanden sich Malereien, und auch die Wände waren bedeckt.

»Was das wohl zu bedeuten hat?«, fragte Ansgar, der von dem Gefühlsausbruch nichts mitbekommen hat, da er sich um Frey kümmerte und hob einen Stein in Richtung Licht.

»Ich habe keinen Schimmer… In den Unterlagen von Peter stand auch nichts darüber, also kann ich nur raten. Diese Symbole, sie sehen aus wie alte Nordische Runen. Vielleicht war dieser Ort einmal heilig«, antwortete Otto und wagte einen Blick in den mit Licht durchfluteten Abschnitt der Mine.

Es war ein großer runder Raum, auch hier waren zahlreiche Runen an den Wänden gemalt. Der Raum war fast vollständig knietief mit Wasser gefüllt und ein Licht schien durch eine Öffnung in der Decke.

Sie ließen ihren Blick durch die Höhle schweifen, als Otto plötzlich einen Windzug spürte. Er tastete die Wände ab, bis seine Finger auf eine Stelle stießen, an der das Gestein spröde wirkte. Feine Risse zogen sich durch die Oberfläche, und kleine Brocken bröckelten bei der Berührung ab. Zwischen den Rissen entdeckte er ein kleines Loch, durch das kühle Luft strömte. Er kniete sich hin und blickte hindurch. Dahinter erkannte er den Strand. »Wenn mich nicht alles täuscht, ist das die Rückseite der Insel.«

Ansgar trat näher, kniff die Augen zusammen und betrachtete das Wasser nachdenklich, das leise durch die Höhle plätscherte. »Woher kommt das ganze Wasser? Könnte es mit dem Meer verbunden sein?«

Livia nickte und fuhr mit den Fingerspitzen über die lockeren Stellen in der Wand. »Das würde Sinn ergeben. Vielleicht führen unterirdische Kanäle das Wasser hierher und haben die Wand im Laufe der Zeit geschwächt.«

Ansgar beugte sich vor und prüfte die Risse genauer. »Wenn das so ist, könnte die Wand nachgeben, wenn wir sie ein bisschen bearbeiten.«

Ansgar und Livia liefen zu den Trümmern, nahmen große Brocken und schlugen damit auf die brüchige Stelle ein. Die lockeren Steine gaben schnell nach, und nach ein paar gezielten Schlägen fiel die Wand mit einem lauten Krachen in sich zusammen. Frische Luft strömte durch den neu entstandenen Durchgang.

»Schaut mal...«, Livia deutete auf die Felsen, die ins Meer stürzten. »Die Höhle ist direkt mit dem Meer verbunden. Die Flut setzt ein und verwandelt den Weg in einen Fluss.«

»Wir müssen weiter, aber ich weiß nicht, in welche Richtung«, sagte Ansgar, der sich die Umgebung ansah. »Der Strand geht links und rechts weiter... aber wir müssen diesen Hügel hinaufsteigen, um aus dem Fluss zu kommen.«

Die Sonne war bereits am Horizont am Verschwinden und tauchte den Himmel in ein sanftes Orange und Rosa. Als sie den Hügel hinaufstiegen, bemerkten sie mehrere alte Ruderboote, die im Sand lagen. Die Boote waren mit Algen und Muscheln bedeckt und wie der Rest auf der Insel nicht mehr zu gebrauchen.

Otto starrte auf die endlosen Wellen, und eine Mischung aus Trauer und Wut zeichnete sich auf seinem Gesicht ab. Livia und Ansgar tauschten besorgte Blicke aus, während Frey sich schwerfällig über den Strand bewegte, ihre Hand fest auf die verletzte Schulter gepresst.

Otto schüttelte den Kopf und murmelte leise vor sich hin: »Das alles ist so surreal... Lars ist weg... Hanna auch. Ich kann es einfach nicht fassen.«

Livia ging zu ihm. »Es tut mir leid, Otto... Wir müssen stark bleiben und einen Weg finden, hier lebend rauszukommen.«

Frey, die mit schmerzverzerrtem Gesicht hinter der Gruppe herging, unterbrach den Moment: »Wir sollten uns bewegen... Der Stich schmerzt immer mehr.«

Ihre Stimme klang schwach, und ihr Gesichtsausdruck zeugte von großer Anstrengung.

»Wir müssen dringend etwas finden, um die Wunde zu behandeln«, sagte Ansgar besorgt. »Ich weiß nicht, wie viel Zeit wir haben... aber wir können nicht hier stehen bleiben.«

Die Gruppe setzte sich in Bewegung, doch die Spannungen zwischen ihnen waren spürbar. Otto konnte den Verlust seines Partners nicht verbergen, und die anderen fühlten sich hilflos angesichts der ungewissen Situation.

»Wir müssen einen klaren Kopf bewahren und zusammenarbeiten«, mahnte Ansgar mit angestrengter

Miene, Lippen zusammengepresst. »Wir haben schon so viel überstanden... und wir werden einen Weg finden, hier herauszukommen. Aber dazu müssen wir zusammenhalten.«

Sie mussten den Strand hinaufsteigen, weg von der Höhle, die zunehmend von der Flut eingenommen wurde. Während sie über den Strand liefen, entdeckten sie in der Ferne eine verlassene Fischerhütte.

»Vielleicht finden wir dort etwas Nützliches«, schlug Livia vor.

Die Gruppe steuerte auf die Hütte zu, in der Hoffnung auf Schutz und vielleicht sogar auf Hinweise, die ihnen weiterhelfen könnten.

In der Hütte angekommen, durchsuchten sie die Räume nach brauchbaren Gegenständen. Otto ließ sich schwer auf einen Stuhl sinken, während Livia und Ansgar nach Verbandsmaterial oder Medikamenten suchten. Frey ließ sich auf einer Pritsche nieder und stöhnte leise vor Schmerzen.

Die Stille wurde von Otto durchbrochen: »Wir können nicht so tun, als wäre nichts passiert. Lars war ein Teil von mir... und jetzt ist er weg. Ich kann das nicht einfach ignorieren und so tun, als ob alles normal wäre.« Seine Stimme bebte vor Emotionen.

Livia und Ansgar tauschten einen Blick, bevor Ansgar sich zu Otto wandte: »Du hast recht, Otto... Wir müssen darüber reden und uns gegenseitig unterstützen. Der Verlust ist schmerzhaft´ und wir müssen gemeinsam durch diese schwierige Zeit gehen.«

Die Atmosphäre in der Hütte war angespannt. Frey starrte auf ihre blutverschmierte Hand, die auf dem

Verband ruhte. Jeder Atemzug schien schmerzhaft ... und ihr Blick verriet die Sorge, die sich tief in ihre Augen eingegraben hatte.

Sie entzündeten ein kleines Feuer, dafür lag alles in der Hütte bereit. Das Knistern des Feuers in der Mitte der Hütte wurde von der bedrückenden Stille umrahmt, die wie ein undurchdringlicher Nebel zwischen den Anwesenden hing.

Frey lag regungslos auf der Pritsche, ihre fieberheiße Haut glänzte im schwachen Licht. Ansgar, Otto und Livia, die bisher so zuversichtlich gewirkt hatten, senkten ihre Blicke. Niemand wagte, den anderen anzusehen, als ob die Verzweiflung, die in der Luft hing, durch Augenkontakt greifbar werden könnte. Es war, als würde die Belastung dieses Moments an den Grenzen ihrer Freundschaft rütteln, drohend wie ein Sturm, der alles zu zerreißen versuchte.

Selbst das prasselnde Feuer vermochte nicht, die Kälte zu vertreiben, die sich in der Luft ausbreitete. Jeder spürte die Unsicherheit, die sich wie ein Schatten über die Zukunft legte.

Die Entscheidungen, die nun getroffen werden mussten, hingen schwer in der Luft. In den Gesichtern spiegelten sich die inneren Kämpfe wider: Angst vor dem Unbekannten ... Zweifel an den eigenen Fähigkeiten, aber auch der feste Wille, nicht aufzugeben. In diesem Moment wurden die zwischenmenschlichen Verbindungen auf die Probe gestellt.

Die Nacht war hereingebrochen und Ansgar, Otto und Livia saßen am Feuer ... ein gelegentliches Knacken von den Holzscheiten durchzog die Stille.

Keiner vermochte etwas zu sagen, bis das schmerzerfüllte Stöhnen von Frey die Stille durchbrach. Livia eilte zu Frey hinüber, die sich krümmend auf der Pritsche befand ... ihr Gesicht von Schmerz verzerrt.

Die Hektik der Flucht hatte ihre Spuren hinterlassen, nicht nur in Form von schmutzigen Bandagen ... sondern auch in den besorgten Blicken, die zwischen den Gefährten ausgetauscht wurden.

Das gedämpfte Licht in der kleinen Hütte betonte die Dringlichkeit der Situation.

Livia, die den Verband wechselte, konnte die Risse in Freys Stimme hören.

»Das Blut... ich spüre das Blut.«

Der Verband wurde entfernt, und Livias Blick fiel auf die Stichwunde, die durch das karge Licht des Feuers geisterhaft schimmerte.

Die düsteren Umstände ... die Gefahr, die auf jedem Schritt lauerte und die zunehmende Verzweiflung, hatten die Gruppe an den Rand ihrer Kräfte gebracht.

Livia wurde kreidebleich, als sie die Infektion an Freys Schulter erkannte ... eine Stichwunde, die nicht nur physisch schmerzte, sondern auch die letzten Reserven an Hoffnung zu nehmen schien.

»Ansgar, komm schnell her!«

Ansgar, der gerade in ein ernstes Gespräch mit Otto vertieft war, sprang auf. Seine Gedanken wirbelten zwischen der Sorge um Frey und den anhaltenden Bedrohungen, die draußen in der finsteren Welt lauerten. Die Enge der Hütte verstärkte das Gefühl der Ohnmacht.

»Was ist los, Livia?« Ansgars besorgter Ton verriet die tiefe Verbindung zu Frey und die Ängste, die in ihm aufkeimten.

Mit blutigen Händen deutete Livia auf die geschundene Schulter. Die Stelle, wo der Dolch steckte, zeigte nicht nur die äußere Verletzung, sondern auch die unsichtbaren Schäden darunter. Eine große geschwollene rote Fläche, verziert mit blauen Äderchen zog sich über die Hälfte des Rückens. Neben dem Blut, das unaufhaltsam aus der Wunde floss, begann es auch zu eitern.

Die Vorstellung, dass Frey inmitten der Dunkelheit des Tunnels mit dieser Verletzung kämpfte, schickte Schauer über Livias Rücken. »So wie es aussieht, hat sie eine schwer fortgeschrittene Blutvergiftung, Ansgar.« Livia sprach die Worte aus, die alle gefürchtet hatten. Der Begriff schwer fortgeschritten hingen wie eine düstere Wolke über der Gruppe.

Ansgar schluckte schwer, während er versuchte, die aufsteigende Panik zu unterdrücken. Er sank auf einen Stuhl, sein Blick zwischen Livia und Frey hin- und hergerissen. Sein Verstand suchte nach Lösungen, während die Bilder der letzten Tage in seinem Kopf wie ein Sturm tobten.

Die Flucht, die Unsicherheit, die Verbundenheit mit Frey – alles verschmolz zu einem unübersichtlichen Gefühlschaos.

»Was sollen wir denn jetzt machen? Ich will sie nicht verlieren.« Ansgars Stimme bebte vor Angst und Verzweiflung. Er vergrub seinen Kopf in seinen Händen, als könnte er die Realität so für einen Moment aussperren.

Die Minuten vergingen wie Stunden, während Frey in Fieberschüben und Schmerzen rang. Sie wimmerte leise, ihr Körper krümmte sich unter unsichtbaren Qualen, und ab und zu entwich ihr ein schmerzerfülltes Keuchen.

»Was ... was hat sie?«, stammelte Ansgar panisch, als er ihre verzerrten Gesichtszüge und den Schweiß sah, der ihr über die Stirn lief.

Livia schob ihn sanft beiseite, ein Moment der Ruhe inmitten des Sturms. Es waren die Kenntnisse aus ihrem Praktikum im Krankenhaus und die, die sie von ihrer Mutter vermittelt bekommen hatte, die nun zum Einsatz kamen. Die Mischung aus medizinischer Professionalität und persönlicher Verzweiflung zeichnete sich auf Livias Gesicht ab.

»Sie hat Schüttelfrost, Ansgar. Das ist normal bei einer Blutvergiftung, genau wie ihr Fieber. Aber so wie es jetzt um sie steht, brauchen wir auf jeden Fall Antibiotika, und das so schnell wie möglich.«

»Antibiotika? Woher sollen wir in dieser Situation bitte Antibiotika bekommen?«

Ansgar richtete sich auf, seine Augen suchten verzweifelt nach einem Ausweg, während Freys

Keuchen erneut die bedrückende Stille durchbrach. In diesem Moment brachte Otto eine unerwartete Wendung ein. Er saß am Feuer, die Beine an die Brust gezogen und sein ruhiger Ton schnitt durch die aufgeladene Atmosphäre.

»Wenn es nicht unbedingt Antibiotika sein muss, gibt es genug Pflanzen, die eine ähnliche Wirkung erzielen können.«

Otto erhob sich. »Sambucus nigra... Urtica dioica und Rubus idaeus. Dazu brauchen wir frisches Wasser. Zum Abkochen sollte sich hier in der Hütte etwas finden lassen«, erklärte er knapp, seine Augen verrieten eine Mischung aus Überlegenheit und Frustration.

Ansgar sprang vor Wut auf. »Kannst du deine Klugscheißerei sein lassen und uns genau sagen, was wir brauchen? Mit deinen Fachbegriffen hilfst du uns grad echt nicht weiter.«

Der Druck in der Hütte entlud sich in Ansgars scharfen Worten. Otto seufzte, als hätte er diese Reaktion erwartet und verdrehte die Augen. »Brennnessel, Holunder und wilde Himbeeren hat er aufgezählt«, erklärte Livia, während sie Freys Stirn abwischte.

Die pragmatische Art von Livia, gepaart mit ihrem Interesse an Medizin, brachte einen Hauch von Klarheit in das Chaos.

»Okay, und warum nicht gleich so? Wo finden wir die?«

Die Anspannung in der Hütte war greifbar.

»Im Wald. Ich erinnere mich, dass ich solche Pflanzen gesehen habe, als wir auf die Insel gekommen sind ... ich denke, ihr werdet nicht lange suchen müssen.« Ihre Stimme war ruhig und bestimmt.

Der Gedanke, in die Dunkelheit des Waldes zu gehen, während Frey um ihr Leben kämpfte, verstärkte die Dringlichkeit der Situation.

»Was meinst du mit IHR?«

»Ja, ihr Otto. Du und Ansgar werdet in den Wald gehen. Ihr seid beide nicht in der Lage, Frey hier zur Seite zu stehen ... und sollte draußen etwas passieren, sind zwei kräftige Männer wie ihr sicher eher in der Lage, sich zu verteidigen.«

Otto schüttelte den Kopf. »Das ist Wahnsinn, Livia! Es ist stockfinster draußen und wir wissen nicht, was uns im Wald erwartet.«

Livias Blick blitzte auf.

»Wir haben keine andere Wahl, Otto!«, entgegnete Ansgar gereizt. »Frey braucht diese Pflanzen, und zwar sofort. Wenn wir nicht handeln, könnte es zu spät sein.«

Otto verschränkte die Arme und trat einen Schritt zurück. »Warum soll ich mich in Gefahr bringen? Das ist eine Selbstmordmission.«

Ansgar packte Otto an den Schultern und zog ihn zu sich heran.

»Hör zu, Otto. Wir haben alle Angst, aber wenn wir jetzt nichts tun, wird Frey sterben. Du kannst hier nicht einfach herumsitzen und zusehen. Du fühlst doch gerade selbst, wie es ist, eine geliebte Person zu verlieren. Wir sind ein Team, und als Team müssen wir jetzt handeln.«

Otto zuckte, da er nicht wusste, dass Ansgar sein

Geständnis vor Livia gehört hatte und wich dem intensiven Blick von ihm aus, sein Widerwille war deutlich spürbar. Doch als er Freys gequältes Stöhnen hörte und Livias flehenden Blick sah, wurde ihm klar, dass sie keine andere Wahl hatten.

Die beiden traten hinaus in die bereits angebrochene Nacht. Der kalte Wind strich durch ihre Kleidung, während sie um die Hütte herumliefen und ihren Weg an den zerklüfteten Hügeln vorbei Richtung Wald fortsetzten.

Die Unsicherheit über das, was sie im Wald erwartete, mischte sich mit der Sorge um Frey, die in der Hütte zurückblieb. Der Klang ihrer Schritte vermischte sich mit dem Rauschen des Windes.

Nach gefühlt hunderten Metern erreichten Ansgar und Otto den Wald. Die Bäume, ihre Konturen von der Dunkelheit verschluckt, ragten hoch über ihnen auf und bildeten ein undurchdringliches Blätterdach. Ein kühler Wind strich durch die Blätter und das Flüstern des Waldes hallte um sie herum. Die beklemmende Atmosphäre lastete schwer auf ihnen, als sie tiefer in die undurchdringliche Dunkelheit des Waldes vordrangen. Jedes Rascheln im Busch schien wie der Flügelschlag eines übernatürlichen Wesens, das im Schatten lauerte. Die Dunkelheit verschluckte Geräusche, und ihre Sinne waren geschärft.

Ansgar und Otto, bis auf ihre Eimer und Fäuste unbewaffnet, fühlten sich in dieser undurchdringlichen Wildnis verwundbar und bloßgestellt. Sie folgten dem schmalen Pfad, der von moosbedeckten Steinen gesäumt war, weiter in den Wald. Das schwache Mondlicht kämpfte sich durch die dichten Blätter und malte flüchtige Bilder auf den Waldboden.

Jedes Knacken eines Astes, jedes leise Rascheln der Blätter schien eine Bedrohung zu sein. In der Dunkelheit lauerte die Vorstellung, dass hinter jedem Baum und Busch etwas Unheimliches verborgen sein könnte. Ansgar, im Bemühen, die Stille zu durchbrechen, flüsterte: »Was muss ich eigentlich beachten, wenn ich Brennnesseln pflücke?«

Otto, der bereits am Boden nach den Pflanzen suchte, drehte sich leicht zu Ansgar: »Du willst die jungen Spitzen der Brennnesseln. Die sind nicht nur milder, sondern auch reicher an den entzündungshemmenden Stoffen. Aber Vorsicht, die brennenden Haare können ziemlich unangenehm sein. Greife die Blätter von unten.«

Ausnahmsweise war Ansgar froh darüber, dass Otto manchmal so ein Klugscheißer sein konnte, und sagte nur: »Okay, mache ich. Für Frey müssen wir uns jetzt reinhängen und uns beeilen, egal was es kostet.«

Während sie sich auf die Suche konzentrierten, durchzog eine bedrückende Stille den Wald. Das schwache Mondlicht schien sich wie ein fahler Schleier über den Pfad zu legen. Jeder Schritt, den sie wagten, wurde von einer unsichtbaren Last begleitet.

Ottos bittere, mit Wut getränkten Worte durchschnitten die Stille: »Ach, für Frey müssen wir jetzt alles opfern, aber als Lars gestorben ist, hat keiner etwas getan.«

Ansgars Magen zog sich bei der Schärfe seiner Worte zusammen. »Was ist dein Problem, Otto? Als Lars gestorben ist, waren wir nicht einmal anwesend. Also mach mir jetzt keine Vorwürfe und hilf mir beim Suchen. So macht man das unter Freunden.«

»Was für Freunde? Wir waren zwar eine Clique, aber diese Art von Freunden waren wir nie. Sonst hättet ihr viel früher herausgefunden, was mit mir und Lars war. Dass wir schwul waren. Aber nichts davon hat dich oder euch jemals gekümmert. Ja, wir hatten Spaß, aber nach der ganzen Sache jetzt wäre ich froh gewesen, wenn ihr mich nie angesprochen hättet. Aber ja, los, lass uns die ach so tolle Frey retten, damit das Traumpaar von Gards Träsk wieder vereint ist.«

Ansgar, von den Emotionen überwältigt, stürmte auf Otto zu. Der Wald schien seinen Zorn aufzunehmen, als sie sich in einem wilden Kampf verstrickten und einen kleinen Abhang hinunterrollten.

Die Dunkelheit verschluckte ihre Silhouetten, während ihre Schreie und das Aufprallen auf den Waldboden von den Bäumen widerhallten.

Als sie unten ankamen, gewann Otto die Oberhand und setzte sich zur Wehr, sein schmächtiger Körper voller Adrenalin und Emotionen. Der Boden war mit feuchtem Laub bedeckt, das ihre Körper aufnahm. Die emotionale Spannung zwischen den beiden entlud sich in wilden Schlägen und Worten, die in der Finsternis verhallten. Die Dunkelheit selbst schien von ihrer aufgestauten Energie erfüllt zu sein.

Ihre Auseinandersetzung wurde jedoch jäh unterbrochen durch einen melodischen Gesang, der durch den Wald hallte. Die Töne schienen aus der Dunkelheit selbst zu kommen ... ein tröstlicher Klang inmitten des Chaos.

»Psst, hörst du das?«, flüsterte Ansgar.

»Ja, ich höre es. Klingt, als würde jemand singen«, antwortete Otto durch seine geschwollenen Lippen.

Die Klänge des Gesangs füllten die Luft, und für einen Moment vergaßen sie ihre Feindseligkeiten.

Beide beruhigten sich und Otto reichte Ansgar die Hand, um ihm aufzuhelfen. Die Dunkelheit schien dichter zu werden, als sich ihre Blicke trafen.

»Es tut mir leid, Ansgar. Das alles hier ist mir zu viel. Das war unfair.«

»Nein, mir tut es leid, Otto. Ich weiß, was du durchmachen musst. Lars ist weg, und wir tun so, als würde sich das Universum gerade nur um uns drehen.« Die Worte trugen eine Welle von Verständnis und Trauer mit sich, als sie sich versöhnten.

Otto zeigte auf den Rand des Waldes. »Oh, wir haben Holunder gefunden«, lachte kurz auf und sammelte ihn rasch ein.

Die Nacht war finsterer, als sie es gewohnt waren, und sie erinnerten sich immer wieder daran, dass dieser Ort nicht normal war. Ohne auch nur auf eines der Wesen zu treffen, gingen sie mit Brennnesseln, Holunder und frischem Bachwasser weiter.

Der Wald lag still in der Nacht, sein undurchdringliches Gewirr von Dunkelheit und Unsicherheit, verstärkt durch die unheimliche Stille, nur durchbrochen vom leisen Rascheln der Blätter und dem entfernten Gesang. Selbst der sanfte Wind trug eine unheimliche Melodie, die die Nerven der beiden strapazierte.

Ansgar und Otto, etwas orientierungslos durch ihre Auseinandersetzung, suchten den Weg zurück zum Strand. Der Gesang drang weiter und weiter in ihre Ohren, bis er sich plötzlich in eine ihnen bekannte Stimme verwandelte.

»Freunde, wo seid ihr? Otto, wo bist du, mein Liebster?«

Blässe erfüllte beide Gesichter.

»Das ist Lars«, Ansgar drehte sich in die Richtung, aus der die Stimme kam.

Otto hielt ihn am Arm. »Was auch immer das ist, das ist nicht Lars. Er würde mich niemals so rufen. Aber trotzdem interessiert es mich.«

»Wir sollten der Sache auf den Grund gehen«, stimmte Ansgar zu. »Aber wir müssen vorsichtig sein. Denk an die komischen ‹Untoten›, die wir gesehen haben. Es ist gefährlich, allein hier herumzulaufen.«

Zusammen folgten sie der Stimme von Lars immer tiefer in den Wald, bis sie schließlich an einer Lichtung ankamen.

Im fahlen Mondschein erkannte Otto, der vorgegangen war, eine schwarze, schleimige Silhouette, von der die Rufe von Lars ausgingen.

Die Gestalt war sehr groß und hielt etwas Großes, ... metallenes in der Hand.

Neben dieser Gestalt entdeckte Otto eine weitere,

kleinere Gestalt. Als die Wolken sich verzogen, gab das Mondlicht die Identität der Gestalt preis.

Otto stockte der Atem … es war Lars, Hals abwärts mit Blut überströmt, eine klaffende Wunde in der Mitte seines Halses und ein leerer, toter Blick in den Augen. Otto musste schlucken und seine Trauer in Zaum halten.

Er wollte sich gerade nähern, als Ansgar, der auch einen Blick riskieren wollte, hinter ihm auf einen Ast trat. Das knackende Geräusch durchbrach die unheimliche Stille und Otto erschrak. In Schockstarre richtete er seinen Blick langsam wieder in Richtung der finsteren Gestalt.

Das Rufen und Singen erstarben im selben Moment, als der Zweig unter Ansgars Füßen zerbrach und dicke, weiße Augen, die den Tod selbst gesehen zu haben schienen, direkt in seine schauten.

Der Blick, dem Otto in diesem Moment ausgesetzt war, betäubte ihn, und es fühlte sich an, als würde das Wesen direkt in seine Seele schauen. Immer wieder versuchte er, sich zu bewegen, doch nichts half. Die Angst in diesem Moment war zu stark.

Als eine Wolke sich vor das Mondlicht schob, erstarben die Augen des Wesens in der Dunkelheit, und Otto schaffte es, sich zu bewegen. Er wusste nicht, was in diesem Moment mit ihm geschehen war.

»Wir müssen hier weg!« Ansgar packte Otto am Arm.

»Was haben die Lars nur angetan?«, wimmerte Otto vor sich hin, als er aufstand, um sich von dem Ort zu entfernen.

Als er Ansgar gerade hinterherschleichen wollte, packte Lars ihn an den Haaren und riss ihn zu Boden. Das Wesen, das einst Lars war, zerrte an Otto, um ihn auf die Lichtung zu ziehen. Otto wand sich und schlug auf die Hand von Lars, damit er sich befreien konnte. Dabei riss er sich ein Büschel Haare aus, und die Stelle fing leicht an zu bluten. Als er sich aufrappelte, hielt er kurz inne und sah Lars ins Gesicht. Das vor Schmerz verzerrte Gesicht von Lars war von Tränen überzogen.

»Ich liebe dich, Lars. Das habe ich immer und werde ich immer tun«, presste er unter Tränen hervor, bevor er Lars einen kräftigen Tritt versetzte, der ihn umwarf, bevor er wieder nach Otto greifen konnte.

Otto drehte sich um und lief Ansgar entgegen, der gerade zurückkommen wollte, um ihm zu helfen. Gemeinsam rannten sie, so schnell sie konnten, durch den Wald.

Ein infernalischer Schrei folgte ihnen, und der Wald begann sich mit Kreaturen zu füllen. Viele denen sie begegneten, waren in graue Overalls gekleidet, andere in alter Seemannskluft und wieder andere in Alltagskleidung. Das, was sie aber gemeinsam hatten, waren ihre Löcher am Hals. Otto und Ansgar schlüpften an den vor ihnen auftauchenden Gestalten vorbei und stürmten aus dem Wald, dicht gefolgt von den Kreaturen.

»Lauf vor, Ansgar... du bist der Schnellere von uns. Sag den anderen Bescheid und versteckt euch. Ich locke sie weg.«

Als Ansgar, wie von Otto geplant, an der Hütte ankam, preschte er durch die Tür, löschte schnell das

Feuer und flüsterte den anderen zu: »Legt euch auf den Boden und seid still ... sie kommen.«

Otto mit der Meute, die hinter ihm her war, rannte an der Hütte vorbei und presste ein leises, aber bestimmendes: »Macht euch keine Sorgen, wir treffen uns später!«, hervor. Er rannte weiter in Richtung Höhle, aus der sie sich zuvor freigekämpft hatten.

Dieser Teil der Insel stand nun nicht mehr unter Wasser und Otto konnte die Kammer ohne Probleme durchqueren. Er hechtete auf der anderen Seite den Minenschacht hinauf bis zu der Stelle, wo die Gruppe vor einiger Zeit aus dem Fluchttunnel gekommen war.

Genau diesen stieg er wieder hinauf.

Als er drinnen war und loskriechen wollte, packte ihn eines dieser Dinger am Bein. Er trat ihm ins Gesicht und kroch weiter. Ohne die Taschenlampe, die ihnen zuvor Licht spendete, machte es ihm das Vorankommen schwerer.

Es dauerte einige Zeit, bis er wieder in der Fischerhütte ankam, von der sie zuvor geflohen waren. Er stieg aus dem Loch empor und wartete einen Moment, aber keines der Wesen schien ihm gefolgt zu sein. Auch außerhalb der Hütte vernahm er nichts. Als er sich in Sicherheit wog, schloss er die Klappe.

Erst als er einmal durchatmete, bemerkte er das Licht in der Hütte und einen schmächtigen Mann mit langen Haaren, der sich über ihre Taschen herzumachen schien.

Ansgar ging in geduckter Haltung zu Livia, die nervös wirkte, und bedeutete ihr, ruhig zu sein und sich hinzulegen. Mit geschickten Bewegungen zog er Frey, die bei jeder Bewegung vor Schmerzen zusammenzuckte, schnell von der Pritsche und schob sie darunter, während er ihr den Mund zuhielt, um ihre Laute zu ersticken. Er legte seinen Finger auf die Lippen, um Livia zu signalisieren, dass sie leise sein sollte.

Es dauerte nicht lange, bis die Hütte durch die Schritte der Kreaturen zum Beben gebracht wurde. Es fühlte sich an, als würden die Schritte nie enden und Ansgar konnte nicht feststellen, wie viele Wesen es waren.

Als die Schritte endlich verstummten, kroch Ansgar hinaus und lugte aus dem Fenster. Die Horde war verschwunden. Er half Livia auf und gemeinsam zogen sie Frey unter dem Bett hervor.

Er gab ihr die Kräuter und Livia machte sich daran, einen Brennnessel-Holunder-Tee vorzubereiten, obwohl sie wussten, dass es kein Allheilmittel war.

»Hier ist es nicht sicher, Ansgar.«

»Livia... dir sollte mittlerweile klar sein, dass wir hier weit entfernt von Sicherheit sind. Otto will die Kreaturen, die uns verfolgt haben, weglocken. Ich weiß nicht genau, wohin er gerannt ist, aber ich gehe davon aus, dass er durch diesen Tunnel zurück zur anderen Fischerhütte gekrochen ist oder sich in der Mine versteckt hat. Ich tendiere zum ersten Szenario.«

Livia nickte zustimmend. »Ja ... das wäre etwas, was Otto tun würde. Und was schlägst du vor? Sollen wir ihm folgen?«

Ansgar zuckte mit den Schultern. »Ich weiß es nicht. Es sollte bald hell werden ... wenn ich mich nicht täusche. Ob die Kreaturen dann verschwinden oder zurückkehren, kann ich nicht sagen. Und ich möchte nicht mit Frey durch diese unbekannte Gegend wandern, auch wenn wir ihm helfen müssen. Ich weiß einfach nicht, was wir tun sollen.«

Livia sah zu Frey und dann verständnisvoll zu Ansgar. »Ich weiß, dass du überfordert bist. Mir geht es genauso. Für mich ist das alles auch nicht einfach... zumal ich mit dafür verantwortlich bin, dass wir in dieser Situation sind. Aber ich weiß, dass Frey Antibiotika braucht. Und der Tee das Unvermeidliche nur hinauszögert.«

Die Entscheidung fiel ihnen nicht leicht, aber sie verharrten noch bis zum Sonnenaufgang auf dem Boden kauernd, nachdem sie die Tür blockiert hatten.

Als die ersten Strahlen der seltsamen Sonne zu sehen waren, nahm Ansgar Frey huckepack und zusammen verließen sie die Hütte mit Livia. Der Berg war auf ihrer linken Seite und sie orientierten sich daran, um den Weg zurück zur ersten Fischerhütte zu finden. Zu ihrer Erleichterung blieb es ruhig und keine der Kreaturen tauchte auf, während sie am Wald vorbeigingen. Gelegentlich kamen sie an vereinzelten Mineneingängen und Sammelstellen vorbei, wo Eisen und Gestein gesammelt wurden. In der Ferne konnten sie die Barackenstadt ausmachen, durch die Livia und Ansgar auf der Suche nach Hanna schon einmal gegangen waren. Sie waren also auf dem richtigen Weg.

Als sie an dem Berg und den Stollen vorbeigingen, fielen ihnen die altnordischen Runen auf, die die Felswände zierten. Die geheimnisvollen Zeichen zogen ihre Aufmerksamkeit auf sich, aber inmitten der Bedrohung durch die Kreaturen konnten sie nicht lange darauf verweilen.

Livia stolperte mit ihrem Blick jedoch über einen kleinen, verfallenen Geräteschuppen nahe einem verlassenen Mineneingang. Das baufällige Gebäude, dessen verwitterte Holzwände teils eingestürzt waren, war von überwucherten Ranken bedeckt. Durch ein zerbrochenes Fenster, das in der Morgensonne schimmerte, konnte sie schemenhaft verrostetes Werkzeug und alte Schaufeln erkennen.

Als sie die quietschende Tür aufdrückte, schlug ihr der muffige Geruch von altem Papier und Staub entgegen. In dem Schuppen entdeckte sie ein altes, ledergebundenes Bestandsbuch. Die ersten Seiten waren mit akkuraten Listen von Werkzeugen, Sprengstoffen und anderen Gegenständen gefüllt, die in der Mine verwendet worden waren. Doch weiter hinten im Buch hatte jemand die leeren Seiten genutzt, um etwas ganz anderes niederzuschreiben. Die hastig gekritzelten Zeilen stammten offenbar von einem Mitarbeiter der Mine – jemandem, der die letzten schrecklichen Ereignisse auf der Insel miterlebt hatte.

Die Einträge begannen harmlos mit Berichten über den Fortschritt der Arbeiten und die täglichen Routinen. Doch bald nahmen die Zeilen einen düsteren Ton an. Der Verfasser beschrieb, wie sie tiefer und tiefer in die Erde vordrangen, getrieben von der Gier nach den verborgenen Schätzen.

Eines Tages stießen sie auf eine seltsame Wand, verziert mit uralten, fremdartigen Runen, die niemand entziffern konnte. Schon damals hätten sie wissen müssen, dass etwas nicht stimmte, doch die Neugier siegte über die Vorsicht, und sie beschlossen, die Wand zu durchbrechen.

Als der letzte Schlag die Wand zerbrach, trat ein Ungetüm aus der Dunkelheit hervor – eine groteske, albtraumhafte Kreatur, die wie ein lebendiger Schatten durch den Stein zu fließen schien. Ihre glühenden Augen brannten inmitten eines massigen, verzerrten Körpers, der sich lautlos und unerbittlich durch die Mine bewegte. Die Männer schrien und flohen in alle Richtungen, doch das Monster holte sie, einen nach dem anderen. Niemand ist hier sicher. Nicht vor dem, was wir entfesselt haben. Wenn du das liest, dann geh. Geh, solange du kannst. Diese Insel hält dich fest, genauso wie sie uns festgehalten hat. Es gibt keinen sicheren Ort, kein Entkommen – weder durch Wasser noch durch Land.

Und wenn du glaubst, dass der Tod die Erlösung bringt, irrst du dich. Der Tod ist hier nur der Anfang.

Der Verfasser beschrieb weiter, wie die Insel selbst sie gefangen hielt. Versuche, mit Booten zu fliehen, endeten in blankem Wahnsinn. Die Boote verließen die Insel, nur um im selben Moment wieder am Strand zu landen – als ob das Meer selbst sie zurückwarf. Selbst die verzweifelte Flucht durchs Wasser brachte keine Rettung: Wer zu schwimmen versuchte, fand sich wie von unsichtbarer Hand zurückgezogen am Ufer. Nichts half, niemand konnte entkommen. Doch das Schlimmste war nicht der Tod – die Toten blieben nicht tot. Das Ungetüm machte etwas mit ihnen, etwas Unvorstellbares. Die Kollegen, die zuvor Seite an Seite gearbeitet hatten, erhoben sich wieder – verändert. Ihre Augen waren leer, ihre Bewegungen fremdartig und verzerrt, und doch voller tödlicher Absicht. Sie jagten ihre früheren Freunde, um sie zu töten, und das Monster schien sie anzuleiten, wie ein Puppenspieler seine Marionetten.

Plötzlich berichtete der Verfasser von einer gewaltigen Explosion, die die Insel erschütterte. Der ohrenbetäubende Knall ließ seine Ohren klingeln und war so stark, dass der Boden unter seinen Füßen erzitterte. Er vermutete, dass entweder einer seiner verzweifelten Kollegen oder das Monster selbst das TNT, das sie auf der Insel gelagert hatten, zur Detonation gebracht hatte.

Die letzten Einträge waren immer hektischer geschrieben. Der Verfasser beschrieb, wie er sich in dem Geräteschuppen versteckt hielt. Er schrieb von den Schreien, die über die Insel getragen wurden – Schreie von Schmerz, Wahnsinn und brutaler Gewalt.

Dann eine Pause. Die Worte wurden langsamer, resignierter. Ich höre sie. Sie sind nahe. Ich glaube, sie haben mich gefunden. Aber das spielt keine

Rolle. Entweder finden sie mich, oder ich werde hier verhungern. Mein Leben ist verwirkt.

Die Handschrift wurde unleserlich, die Worte sprangen zwischen Verzweiflung und Wahnsinn hin und her. Wir sind gefangen. Die Insel lässt uns nicht gehen. Der Gesang... er ruft uns... er will uns alle.

Die letzten Worte waren kaum noch zu entziffern, verschmiert durch Blut und Livia fühlte eine eisige Hand der Angst, ihren Rücken hinaufkriechen, als sie die letzten Einträge las.

Ansgar stand vor dem Geräteschuppen, Frey fest auf seinem Rücken, während sein Blick unruhig die Dunkelheit absuchte. Sein Atem ging schwer, die Anstrengung brannte in seinen Beinen, und der Schweiß rann ihm in kleinen Bächen über die Stirn.

»Lass mich runter«, flüsterte Frey, ihre Stimme schwach und brüchig. »Ich bin doch viel zu schwer. Ich merke, wie du dich anstrengst.«

»Das ist egal, Frey«, erwiderte Ansgar, seine Stimme fest und eindringlich, obwohl sein Körper vor Erschöpfung zitterte. »Ich würde dich auch tragen, wenn ich keine Arme hätte.« Sein Griff um sie wurde fester, wie ein stilles Versprechen, dass er sie nicht loslassen würde – nicht hier, nicht jetzt.

Er warf einen schnellen Blick zurück zum Schuppen. »Livia! Beeil dich!« Seine Worte hallten scharf durch die kühle Luft, durchzogen von einer Mischung aus Sorge und Dringlichkeit. »Wir müssen hier weg – bevor diese Kreaturen von letzter Nacht doch noch irgendwo lauern!«

»Ja, ich komme schon!«, rief Livia, während sie

hastig aus dem Schuppen trat. Gemeinsam folgten sie dem schmalen Weg weiter, den Berg weiterhin zu ihrer linken und den dichten Wald zu ihrer rechten. Ihre Schritte hallten gedämpft über den unebenen Boden, während die beklemmende Stille der Umgebung sie wie ein unsichtbarer Schatten begleitete.

Ansgar warf panische Blicke in den Wald, dessen Bäume wie dunkle Riesen über ihnen thronten. Jeder knisternde Zweig, jedes Rascheln ließ sein Herz schneller schlagen. Er beschleunigte seinen Schritt, sein Atem wurde flacher. »Schneller«, murmelte er mehr zu sich selbst als zu den anderen. Alles in ihm drängte darauf, die Barackenstadt so schnell wie möglich zu erreichen, wo sie wenigstens kurz Deckung finden konnten – und von dort weiter zur Fischerhütte.

Die Barackenstadt schien auf die Gruppe herabzudrücken, jede Bewegung und jedes Geräusch verstärkend. Sie wollten gerade nach rechts an den verlassenen Gebäuden vor der Fabrik vorbeilaufen, in Richtung der ersten Fischerhütte – in der verzweifelten Hoffnung, mehr Antworten zu finden und der drohenden Gefahr zu entkommen, als plötzlich Otto in der Ferne den Pfad hinaufgeeilt kam, denselben Weg, den Ansgar und Livia einst zur Fabrik genommen hatten. Er rannte so schnell, dass er beinahe stolperte, während sein Atem keuchend durch die Stille schnitt. Sein Gesicht war blass, die Augen weit vor Panik.

»RENNT!«. Hinter ihm brach die Meute der Kreaturen hervor, ein wogender, albtraumhafter Schwarm, der wie ein einziger lebender Schatten wirkte.

»Wer sind Sie und was machen Sie da an unseren Taschen?«

Der Mann erhob sich langsam und trat weiter ins Licht, sodass Otto sein Gesicht erkennen konnte. »Ich habe eben an der Insel angelegt und diese Hütte gefunden. Ich konnte ja nicht ahnen, dass jemand hier ist. Mein Name ist Peter ... und ich bin hier, um Informationen über meinen Bruder zu finden, der vor drei Jahren verschwunden ist. Haben Sie zufällig Informationen?«

Otto verschränkte die Arme vor der Brust und musterte den ebenso schmächtigen Mann skeptisch. »Peter Hoffmann?«

Peter runzelte die Stirn und trat einen Schritt zurück. »Ja... aber woher kennen Sie meinen Namen?«, seine Stimme nun etwas schärfer. »Und was machen Sie überhaupt hier?«

»Ich bin Otto« und ließ seine Augen nicht von Peter. »Ich bin mit meiner Gruppe hierhergekommen, nachdem sie vor zwei Tagen mit meinen Freundinnen Livia und Hanna im Diner gesprochen hatten.«

Peter zog eine Augenbraue hoch und kniff die Lippen zusammen.

»Ah... verstehe. Dann habt ihr also die Abschrift meiner Route genutzt, um nach Forste By zu gelangen? Die Mappe haben Sie mir ja zurückgegeben. Habt ihr sonst noch irgendetwas von meinen Sachen genommen?«

Uneinig darüber, wie er den Jungen ansprechen sollte, klang er verärgert, beruhigte sich jedoch nach einem tiefen Atemzug.

»Aber gut, die Abschrift ist nicht das Wichtigste. Wie geht es euch? Der Wagen, den ich draußen gesehen habe, ... naja, sah nicht allzu gut aus.«

Otto schwieg... Er schaute auf den Boden.

Peter strich sich seine etwas längeren Haare aus dem Gesicht und wiederholte seine Frage: »Erzähl mir, was hier passiert ist, Junge. Wie geht es euch? Was ist passiert?«

Es dauerte einen Moment, bis sich Otto gefasst hatte… Er schloss die Augen, hielt inne und erzählte Peter schließlich alles: Über das Verschwinden von Hanna, Lars› Tod, die Flucht vor den Wesen im Wald und dass Frey verletzt wurde und Antibiotika brauchte, weil sie sonst an ihrer Blutvergiftung sterben würde. Er erzählte auch, dass er auf der Flucht vor den Wesen durch den Tunnel gekrochen war und so wieder hier in der Fischerhütte gelandet wäre und auch, dass Ansgar, Livia und Frey noch auf der anderen Seite der Insel festsitzen.

Peter hörte aufmerksam zu und nickte schließlich.

»Also die Bewohner von Forste By und diesen Veland habe ich auch kennengelernt, auch wenn ich das alles nicht recht verstehe. Laut meiner Aufzeichnungen, die ich auch Livia gezeigt habe, sollte es hier nichts mehr geben. Den Teil mit deinen Monstern, naja, kann ich aber nicht glauben. Ja... hier ist etwas faul, auch da hier kein Schnee liegt ... aber Monster? Ich glaube es nicht. Was das Antibiotikum betrifft, habe ich welches in meiner Tasche. Das kann ich euch geben.« Er wühlte ein bisschen und drückte Otto eine Packung in die Hand.

»Ich danke dir vielmals ... Peter, aber warum hast du Antibiotika dabei?«

Peter zuckte mit den Schultern, als wäre es nichts Ungewöhnliches.»Ich bin oft lange unterwegs, um meinen Bruder zu finden«, erklärte er ernst. »Da kann ich mir keine Verzögerung durch einen Arzt leisten, wenn etwas passiert. Deswegen will ich in der Lage sein, mich im Notfall selbst zu versorgen.«

Otto nickte nachdenklich. »Ok, das leuchtet ein. Jetzt muss ich nur noch gucken, wie ich sie wieder zurück zu den anderen bekomme ... falls sie überhaupt noch da sind. Nachdem die Horde mich verfolgt hat, kann ich mir schlecht vorstellen, dass sie noch immer in der Hütte sind.«

Peter reagierte nicht so richtig auf Ottos Worte, sondern fragte: »Den Tunnel, den du erwähnt hast, gab es dort Zeichen an den Wänden oder Ähnliches?«

»Ja, als wir das erste Mal durch die Minen gewandert sind ... auf der Flucht vor diesen Dingern, sind wir durch eine Kammer gewandert. An deren Wänden waren überall altnordische Runen zu sehen. Auch lag vor dem Eingang sehr viel Geröll mit eben diesen Zeichen. Weißt du etwa mehr über diesen Ort?«

Peter nickte. »Auf der Suche nach Antworten habe ich alles in Erfahrung gebracht, was mit diesem Ort zu tun hat ... egal wie unlogisch die Informationen auch waren. Unter anderem habe ich mit einem älteren Herrn in Norwegen gesprochen, der mir erzählte, dass es in Forste By bis 1888 keine Chance gab, zu überleben. Jeder, der nur einen Fuß auf diesen Ort gesetzt hat, ist gestorben ... bis sein Urgroßvater auf diese Insel kam und das Böse, das tief in den Minen lauern sollte, verbannt hat. Der Ort wurde versiegelt, und eine reine Seele wurde geopfert. Mit dem Blut des Opfers wurden die Runen an den Wänden gemalt, und es kehrte Ruhe ein ... bis am 16.09.1949 der alte Beckmann zu gierig und zu tief grub und das Grauen von Neuem begann.

Der Alte erzählte mir von einer großen Gestalt ... schleimig, als wäre sie von Algen oder Ähnlichem überzogen, die er als Nidhöggr bezeichnete.

Angeblich hielt die Kreatur einen Anker in der Hand. Sein Urgroßvater hatte ihm die Geschichte genau so erzählt, auch wenn er sie als Märchen abtat.

Die reine Seele, die geopfert wurde, war der einzige Weg, das Wesen zu binden. Eine Seele, unberührt von Sünde und Bosheit, die im Gegensatz zu der Dunkelheit stand, die Nidhöggr verkörpert.

Nur durch solch ein Opfer konnte das Böse in den Minen eingedämmt werden – das Blut der Unschuld trug die Macht, die Runen zu aktivieren und die Verbindung zwischen Nidhöggr und der Welt zu kappen.«

Otto saß komplett entgeistert dort. »Du glaubst meinen Erzählungen nicht, willst mir aber sagen, dass wir hier wirklich alle sterben werden durch ein Monster, das vor 100 Jahren hier eingesperrt wurde?«

Peter nickte und lachte dabei. »So oder so ähnlich, wenn man der ganzen Sache wirklich Glauben schenkt. Da ich das nicht tue, mache ich mich jetzt auf den Weg, um Informationen über meinen Bruder zu finden und mir vielleicht auch die Kammer anzusehen. Du kannst mich gerne begleiten. Vielleicht kommen wir zu zweit schneller voran und können gegebenenfalls auch das Antibiotikum zu deinen Freunden bringen.«

Otto kratzte sich die Stirn und überlegte recht lang. »Ich weiß nicht, ob es klug ist sich jetzt nach draußen zu wagen.«

Peter seufzte und legte eine Hand auf Ottos Schulter. »Ich verstehe deine Sorgen... wirklich. Aber ich glaube, je länger wir hier sitzen, desto mehr laufen wir Gefahr..., dass deinen Freunden etwas zustößt. Vielleicht haben sie sich versteckt oder sind auf dem Weg hierher. Wir sollten die Initiative ergreifen und von hier verschwinden.«

Otto seufzte und schaute aus dem kleinen Fenster der Hütte. Er fand zugleich Ruhe und Bedrohung in der undurchdringlichen Dunkelheit. Wie gern würde er jetzt lieber in einem Buch versinken. Für diese Gedanken war nun keine Zeit, die Angst durchzog seine Adern: »Was ist, wenn wir den Wesen wieder über den Weg laufen?«

»Sollte es deine Monster wirklich geben, dann glaube ich, dass wir besser vorbereitet sind, wenn wir uns dem Problem direkt stellen. Die Runen und die Geschichte deuten darauf hin, dass es einen Weg gibt, das Böse zu bannen. Vielleicht können wir herausfinden, wie das damals gemacht wurde und es wiederholen, auch wenn ich es trotzdem noch als Märchen abtue.«

Otto wurde etwas wütend darüber, dass Peter das Gesehene als Märchen bezeichnete. Er dachte lange über seine Wortwahl nach.

»Also gut, wenn wir wirklich keine andere Wahl haben, dann sollten wir es versuchen. Aber wir müssen vorsichtig sein. Wenn wir auf diese Kreatur stoßen, müssen wir einen Plan haben. Glaub mir, mir wäre auch lieber, wenn meine Augen mir hier einen Streich gespielt hätten.«

Peter ließ sich nicht weiter drauf ein und nickte zustimmend. »Wir nehmen alles mit, was wir an nützlichen Dingen finden können. Fackeln, Werkzeuge, was auch immer. Und wir bleiben zusammen. Egal, was passiert.«

Zusammen mit Peter machte Otto sich daran, sich auf die Gefahren vorzubereiten. Zur Verteidigung brachen sie sich jeder ein Tischbein ab und verließen die Hütte. Es sollte noch ungefähr eine Stunde dauern, bis die Sonne aufging.

Otto folgte Peter den kleinen Pfad hinauf zum Weg. Der Pfad war von dichtem Unterholz gesäumt und das Laub raschelte leise unter ihren Füßen. Nach links führte der Weg zum Steg, der über einen kleinen Bach führte, dessen Wasser leise plätscherte. Geradeaus erstreckte sich der dunkle Wald mit seinen dicht stehenden Bäumen, deren Äste sich wie knöchern ausgestreckte Finger gegen den bleiernen Himmel reckten. Nach rechts bog der Pfad zur Fabrik ab. Die verwitterten Mauern und rostigen Dächer wurden in der Ferne sichtbar.

Otto wusste, dass er sich in Richtung Fabrik aufmachen sollte, da die andere Hütte dahinter lag. Doch war er sich nicht sicher, was die Wesen betraf - oder besser gesagt, die Untoten, die Monster, die Kreaturen, wie auch immer man sie nennen wollte. Ein eisiger Schauer lief ihm über den Rücken, als er an die grauen Gestalten mit ihren klaffenden Halswunden dachte.

Ottos Gedanken bewegten sich weiterhin nur um die Schicksale seiner Freunde: Lars war tot, Hanna noch immer verschwunden ..., wenn sie nicht auch schon tot war und auch er, Livia, Ansgar und Frey würden wohl hier ihr Ende finden. Jede Hoffnung stirbt langsam.

So eine dumme Idee. Sie wollten doch nur für Hanna da sein, damit sie sich besser fühlt – auch, wenn die Gruppe einem Hirngespinst hinterhergejagt wäre und die Suche nach ihrem Vater einfach nur in einem Roadtrip nach Norwegen geendet hätte, sie hätte eine Ablenkung gehabt und wäre nicht allein gewesen.

Otto und Lars hatten viele gemeinsame Träume, die ihr Leben mit Hoffnung und Freude erfüllten. Einer ihrer größten Träume war es, ihre Liebe vor ihren Eltern zu offenbaren und ein Leben voller Akzeptanz und Glück zu führen. Sie träumten von romantischen Spaziergängen entlang der Seine in Paris, von verträumten Abenden in gemütlichen Cafés und von der gemeinsamen Erkundung der Stadt der Liebe.

Ein weiterer Traum war es, gemeinsam die Welt zu bereisen und neue Abenteuer zu erleben. Otto und Lars fantasierten über weit entfernte Reiseziele wie Thailand, Japan und Neuseeland, wo sie die Schönheit der Natur entdecken und unvergessliche Erinnerungen schaffen würden. Sie träumten von einsamen Stränden, atemberaubenden Berglandschaften und magischen Sonnenuntergängen, die ihre Herzen mit Freude erfüllen würden.

Viel zu viel Kitsch für zwei Personen, worüber Otto in Gedanken leicht schmunzelte. Auch, wenn Lars Angst hatte vor der Reaktion seines Vaters, wollten sie ihm am nächsten Wochenende alles sagen. Egal, wie Lars' Vater reagiert hätte, das hätten beide gemeinsam durchgestanden. Otto hatte ein Stipendium für eine renommierte Uni bekommen und Lars wäre im nächsten Sommer mitgekommen, um dort in einer großen Werkstatt in Stockholm Fuß zu fassen ... Otto wurde sentimental, sein Blick gläsern.

Lars war zwar nicht sonderlich gebildet, aber er war hartnäckig, wenn er wirklich etwas wollte ... und das war gut so. Denn in diese Zielstrebigkeit hatte Otto sich verliebt.

Es verging einige Zeit, die Otto Peter in Gedanken versunken folgte. Der Stress der vergangenen Tage tat sein Übriges, sodass Otto mit seinen mentalen Kräften zum Erliegen kam. Als er bemerkte, wo sie waren ... war es schon zu spät.

Er war Peter geistesabwesend in den Wald gefolgt, und nun stand ihnen die Horde gegenüber.

Peter sah sie zum ersten Mal, diese Untoten, in ihren grauen Overalls, Seemannskleidern und Alltagskleidern – alle mit dem klaffenden Loch an der Stelle am Hals, wo der Kehlkopf gewesen war. Jeder von ihnen war vom Hals abwärts mit Blut überströmt.

»RENN!«, schrie Otto, doch Peter blieb stehen, seine Augen weiteten sich, als er eine der Gestalten erkannte.

»Dieter?«, murmelte er ungläubig. Einer dieser Wesen, ein Mann in einem alten Seemannsanzug, hatte das gleiche klaffende Loch am Hals wie die anderen. Doch Peter erkannte ihn sofort. »Dieter, ich bin's!«, rief er verzweifelt, während er sich der Gestalt näherte. »Erkennst du mich nicht?«

Otto verstand nicht, was Peter sagte – plötzlich sprach der Mann in einer ihm fremden Sprache.

Verwirrt rief Otto: »Peter, komm schon! Wir müssen weg!«

Doch Peter schien wie erstarrt. »Dieter, bitte!«, flehte er weiter. Doch der Untote zeigte keine Reaktion.

Plötzlich griff die Gestalt nach Peter, dieser schreckte zurück, doch bevor sie ihn erreichen konnte, zerrte Otto ihn mit aller Kraft weg, und die beiden rannten los - vor ihnen die Hütte, in der sie eben noch verweilt hatten.

»NACH LINKS!«, rief er mit kratziger Stimme, die Kehle viel zu trocken von zu wenig Wasser.

Peter hechtete hinter Otto her. Seine schmächtigen, kraftlosen Beine trugen ihn nicht schnell genug. Eines der Wesen packte ihn an seinen Rucksack und zog ihn kräftig, sodass Peter ins Straucheln kam und rückwärts zu Boden ging.

Mit einem ängstlichen Blick zog Peter das Tischbein aus seiner Jacke hervor, das er mitgenommen hatte. »NEIN! ICH GEBE NICHT AUF!« Er schwang das Tischbein gegen das erste Wesen, das sich ihm näherte.

Das Tischbein krachte gegen den Untoten, der kurz taumelte, aber unaufhaltsam weiter machte. Peter schlug und stach verzweifelt, aber die Übermacht der Untoten war zu groß. Sie umzingelten ihn, ihre kalten, toten Hände griffen nach ihm. Er schlug weiter, doch es war, als prallten seine Schläge gegen Wasser. Die grauen Gestalten rissen ihn zu Boden, ihre kalten Finger umschlossen seine Gliedmaßen und hielten ihn fest, während andere sich über ihn beugten.

Otto, der kurz innehielt, konnte nicht fassen, was er sah.

»PETER!« Doch er wusste, dass er nichts mehr für ihn tun konnte.

Peter schrie verzweifelt auf, als die Untoten ihn überwältigten, sein Tischbein aus seiner Hand gerissen wurde und seine Schreie im gurgelnden Rauschen des Todes erstickten.

Immer und immer wieder stachen sie auf ihn ein, zerrten an seinen Gliedern und verteilten Peter über den ganzen Weg ... und sein Blut sickerte in den Boden. Es war ein grausamer Moment, der sich in Ottos Bewusstsein einbrannte.

Peter oder das, was von ihm über war, lag nun leblos da. Otto wusste, dass er nicht länger zögern durfte und rannte los.

Er rannte, getrieben von einer Mischung aus Angst, Trauer und einem unbändigen Überlebensinstinkt den Pfad entlang, bis die Fabrik vor ihm auftauchte.

In der Ferne erkannte er Livia und Ansgar.

Ansgar trug Frey auf dem Rücken. Otto zog die Meute hinter sich her und schrie so laut, er konnte: »RENNT!«.

Die ersten zarten Strahlen der Morgensonne brachen durch die düsteren Wolken und tauchten die verlassene Barackenstadt in ein sanftes, goldenes Licht.

Otto gestikulierte wild mit seinen Händen, seine Stimme versagte beim Schreien, als er auf Livia, Ansgar und Frey zulief.

»RENNT! RENNT ENDLICH!«

Er stürmte weiter auf sie zu, noch gut 100 Meter von ihnen entfernt.

»ANSGAR ... WO SOLLEN WIR HIN?«

Livia schrie ihren Bruder komplett in Panik verfallen an.

Ansgar ließ seinen Blick schweifen, seine Augen durchdrangen die trübe Morgendämmerung und suchten verzweifelt nach einer sicheren Zuflucht.

Er spürte den eiskalten Hauch der Angst, der ihm über den Rücken kroch, als er die finsteren Gestalten der nahenden Bedrohung aus den Augenwinkeln erahnte.

Er hatte den Gedanken, zurück zur Hütte zu fliehen, sich im Wald zu verstecken oder in den Minen Zuflucht zu suchen, doch er wusste auch, dass keine dieser Möglichkeiten sicher war ... besonders nicht mit Frey auf dem Rücken, die ihm das schnelle Rennen erschwerte.

»Zur Fabrik ... lauf zur Fabrik, Livia!«

Gemeinsam preschten sie die 20 Meter auf die Fabrik zu, die Treppe hoch und drückten die schweren Türen auf.

Ansgar ging hinein, legte Frey rasch ab und suchte nach etwas, um die Tür zu verriegeln und zu sichern. Sein Herz hämmerte gegen seine Brust, während er sich umsah und nach einem geeigneten Gegenstand suchte, der ihnen eine letzte Barriere gegen die drohende Gefahr bieten könnte.

Sein Blick fiel auf eine massive Eisenstange, die in einer Ecke lehnte. Er ergriff sie und eilte zur Tür, durch die in diesem Moment Otto unter schwerem Atem stürmte, nachdem er den Abstand zur Horde so weit vergrößern konnte, um die Fabrik zu erreichen.

Livia schloss die Tür schnell und sicherte sie mit dem Riegel an der Tür und der Stange von Ansgar.

Otto sank keuchend zu Boden und holte aus seiner Hosentasche eine Schachtel Tabletten, die er Ansgar zuwarf. »Das ist Antibiotika... Peter hat es mir gegeben... als wir uns in der Fischerhütte trafen.«

Livia und Ansgar starrten ihn an. Ihre Augen weit aufgerissen vor Schock und Verwirrung.

»Peter? Was ist mit Peter?«, fragte Livia verdutzt.

Otto schluckte schwer und blickte zu Boden. »Ja... Peter war hier auf der Insel. Wir haben uns in der Fischerhütte unten am Steg getroffen, als ich vor den Dingern durch den Tunnel geflohen bin. Ich habe ihm alles erzählt... auch... auch, dass ich Lars gesehen habe ... ja ... ich glaube, Lars ist auch eines dieser Wesen.« Otto wischte sich die Tränen weg, die ihm in die Augen schossen und erzählte weiter: »Wir wollten zusammen zu euch kommen ... aber ... er hat es nicht geschafft. Die Untoten haben ihn erwischt. Er hat gekämpft... wirklich ... aber es waren zu viele. Ich musste ihn zurücklassen ... es ging nicht anders.« Otto zitterte am ganzen Körper.

Die Worte trafen Livia und Ansgar wie ein Schlag. Livia begann zu weinen und Ansgar schlug mit der Faust gegen die Wand. »VERDAMMT! Verdammt nochmal! Warum passiert das alles?« Die Verzweiflung und der Schmerz waren in seiner Stimme deutlich zu hören.

»Also hat Lars dich letzte Nacht auf der Lichtung angegriffen? Ich konnte es nicht deuten, es war einfach zu dunkel.«

Mehr als ein trauriges »Ja!«, brachte Otto nicht heraus.

Otto stand stumm auf und ging die Treppe hoch zu einem Fenster, um die Lage draußen zu beobachten. Die Horde war immer noch dort, sie bewegten sich nicht, sondern beobachteten lediglich die Fabrik. Das schmutzige Fenster beeinträchtigte die Sicht, aber Otto konnte mehr als 100 Kreaturen feststellen.

Er ging wieder zu den anderen.

»Also verschwunden sind sie nicht, bewegen tun sie sich aber auch nicht. Ich verstehe dieses Verhalten nicht. Es hilft aber alles nichts. Wir sind hier gefangen und werden hier mit Sicherheit alle sterben.«

Ansgar stand auf und packte Otto am Kragen. »Hör auf, so etwas zu sagen. Wir kommen hier raus, mit Sicherheit.« Ein bedrohlicher Ton schwang in seiner Stimme.

Livia ging dazwischen. »Hört jetzt auf mit euren Streitereien. Wir haben Wichtigeres zu tun, als uns gegenseitig an die Gurgel zu gehen. Wir sollten uns erst einmal einen Überblick verschaffen und uns verbarrikadieren.«

»Und dann? Was soll dann passieren?«, fragte Otto unbeeindruckt.

»Wir müssen hier raus! Nicht mal, dass ich unserer Mutter berichtet habe, was wir vorhaben, wird etwas ändern. Dass ich dem alten Alduin aus Siste Havn gesagt habe, dass er zu Hause anrufen soll, wenn wir in drei Tagen nicht wieder da sind ... wird nichts ändern. Gar nichts wird einen Unterschied machen... wenn wir hier nicht rauskommen!«

»Und wie sollen wir hier bitte schön raus…« setzte Otto an, der aber von Livia forsch unterbrochen wurde. »Du hast WAS gemacht!? ... Wir haben doch abgesprochen, dass wir es niemandem erzählen, und du hintergehst mich, indem du Mama darüber informierst?«

»Dich hintergehen? Wie du siehst ... haben wir euch und eure Aktion hier bis zum Ende unterstützt. Allein schon wegen der Tatsache, dass wir diese irrsinnige Fahrt mit euch angetreten sind. Aber ja, Frey hat für mich bei Mama einen Brief hinterlegt mit dem, was wir vorhaben und wo wir sind. Aus diesem Grund hatten wir eine Abschrift von der Karte nach Forste By. Es tut mir leid, aber es tut mir nicht leid. Nach all dem hier bin ich auf der einen Seite froh, dass ich es getan habe! Also ganz klar ... Livia, ich habe dich nicht hintergangen. Komm runter!«

Die Spannung spitzte sich deutlich zu. Livia schossen die Tränen in die Augen. »Ich weiß das doch. Ich habe dir doch schon gesagt, dass das hier alles meine Schuld ist. Ja... ich verstehe, warum du Mama den Brief hinterlegt hast, aber trotzdem bin ich enttäuscht, dass du es einfach ohne mein Wissen getan hast.«

»Leute …« Otto stand über Frey, die röchelte und sich verkrampfte.

»WAS IST MIT IHR?«, schrie Ansgar panisch.

Livia legte ihren Kopf auf Freys Brust und vernahm ein nur noch leicht schlagendes Herz. Sie drehte sie auf die Seite, um sie davor zu bewahren Blut oder Erbrochenes einzuatmen, doch es half alles nichts. Wegen der ganzen Streitereien hat keiner mehr intensiv auf Frey geachtet. Freys Körper erschlaffte sich vollständig.

»Was ist passiert, Livia? Was hast du gemacht? Was ist mit dem Antibiotikum?«, wimmerte Ansgar panisch.

Livia legte ihren Kopf erneut auf Freys Brust, doch es war kein Herzschlag mehr zu hören. Sie versuchte es mit einer Herzrhythmusmassage und sie zu beatmen. Sie hörten Freys Rippen knacken, so viel Kraft übte Livia aus. Nach mehreren Versuchen gab sie auf und schüttelte unter Tränen den Kopf.

»Es hat einfach zu lange gedauert, bis sie vernünftige Medizin bekommen hat, Ansgar … «

Ansgar kroch zu seiner Freundin, packte sie an den Schultern und schüttelte an ihr. Schrie sie an. Als das alles nichts half, bündelte er seine ganze Kraft und schlug Frey so hart, wie es nur ging auf den Brustkorb.

Sie riss die Augen auf, atmete einmal tief durch, schaute Ansgar an, der unter Tränen über ihr gebeugt war ... Ansgar nahm ihre zitternde, fiebrige Hand in seine. Vorsichtig hielt er sie fest, als wäre sie aus Glas, während seine Augen verzweifelt über ihr schmerzverzerrtes Gesicht wanderten.

»Frey! Ich dachte, ich habe dich verloren ...«, flüsterte er mit bebender Stimme, während seine Tränen ihre Hand benetzten.

Sie lachte leise, ein schwaches, raues Geräusch, das fast in einem Seufzen erstarb. Mit gebrochener Stimme flüsterte sie ihm zu, als er sie sanft in seine Arme nahm: »So schnell wirst du mich nicht los. Du weißt, wir haben gesagt, für immer.«

Er drückte sie fester an sich, als könnte er sie allein durch die Stärke seiner Umarmung im Leben halten, während ihre zitternden Finger schwach an seinem Hemd verweilten.

Ansgar, sichtlich erleichtert, ließ seinen Blick schweifen und deutete nach oben. »Schaut mal da oben ... das könnten Aufenthaltsräume oder zumindest ein Büro sein.« Er zeigte auf einige Räume im ersten Stock, der über eine alte Treppe erreichbar waren. Er hob Frey auf seinen Arm und stieg mit ihr die Treppe hinauf.

»Es ist ein Büro, hier ist ein Sofa.« rief er den anderen zu.

Während Ansgar verzweifelt darum kämpfte, seine schwer verletzte Freundin Frey im Büro im ersten Stock am Leben zu erhalten, hielten Otto und Livia Wache an der versperrten Tür der Fabrik. Das Licht ihrer Taschenlampen war schwach, und die Dunkelheit dahinter wirkte wie eine Wand, die sie zögerlich zu durchbrechen versuchten.

»Wir müssen etwas zu essen finden«, sagte Livia schließlich. »Ansgar und Frey werden unsere Hilfe brauchen, und wir sind alle hungrig.«

»Ich weiß«, murmelte Otto, zog einen verstaubten Karton aus einem Regal gegenüber der Tür und leuchtete hinein. »Aber was sollen wir tun? Hier drinnen scheint es nichts Essbares zu geben.«

Livia trat zu ihm und sah in den leeren Karton. »Vielleicht gibt es noch etwas in einem anderen Bereich. Und ich erinnere mich an etwas, das ich einmal gelesen habe. Lagerräume in Fabriken wie dieser sollten normalerweise Konserven und Trockenfleisch enthalten. Wir müssen nur weitersuchen.«

Otto nickte, doch seine Augen wanderten nervös zu den Schatten rechts neben der Gießerei. »Was, wenn eines von diesen Dingern schon hier drin ist?«, flüsterte er.

Livia zögerte, bevor sie antwortete. »Dann müssen wir es hören, bevor es uns hört. Bleib leise.«

Sie bewegten sich langsam durch die Fabrik. Das Licht ihrer Taschenlampen tanzte über die Wände und Regale, die wie Schattenriesen vor ihnen aufragten. Die Halle war groß, und das Echo ihrer Schritte verstärkte das beklemmende Gefühl, nicht allein zu sein.

Vor ihnen erstreckte sich eine Reihe von hohen Regalen, die bis zur Decke reichten. Dazwischen war es noch dunkler, und das Licht der Taschenlampen schien von den staubigen Oberflächen der Regale verschluckt zu werden. Nur gelegentlich durchbrach ein Lichtstrahl von den Dachfenstern den Raum und ließ den Staub in der Luft schimmern. Der Geruch von Rost und Verfall wurde stärker, je tiefer sie in die Halle vordrangen.

»Wir müssen durch die Regale hindurch«, flüsterte Otto.

Livia nickte, aber ihr Herz hämmerte in ihrer Brust. Jeder Schritt knirschte auf dem staubigen Boden, und das Gefühl, beobachtet zu werden, ließ sie ständig über die Schulter blicken.

Gemeinsam schoben sie sich durch die Regale, die sich rechts von der Treppe und der Wanne der Gießerei erstreckten. Das Licht ihrer Taschenlampen flackerte über verstaubte Oberflächen, während die Geräusche ihrer Schritte in der weiten Halle verhallten.

Plötzlich stieß Otto mit der Taschenlampe gegen etwas Metallisches an der Wand. Er hielt inne und leuchtete nach oben. »Ein Lichtschalter«, sagte er und hob die Hand, um ihn zu betätigen.

»Meinst du, hier könnte noch Strom fließen?«, fragte Livia skeptisch.

»Nur einen Weg, das herauszufinden.« Otto drückte den Schalter, und zu ihrer Überraschung flammten Neonlichter an der Decke auf. Das Licht flackerte und summte, bevor es sich stabilisierte und den Bereich um sie herum in grelles, kaltes Licht tauchte.

»Das ist … seltsam«, murmelte Livia.

»Dass hier nach all den Jahren noch Strom fließt, ist mehr als seltsam«, sagte Otto und blickte sich um.

Die Neonlichter erhellten die gesamte Halle, ließen die Regale und Maschinen in einem kalten, unbarmherzigen Licht erscheinen. Selbst die Gießerei, die sonst in Dunkelheit gehüllt war, lag nun unter den grellen Strahlen der Lampen.

Doch plötzlich begann das Licht auf der linken Seite, direkt über der Gießerei, unruhig zu flackern. Erst ein sanftes Zucken, dann immer intensiver, als würde das Licht mit etwas Unsichtbarem kämpfen. Livia hielt inne, der flackernde Schein tauchte die massive Wanne und die Maschinen in ein geisterhaftes Spiel aus Schatten und Licht.

Das Summen der Neonlampen wuchs bedrohlich, ein metallischer Klang, der ihre Nackenhaare aufstellte. Dann – ein lautes Knacken. Eine Lampe knallte durch,

Funken stoben zur Seite, prasselten auf den Boden. Livia keuchte und wich zurück, doch es war noch nicht vorbei. Eine nach der anderen erlosch, begleitet von explosionsartigen Knallen, die von den hohen Wänden der Halle widerhallten. Funken regneten herab, und der Gestank von verbranntem Metall stieg in die Luft.

Innerhalb weniger Sekunden lag die linke Seite der Halle wieder in Dunkelheit, die Schatten um die Gießerei dichter und schwerer als zuvor. Livia spürte, wie ihr Herz in ihrer Brust hämmerte, und sie wich noch ein Stück zurück, das Gefühl, beobachtet zu werden, immer drängender. Livia und Otto folgten hastig dem Gang hinter den Regalen bis zu den Lagerräumen. Der Boden war uneben, und überall lag verstreuter Schutt. In einem der Räume begann Otto, die Regale zu durchsuchen, während Livia sich an die Schränke machte. Die bedrückende Stille ließ sie auf jedes kleine Geräusch achten, und das dumpfe Klopfen ihrer Schritte schien endlos zu hallen.

Plötzlich hörten sie ein dumpfes Geräusch, gefolgt von einem leisen Kratzen. Sie erstarrten. »Sie sind da draußen«, flüsterte Livia, ihre Stimme zitterte.

»Bleib ruhig«, sagte Otto leise, während er weiter ein Regal absuchte. Nach einigen angespannten Momenten hielt er triumphierend eine verstaubte Dose hoch. »Hier! Wir haben etwas gefunden!«

Livia nahm die Dose und nickte erleichtert. »Das ist ein Anfang, aber wir brauchen mehr. Wir können nicht riskieren, dass Ansgar und Frey hungrig bleiben.«

Nach weiteren Minuten fanden sie schließlich einen weiteren Lagerraum, in dem sie einige veraltete

Konserven und Trockenvorräte entdeckten. Otto sammelte alles in eine alte Kiste und machte sich bereit, zurückzugehen.

Am Ende des Gangs, wo der Weg an einer verschütteten Stelle endete, bemerkte Livia ein Loch im Boden. Sie hielt inne und leuchtete mit der Taschenlampe hinein. »Otto, sieh dir das an«, sagte sie leise.

Er trat zu ihr, sein Blick folgte ihrem Lichtstrahl. »Das sieht aus, als wäre hier mal etwas eingebrochen. Vielleicht sind das die Minen?«

»Möglich. Lass uns erst die Vorräte nach oben bringen.«

Zurück im Büro, wo Ansgar neben der fiebernden Frey saß, teilten sie die Vorräte. Die Konserven waren alt, und das Trockenfleisch zäh, aber es war genug, um ihre hungrigen Mägen zu füllen und ihnen neue Kraft zu geben.

Livia schaute Ansgar mitleidig an. »Es ist alles, was wir finden konnten«, sagte sie sanft.

Ansgar nickte dankbar, sein Blick wanderte zu Frey. »Das reicht fürs Erste. Morgen suchen wir weiter.«

»Wie geht es Frey?«

»Sie schläft ruhig und hat bisher noch nicht wieder gekrampft, aber wir brauchen auf jeden Fall eine Krankenstation oder Ähnliches, wenn wir hier schon nicht wegkommen, um ihr zu helfen. Habt ihr was in der Art gefunden?«

Otto und Livia schüttelten den Kopf.

»Nein, aber weit sind wir auch nicht gekommen. Alles hinter den Lagerräumen war verschüttet und eingestürzt«, erklärte Otto.

»Wir wollten auch nicht weitergehen, da wir einige von diesen Dingern hinter der Wand gehört haben, auch wenn wir uns sicher sind, dass sie nicht hier rein können oder wollen. Alles an dieser Situation ist komisch«, fügte Livia hinzu. »Was wir auch machen wollen, wir müssen eine Lösung finden.«, ergänzte sie noch.

Sie schaute etwas niedergeschlagen. Nicht, dass sie Peter groß mochte – sie kannte ihn ja kaum –, aber die Ereignisse ließen sie nicht los. Lars war einer ihrer besten Freunde, und der Gedanke an seinen Tod schnürte ihr die Kehle zu. Das Sterben wollte einfach nicht aufhören. Und Hanna war immer noch verschwunden, was die Angst und den Schmerz nur verstärkte.

Obwohl sie Peters Tod nicht miterlebt hatte, war er doch der Auslöser dafür, dass sie überhaupt hier waren. Ihr Kopf war voller Gedanken. Was wäre passiert, wenn Hanna mit Peter auf die Insel gekommen wäre, statt mit ihr und den anderen? Wären sie dann alle noch am Leben? Oder hätten sie sich auf die Suche nach Hanna gemacht und wären am Ende trotzdem hier gelandet?

Otto vergrub sein Gesicht in seinen Händen. »Es ist einfach zu viel. Ich vermisse Lars so sehr, es schmerzt. Die Angst, die ich in diesem Moment gespürt habe, war unvorstellbar. Es war, als würde meine Welt zusammenbrechen. Ich weiß nicht, wie ich damit umgehen soll«, sagte Otto, seine Stimme brach, und er schluckte schwer.

Ansgar legte ihm eine Hand auf die Schulter, sein

Blick ernst. »Ich weiß, dass es weh tut. Es geht uns allen so. Aber wir müssen weitermachen. Lars würde nicht wollen, dass wir aufgeben.«

Otto nickte langsam, wischte sich mit zitternden Händen übers Gesicht und atmete tief ein. Er schien sich zu sammeln, seine Schultern richteten sich etwas auf. Nach einer kurzen Pause begann er: »Also, so wie ich es aus Peters Worten verstand, ist dieser ganze Ort hier verflucht, durch ein Wesen, das hier sein Unwesen treibt und 1888 versiegelt wurde. Das waren diese Runen, die wir in den Minen gefunden hatten. Als der Beckmann dann hier anfing, das Eisen abzubauen, und die Kammer zerstört wurde, wurde das Ding freigelassen. Ab dem Tag begann alles von vorne, und jeder, der herkam, verschwand und starb.«

Ansgar saß verkrampft mit offenem Mund da, »Das glaubst du doch selber nicht«, sagte er entgeistert.

Otto warf ihm einen fragenden Blick zurück. »Nicht glauben? Hast du dich mal umgeschaut? Wir sind mittendrin, und auch dieses Wesen habe ich gesehen. Das Ding war bestimmt über zwei Meter groß und hatte etwas wie einen Anker in der Hand, also ja, ich glaube daran.«

Livia mischte sich ein. »Otto hat recht, Ansgar, auf dem Weg hierher habe ich in der kleinen Hütte ein altes Bestandsbuch gefunden. Ein Angestellter hat darin festgehalten, was damals passiert ist. Er schrieb von den Bauarbeiten in der Mine.« Sie schluckte und fuhr fort, ihre Stimme nun leiser: »Als der letzte Schlag die Wand zerbrach, trat ein Ungetüm aus der Dunkelheit hervor. Er beschrieb es als eine albtraumhafte Kreatur, die wie ein lebendiger Schatten durch den Stein glitt. Es hatte glühende Augen und einen massigen, verzerrten Körper. Es jagte die Männer und holte sie einen nach dem anderen. Und das war nur der Anfang, Der Verfasser hat geschrieben, dass die Toten nicht tot blieben. Das Ungetüm hat etwas mit ihnen gemacht. Es hat sie verändert. Sie sind zurückgekommen, aber nicht mehr dieselben. Ihre Augen waren leer, ihre Bewegungen fremdartig. Sie jagten ihre früheren Freunde und brachten sie um. Es war, als hätte dieses Ding sie wie Puppen kontrolliert.«

»Also wollt ihr mir weismachen, dass wir es hier mit Geistern oder Dämonen zu tun haben, das sind doch alles nur Geschichten. Und warum erzählt ihr das alles erst jetzt?«

»WANN hätten wir denn Zeit zum Reden gehabt? Deine Geschichten stehen jetzt gerade übrigens vor diesen Hallen, Ansgar, also sollten wir uns lieber überlegen, was wir jetzt machen sollen.«

»Was hat Peter noch erzählt?«, richtete Livia ihre Worte jetzt an Otto.

Er ging zum Fenster und guckte hinaus. Dort standen sie noch immer zahlreich und schauten auf die Fabrik. Hier und da brachen einige aus der Meute hervor und gingen die Mauern auf und ab, als würden sie patrouillieren, »Er meinte, er habe bei seiner Recherche mit einem alten Mann in Norwegen gesprochen, dessen Urgroßvater das Wesen damals hier versiegelt hatte. Er meinte, dass das Opfer einer reinen Seele nötig wäre, mehr hatte er nicht gesagt, was das Wesen betraf. Aber was er zum Aussehen des Dings sagte, stimmte mit dem überein, was ich gesehen habe, und es sprach mit der Stimme von Lars, also gehe ich davon aus, dass es sich wie eine Sirene aus den Märchen verhält, um uns zu sich zu locken, wenn ich jetzt nach den Büchern gehe, die ich gelesen habe.«

»Du meinst sowas wie eine Meerjungfrau?«

Livia hob eine Augenbraue.

Er ging vom Fenster weg, durch das die untergehende Sonne zu sehen war, einen ganzen Tag haben sie hier drinnen ausgeharrt, und setzte sich auf den Stuhl, der vor dem massiven Schreibtisch stand.

»Ja genau. Eine Sirene ist in den Legenden ein verführerisches Wesen, das durch ihren Gesang oder ihre Musik Seefahrer anlockt und in ihren Bann zieht, um sie ins Verderben zu führen.«

In dem Moment erstarb das Sonnenlicht, und der gleiche infernalische Schrei der letzten Nacht drang zu ihnen hoch.

Sie stürmten zum Fenster, und mit dem Verschwinden der letzten Sonnenstrahlen materialisierte sich das schleimige Etwas am Ende der Horde.

Es kam mit schweren Schritten auf die Fabrik zu und fing an, nach ihnen zu rufen, die Stimme von Lars drang zu ihnen und die von Peter.

Die Gruppe musste sich die Ohren zuhalten, da das Rufen und das schrille Kreischen begannen, in ihren Ohren zu klingen.

»Schnell, runter«, rief Ansgar, und die drei stürmten zur Tür, um diese mit weiteren Dingen zu verbarrikadieren.

»Wir müssen doch etwas tun können...«, panisch schaute Livia sich um. Die Verzweiflung war ihr anzusehen. Die Strapazen der letzten Tage erreichten auch bei ihr das Maximum der Belastbarkeit, und sie brach zusammen, sank auf die Knie und fing an zu weinen.

Ansgar schaute Otto an. »Was sollen wir tun? Du bist doch sonst der Schlaue von uns. Dir sollte doch etwas einfallen!«

Otto kniff die Augen zusammen. »Du machst doch schon die ganze Zeit auf Anführer! Und sie ist deine Schwester!«

Sie schoben drei Fässer vor die Tür und machten sich bereit zu kämpfen, doch zu ihrer Überraschung blieb es bei den Rufen, und nichts weiter passierte, als könne das Ding nicht hier hineinkommen.

»Mir ist nichts eingefallen, aber vielleicht sollten wir noch einmal zu der Stelle mit den Runen zurückkehren, die wir durchquert hatten und von der auch Peter und die Dokumente von Livia berichteten. Vielleicht finden wir dort unsere Antworten. Das letzte Mal, als ich dort war, war die Kammer halb überschwemmt, aber jetzt sollte Ebbe sein«, lenkte Otto ein.

Er war sich nicht sicher, ob es eine gute Idee war, auch weil sie Frey, die oben im Büro lag, zurücklassen müssten, und auch Livia war gerade nicht in der Verfassung für so ein Unterfangen.

»Was ist mit Livia und Frey ... und wie willst du wieder hinunterkommen mit all den Dingen vor der Tür?«

Livia, die sich die Tränen aus dem Gesicht gewischt hatte, stand neben ihm.

»Mir geht es gut. Ich komme mit. Wenn mich nicht alles täuscht, müssen wir nicht vor die Tür. An der Stelle, wo der Lagerraum war, war der Boden eingestürzt. Wir sollten also direkt über den Minen sein. Wenn wir da durchkommen, kommen wir unbemerkt nach unten.«

»Also ist das echt euer Ernst?«

Mit angespannter Miene schaute er sie an, und beide nickten ihm zu.

»So wie es aussieht, sind wir hier echt sicher. Also könnten wir Frey hierlassen«,

Otto sah ihn eindringlich an. »Wenn es dir aber zu unsicher ist, könnte einer von uns hierbleiben, um die Tür zu bewachen und auf Frey aufzupassen.«

Ansgar verzog nachdenklich das Gesicht und guckte hoch zum Büro, zu Livia und dann zu Otto.

»Ich glaube, die logischste Antwort darauf wäre, wenn Livia hierbleibt und zu Frey geht. Sie ist die Einzige mit medizinischer Erfahrung und sollte mit Frey nochmal etwas sein, ist jemand da.«

Otto stimmte zu und Livia ging bereitwillig zu Frey ins Büro. Ein kurzer Blick von Livia aus dem Fenster zeigte die Szenerie unverändert.

Noch immer stand das Wesen mit der Horde vor der Fabrik. Sie konnte es sich einfach nicht erklären. Wieso kam es nicht einfach rein? So wie es aussah, hatte es die Möglichkeit. Otto hatte auch mit der Gestalt nicht untertrieben.

Das monströse Wesen erhob sich vor der Fabrik, ein schreckliches Gemisch aus Schleim und schwarzen Algen, die sich wie verdorbene Lumpen um seinen massiven Körper wandten und ihn so gut wie komplett bedeckten. Mit einer Höhe von etwa 2,5 Metern ragte es über der Umgebung auf und schien von einer düsteren Aura umgeben zu sein. Seine Arme, lang und knochig wie die Zweige eines toten Baumes, streckten sich bedrohlich aus seinem klobigen Körper hervor. Auch sie waren von dem gleichen schmierigen Schleim bedeckt, der in unregelmäßigen Mustern über seine hagere Gestalt floss. An den Enden dieser Arme befanden sich spitze, krallenartige Finger, die bereit waren, alles zu töten, was sich in Reichweite befand. Weiße Augen durchdrangen die Dunkelheit. Diese Augen, kalt und leer, strahlten eine unheimliche Intensität aus, die jedem, der ihnen zu lange in die Tiefe sah, in den Wahnsinn zu treiben schien.

Ein dicker, verrosteter Anker war mit einer groben Kette an ihm befestigt und schliff über den Boden hinter ihm her. Der Anker schien auf unerklärliche Weise mit ihm verbunden zu sein – nicht nur an seinem Körper.

Die Gestalt war eine Kreatur der Finsternis, eine Manifestation des Chaos und des Verfalls, die dort stand, als ob sie aus den Albträumen der Welt selbst entsprungen wäre.

Livia konnte ihren Blick nicht von ihr nehmen. Doch als das Ding ihr direkt in die Augen sah, duckte sie sich schnell weg und hastete zu Frey, die noch immer schlief, und tupfte ihr den Schweiß von der Stirn. »Die Jungs werden schon eine Lösung finden ... ich bin überzeugt, dass wir hier alle wegkommen«, sagte sie zu Frey, während sie ihr über den Kopf streichelte.

Otto und Ansgar erreichten die eingestürzte Stelle im Lagerraum und mussten nicht lange suchen, bis sie eine geeignete Stelle zum Hinabsteigen fanden.

Wie sie vermutet hatten, befanden sie sich über der Mine. Lange gewundene Tunnelsysteme durchzogen den ganzen Berg, und die beiden hatten Schwierigkeiten, den richtigen Weg zu finden. Sie durchschritten mit scharfem Schritt die Gänge, um die Kammer zu finden.

Es dauerte eine Weile, bis sie in die riesige unterirdische Höhle kamen. Anders als die anderen beiden Male war jetzt nur noch ein wenig Wasser in der Höhle und der Blick wurde auf das Grauen in der Höhle frei – Gebeine über Gebeine lagen hier, und in der Mitte auf einem kleinen Sandbett lag ein Anker und unter ihm ein Haufen Knochen.

Otto schaute Ansgar erwartungsvoll an. »Hast du ‹Herr der Ringe› gelesen? Ich weiß, das gehört jetzt gerade nicht hierher, aber kannst du dich an die Stelle erinnern, in der Frodo den Ring von Sauron in die Lava wirft und Sauron dadurch stirbt?«

Ansgar schaute ihn fragend an.

»Ist das jetzt dein Ernst? In diesem Moment, wo draußen die Hölle los ist, wir unsere Freunde verloren haben, denkst du über ‹Herr der Ringe› nach? Ich kenne die Szene, aber was willst du mir jetzt damit sagen?«

Otto, der versucht, in dieser Lage ernst zu bleiben, starrte ihn weiter an. »Der Anker... ist dir aufgefallen, dass der schwarze Mann einen Anker hinter sich herzieht, der genauso aussieht wie der auf dem Sandbett? Ich... ich meine, es ist nur eine wilde Spinnerei, aber was ist, wenn wir den Anker schmelzen? Das über uns ist eine Eisengießerei. Es sollte wohl nicht schwierig sein, sie wieder in Betrieb zu bringen und den Anker dort zum Schmelzen zu bringen. Und wenn ich mit meiner Vermutung richtig liege, könnte der Typ in Schwarz verschwinden.«

»Was haben wir schon zu verlieren? Lass es uns ausprobieren ... was die Gießerei betrifft, kann ich nicht versprechen, dass meine Fähigkeiten reichen, um sie wieder zum Laufen zu bringen – ein Auto oder ein Segelboot sind schon etwas anderes ...«

Otto zuckte bei der Erwähnung des Segelboots zusammen, was Ansgar bemerkte. Sie schauten sich schweigend an und mit gemeinsamer Kraft hoben sie den Anker an und begaben sich wieder zurück in die Fabrik.

Als sie die Fabrik erreichten, stellten sie fest, dass die Dinger immer noch draußen lauerten. Keine Bewegung, kein Versuch, ins Gebäude zu gelangen. Es fühlte sich falsch an – viel zu leicht, nach den brutalen Kämpfen der letzten beiden Tage. Ansgar rannte sofort nach oben zu Frey und Livia. Beide waren unversehrt, und Freys Zustand hatte sich nicht verändert.

»Ich habe ihr noch einmal Antibiotika gegeben und die Wunde gereinigt. Habt ihr etwas herausgefunden?« fragte Livia mit ernster Stimme.

»Das wissen wir noch nicht genau.« Ansgar nahm einen tiefen Atemzug. »Wir haben einen Anker gefunden, den Otto mit dem Wesen in Verbindung bringt. Er denkt, wir könnten die Gießerei wieder zum Laufen bringen, ihn dann schmelzen lassen – und dass das Ding damit verschwinden könnte.«

Er griff nach dem Wasser in Ottos Tasche, trank einen großen Schluck und ging mit Livia hinunter zu Otto, der die Gießerei inspizierte. Livia wirkte alles andere als überzeugt. »Wie in aller Welt sollen wir diese Gießerei wieder in Betrieb nehmen?« fragte sie ungläubig.

Otto, der nachdenklich und doch aufgeregt wirkte, trat einen Schritt vor. Ein Funken Hoffnung glitzerte in seinen Augen. »Ich erinnere mich an ein Buch, das ich vor unserer Reise über Eisengießereien gelesen habe.

Vielleicht habe ich nicht die praktische Erfahrung wie du, Ansgar, aber ich glaube, ich habe eine Idee, wie wir die Maschinen wieder zum Laufen bringen können.«

Livia lachte müde. »Das ist mir etwas zu viel Technikkram. Ihr zwei seid hier sicher besser aufgehoben. Ich werde wieder zu Frey gehen, damit sie nicht zu lange da oben alleine ist.« Sie drehte sich um, stieg die Treppe hinauf und ließ die beiden Männer hinter sich. Ihre Schritte hallten leise, während sie die oberen Räume erreichte.

Ansgar zog skeptisch eine Augenbraue hoch und ließ seinen Blick über die verstaubten Maschinen in der Halle gleiten. Die flackernden Neonlichter über den Regalen warfen schwaches Licht auf die Szene. Es war gerade genug, um die wichtigsten Details zu erkennen.

»Ich kann mich erinnern, dass viele der alten Gießereimaschinen sehr robust gebaut wurden. Sie waren simpel, aber unglaublich langlebig,« fuhr Otto fort und deutete auf die massiven Anlagen. »Wenn wir prüfen, was noch funktioniert und was repariert werden muss, könnten wir sie vielleicht tatsächlich wieder in Gang bringen.«

Ansgar nickte langsam und trat auf Otto zu. »Hast du noch die Taschenlampe? Bei dem bisschen Licht, das wir hier haben, kann ich nicht arbeiten.«

Otto deutete auf das Büro im ersten Stock. »Ich habe sie oben gelassen.«

Ansgar lief die Treppe hinauf, strich Frey über den Kopf und küsste sie sanft. Dann nickte er Livia zu. »Ich glaube, wir haben eine Lösung. Ich brauche die Taschenlampe.«

Livia holte sie aus Ottos Tasche und reichte sie ihm. »Hier. Ich hoffe wirklich, dass wir endlich Ergebnisse erzielen. Ich denke zwar, dass das Antibiotikum wirkt, aber ein echter Arzt wäre in dieser Situation besser.«

Ansgar sah sie mitleidig an. »Das weiß ich. Otto und ich kümmern uns darum. Du bleibst hier und hältst die Stellung.«

Er ging wieder zu Otto zurück. »Also, ich kenne mich eigentlich nur mit Autos und Booten aus – das hier ist auf jeden Fall eine andere Hausnummer. Aber ich sehe es mir an,« murmelte er und untersuchte das Getriebe.

»Die alten Gießereien hatten oft ihre eigenen Ressourcen,« bemerkte Otto. »Eisen, Kohle – alles, was wir brauchen könnten. Bevor wir etwas von außen holen, sollten wir hier vor Ort schauen.«

Ansgar leuchtete mit der Taschenlampe tiefer in die Maschine und entdeckte schließlich ein beschädigtes Zahnrad. »Verdammt,« murmelte er. »Hier ist etwas abgebrochen.«

Otto zeigte auf die Lagerräume rechts hinter den Regalen. »Dort könnten Ersatzteile liegen. Die haben damals alles Mögliche auf Vorrat gehalten.«

Mit einem Nicken machte sich Ansgar auf den Weg. Nach kurzer Suche fand er tatsächlich ein passendes Zahnrad, das er rasch einbaute. Beide machten sich dann daran, die Anlage zu starten.

Das Getriebe stotterte und knirschte, während Ansgar an verrosteten Ventilen drehte und die Kohlezufuhr überprüfte.

»Komm schon…,« flüsterte er, während das Feuer

langsam zu glimmen begann. Die Gießerei erwachte stöhnend und ächzend zum Leben. Schließlich brüllten die Flammen auf und erfüllten den Raum mit sengender Hitze.

Otto atmete erleichtert auf. »Es dauert etwa zwei Stunden, bis das Feuer die nötige Temperatur erreicht.«

Während sie warteten, setzten sich Ansgar und Livia auf eine der Treppenstufen im ersten Stock, nahe dem Büro, in dem Frey lag. Von dort aus könnten sie hören, wenn sie etwas brauchte.

Das Flackern der Flammen tauchte den Raum in ein warmes, beruhigendes Licht.

Schließlich durchbrach Livia das Schweigen: »Ich weiß, ich bin Mama gegenüber nicht immer fair. Aber ich kann einfach nicht über meine Probleme mit ihr reden.«

Ansgar seufzte und nickte verständnisvoll. »Der Tod von unserem Vater hat auch bei ihr Narben hinterlassen. Sie weint sich nachts noch in den Schlaf. Aber sie ist stark für uns, vor allem für dich, Livia.« Er legte seinen Arm um ihre Schulter und zog sie an sich.

Livia legte ihren Kopf auf seine Schulter, und er strich ihr sanft über den Arm. »Vielleicht… habe ich sie ungerecht behandelt,« flüsterte sie leise und sah nachdenklich ins Feuer.

»Keiner weiß, wie der andere sich fühlt,« sagte Ansgar. »Im Grunde seid ihr beide nicht ganz unbeteiligt an der Situation. Also kämpfen wir dafür, dass wir nach Hause kommen – und dann redet ihr endlich miteinander. Schließlich haben wir nur noch uns.«

Livia nickte und drückte sich dankbar an ihn. »Danke.«

Plötzlich rief Otto von unten. »Ansgar! Die Temperatur hat einen Abfall! Irgendwas stimmt nicht.«

Ansgar stand auf und eilte zur Gießerei zurück, wo das Feuer zu flackern begann. Er beugte sich über die Anlage, suchte nach dem Problem und stellte einige Ventile nach. »Komm schon…,« murmelte Ansgar noch einmal, während das Feuer wieder heißer wurde und die Zieltemperatur endlich erreichte.

Livia, die noch oben war, warf durch die breite Fensterfront oberhalb der Eingangstür einen Blick nach draußen, um sicherzustellen, dass alles ruhig blieb. Als sie den Jungs zurief, legten diese schließlich den Anker in das gleißende Feuer und sahen zu, wie er langsam schmolz. Doch nichts geschah. Der schwarze Mann war immer noch da.

»Lagen da noch andere Sachen außer dem Anker in der Höhle? Ich meine, wenn das die Kammer aus Peters Erzählungen ist, dann verbirgt sich dort vielleicht noch mehr?«, fragte Livia, die mittlerweile nach unten gekommen war.

Otto überlegte kurz und nickte dann. »Dort lagen auch mehrere Gebeine.«

Livia verzog das Gesicht. »Lass es uns probieren. Was haben wir schon zu verlieren?«

Ansgar wollte sich bereits auf den Weg machen, doch Livia hielt ihn zurück. »Nein, du bleibst hier mit Otto. Ich renne zurück. Ich hatte die Chance, mich auszuruhen. Ihr solltet etwas essen und trinken.«

Ansgar packte sie an den Schultern, hielt sie fest

und schaute ihr tief in die Augen. »Halte dich rechts…,« sagte er sanft und ließ sie los. »Und Livia… pass auf dich auf. Ich liebe dich.«

»Ich liebe dich auch, Ansgar… Ich beeile mich,« antwortete sie.

Ansgar und Otto gingen nach oben. Otto nahm sich etwas von dem alten Trockenfleisch aus den Vorräten, während Ansgar sich zu Frey setzte, ihr sanft über die Stirn strich und sie zärtlich küsste. Ihr Kopf war nicht mehr so heiß wie zuvor – das Antibiotikum schien endlich zu wirken.

»Ich wollte sie zu Silvester fragen, ob sie meine Frau werden möchte...« Seine Stimme zitterte leicht, doch ein zuversichtliches Lächeln glitt über sein Gesicht. »Ich weiß, wir sind noch jung – aber ich bin mir sicher, dass Frey die Richtige ist.« Er holte tief Luft. »Ich habe sogar schon ein bisschen Geld gespart und einen Ring gekauft.«

Otto nickte und sah zu Boden. »Ich weiß, was du meinst... Ich wollte nach der Schule mit Lars nach Stockholm ziehen. Ich habe ein Stipendium für die Uni dort bekommen. Wir wollten zusammenleben, ein Leben aufbauen und die Welt sehen.« Plötzlich begannen seine Schultern zu beben, und er grub sein Gesicht in die Hände. Schluchzend ließ er seinen Schmerz heraus, die Tränen fanden kein Ende.

Ansgar stand auf und legte ihm sanft die Arme um die Schultern. »Es tut mir so unfassbar leid, Otto. Ich wollte dich nicht verletzen.«

Otto wischte sich die Tränen vom Gesicht, während er weiter wimmerte. »Es muss dir nicht leid tun... In dieser Situation ist es wohl normal, über solche Dinge nachzudenken.« Ein leises Zittern lag in seiner Stimme, doch er bemühte sich um ein schwaches Lächeln.

In der Zwischenzeit eilte Livia zurück in den Raum, in dem sie den Anker gefunden hatten.

Die Höhle war still, und eine seltsame Kälte schien von den Wänden auszugehen, an denen die Runen prangten. Sie ließ ihren Blick über die Symbole gleiten, ohne genau zu verstehen, was sie bedeuteten, doch sie spürte das Gewicht und die Bedeutung, die diesem Ort innewohnte.

Nach einem Moment schüttelte sie die Beklemmung ab und begann, den Boden abzusuchen. Schließlich entdeckte sie die gesuchten Gebeine, halb verborgen im Sand. Als sie näherkam, bemerkte sie die schwere Ankerkette, die um das Schienbein des Skeletts geschlungen war, als hätte sie diese Person zu Lebzeiten in die Tiefe gezogen.

Livia schluckte, zog die Kette vorsichtig ab und nahm die Gebeine an sich. Mit klopfendem Herzen und wachsender Panik machte sie sich auf den Rückweg durch den Minenschacht.

Die Dunkelheit und die bedrückende Stille um sie herum ließen sie unwillkürlich an die unheimlichen Gestalten denken, die vor der Fabrik gewartet hatten. Die Angst breitete sich in ihr aus und trieb sie dazu, schneller zu laufen, aus Furcht, verfolgt zu werden. Doch in ihrer Eile stolperte sie plötzlich über eine alte Schiene und stürzte. Sie schlug hart mit dem Kopf auf den Boden auf und blieb regungslos liegen.

Livia war kaum in den Minen verschwunden, als die Untoten plötzlich erwachten. Ohne Vorwarnung erhoben sich ihre leblosen Körper und warfen sich mit unbändiger Kraft gegen die Mauern der Fabrik. Das Krachen von Holz und Stein hallte durch die Korridore.

Ansgar und Otto sprangen auf, als der ohrenbetäubende Lärm die schon fast beruhigende Stille zerriss.

»Was zur Hölle...?« Ottos Stimme war angespannt, seine Augen weiteten sich vor Entsetzen. Doch Ansgar zögerte keine Sekunde.

»Runter! Wir müssen die Tür halten!«

Ansgar rannte bereits in Richtung der Treppe, seine Schritte hallten durch die Halle. Otto folgte ihm dichtauf, das Herz raste ihm in der Brust.

Als sie die schwere Stahltür im Erdgeschoss erreichten, sahen sie, dass die Untoten bereits gegen die Barrikade aus den drei Fässern drückten. Die Tür bebte unter dem Ansturm der Kreaturen.

»Otto, wir brauchen mehr! Such alles, was du finden kannst, um die Tür zu verbarrikadieren!« Ansgar rief über den Lärm hinweg, während er sich mit aller Kraft gegen die Fässer stemmte, die die Tür noch gerade so hielten.

Otto rannte los, seine Augen suchten fieberhaft den Raum ab. Er fand einen alten Schrank und eine verrostete Werkbank, die er mit aller Kraft vor die Tür schob. Schweiß rann ihm über die Stirn, die Hornbrille beschlug, während die Untoten weiter gegen die Barrikade donnerten.

Doch es schien nicht genug zu sein – mit jedem Schlag gegen die Tür rückten sie näher an den Moment heran, in dem die Barrikade nachgeben würde.

»Es reicht nicht!« Otto rief verzweifelt, als er merkte, dass die Gestalten kurz davor waren, durchzubrechen.

»Otto! Du musst Frey in Sicherheit bringen! Jetzt!« Ansgars Stimme war fest, entschlossen, und in seinen Augen lag ein unerschütterlicher Wille.

Otto zögerte einen Moment, doch dann nickte er und stürmte zurück in den ersten Stock, wo Frey noch immer auf dem Sofa lag. Währenddessen hörte Ansgar, wie die Barrikade endgültig nachgab.

Im nächsten Moment sprang die schwere Stahltür der Fabrik auf, und die unheimlichen Kreaturen drängten gnadenlos in die Halle ein.

Durch die hohen Dachfenster fiel fahles Licht auf die Gießwanne in der Mitte des Raums, in der das dampfende, blubbernde Eisen brodelte.

Die Wanne wurde von einer schmalen Brücke überragt, die sich wie ein unheilvoller Pfad über das brodelnde Becken spannte und von zwei Treppen an den Seiten der Halle erreichbar war.

Ansgar griff sich eine rostige Eisenstange und rief den Kreaturen mit wilder Entschlossenheit zu: »Kommt her! Hier bin ich!«

Das Metall hallte bedrohlich, als er mit der Stange gegen die Brückentreppe schlug, das Geräusch hallte durch die weitläufige Halle und ließ die Gestalten aufblicken. Ihre leeren, kalten Augen richteten sich auf ihn, und einer nach dem anderen folgte ihm zögerlich die Treppe hinauf.

Oben auf der Brücke angelangt, erkannte Ansgar die Möglichkeit. Er packte eine schwere Kette, die an den Seiten der Brücke befestigt war, und zog mit aller Kraft daran, bis eine breite Öffnung entstand.

Die Kreaturen drängten immer näher, und Ansgar schlug und stieß auf sie ein, trieb sie zurück und schob schließlich mehrere der Gestalten durch die Lücke hinunter in die glühende Wanne.

Ein markerschütterndes Zischen und der unerträgliche Gestank von verbranntem Fleisch erfüllten die Luft, brannten in seinen Augen und ließen ihn für einen Moment glauben, gewonnen zu haben.

Doch seine Erleichterung währte nur kurz. Weitere Kreaturen begannen die Brücke von beiden Seiten zu erklimmen, ihre leeren, unerbittlichen Blicke auf ihn gerichtet, während sie den Kreis immer enger zogen.

Ansgar stand nun eingekesselt auf der Brücke, ohne Fluchtmöglichkeit, und sein Herz raste. Verzweifelt schaute er sich um, doch ihm fiel nichts mehr ein, um zu entkommen.

Inmitten des Chaos' erinnerte sich Ansgar an die Einsätze seines Vaters. An die Nächte, in denen er als kleiner Junge im Dunkeln saß und auf das Geräusch der heimkehrenden Schritte seines Vaters wartete. Die Erleichterung, die er verspürte, wenn er ihn schließlich durch die Tür treten sah, lebendig und unversehrt. Bis zu jenem einen Tag, an dem er nicht zurückkehrte.

Ansgar erinnerte sich an die Zeit danach, wie er, noch viel zu jung, die Rolle seines Vaters übernahm und versuchte, stark für seine Familie zu sein. Jetzt, im Angesicht des Todes, wusste er, dass sein eigener Moment gekommen war. Er würde alles geben – für Frey, für Livia, für Otto.

Vor seinem inneren Auge erschien plötzlich das Bild seines Vaters. Der alte Mann lächelte ihn an, mit demselben beruhigenden, stolzen Blick, den er immer gehabt hatte. »Du hast es gut gemacht, Ansgar, ich bin stolz auf dich.«

Ansgar sah sich selbst als Kind. Die Worte seines Vaters so oft gehört, dass sie ihm in Fleisch und Blut übergegangen waren. Dann sprach sein Vater erneut, und seine Stimme war jetzt ernst, voller unausweichlicher Wahrheit: »Ein Verlust ist schmerzhaft, mein Sohn, aber manchmal ist er unvermeidbar, wenn es für die richtige Sache ist. Es gibt Momente, in denen man sein Leben riskieren muss, auch wenn man weiß, dass es ausweglos ist.«

Ansgar öffnete die Augen und sah die Welle der Untoten, die unaufhaltsam auf ihn zu drängte. Er wusste, dass er heute sterben würde. Doch er fühlte keinen Schrecken mehr, sondern eine tiefe Ruhe.

Er hatte eine Entscheidung getroffen, und diese Entscheidung erfüllte ihn mit einem Gefühl von Frieden.

In diesem Moment tauchte Otto wieder auf, sein Gesicht schweißüberströmt, die Augen weit vor Panik.

»Hey! Hierher, ihr Mistviecher!« Seine Stimme durchbrach die angespannte, unnatürliche Stille der

Fabrik und die Kreaturen hielten inne. Ihre leeren Augen wandten sich ruckartig zu ihm um, als hätte seine Herausforderung einen unsichtbaren Befehl ausgelöst.

Mit einem lauten Knall schlug Otto ein langes Metallrohr gegen die Wand. Das Echo hallte durch die Halle, vibrierte in der heißen Luft und füllte den Raum mit einem dröhnenden Klang.

»Na los, kommt her! Wollt ihr mich etwa verschonen?« schrie er, während er sich an der Wand entlangbewegte, die Kreaturen wie ein waghalsiger Tänzer in seine Richtung lockend. Sein Blick war gehetzt, aber in seinen Augen lag auch eine entschlossene Wildheit.

Ansgar erkannte die Gelegenheit. Die Kreaturen, die ihn zuvor bedrängt hatten, lösten sich von ihm und bewegten sich auf Otto zu, der sich mutig weiter zurückzog. Ansgar warf ihm einen kurzen, dankbaren Blick zu, bevor er den Moment nutzte.

Mit einem wilden Ruck schob er die nächste Kreatur, die ihm im Weg stand, zur Öffnung der Brücke. Der Gestank verbrannten Fleisches stieg in die Luft, als der leblose Körper in die siedende Wanne fiel. Ansgar kämpfte weiter, seine Muskeln brannten vor Anstrengung. Eine nach der anderen packte er die Kreaturen, riss sie von sich und stieß sie über das Geländer in das brodelnde, flüssige Eisen. Die Hitze schien ihn förmlich zu verschlingen, Schweiß tropfte von seiner Stirn, aber er gab nicht auf.

Die Brücke unter seinen Füßen vibrierte gefährlich, die Metallstreben ächzten unter der Last des Kampfes.

Doch Ansgar blieb stehen, bewegte sich nicht zurück, selbst als eine der Kreaturen ihn am Arm zu packen versuchte. Mit einem harten Schlag befreite er sich, schob das Ding zur Seite und stieß es in die Tiefe.

Endlich schaffte er es zurück auf festen Boden. Seine Brust hob und senkte sich heftig, als er versuchte, wieder zu Atem zu kommen. Doch sein Blick fiel auf Otto.

Otto hatte sich nicht zurückgezogen. Mit bloßen Händen und dem Metallrohr, das er immer wieder gegen die Wand schlug, versuchte er, eine weitere Schar der Untoten in Schach zu halten. Die Kreaturen kamen näher, zu viele auf einmal. Panik stieg in Ansgar auf.

»Otto!« schrie er, doch seine Stimme ging im Lärm des Feuers und dem unheilvollen Stöhnen der Kreaturen unter.

Otto verschwand aus seinem Blickfeld.

Ansgar kämpfte weiter, seine Muskeln brannten, seine Lungen flehten nach Luft. Er hörte nicht auf. Mit jedem Schlag und jedem Schritt hallten die Worte seines Vaters in seinem Kopf wider: »Pass immer auf sie auf.« Bilder von Frey und Livia flackerten vor seinen Augen. Er sah Freys Lächeln, das sanfte Glitzern ihrer Augen, und stellte sich vor, wie er ihr einen Antrag machte – wie sie ihn ansah, voller Überraschung und Glück. Er wollte ein Leben mit ihr. Doch hier, in diesem Moment, schien ihm diese Zukunft wie eine ferne, unerreichbare Illusion.

Die letzten Untoten fielen unter seiner Kraft. Der Kampf ebbte ab, doch kaum hatte er seinen nächsten

Atemzug genommen, regte sich etwas. Das schleimige Wesen erhob sich plötzlich vor ihm - riesig, grotesk, etwa 2,5 Meter groß. Sein Körper schien aus dunkler, glänzender Masse zu bestehen, die bei jeder Bewegung schimmerte. Lange, knochige Finger streckten sich aus, während es eine klauenartige Hand hob.

Ansgar sah es kommen. Das Monstrum war nur wenige Schritte entfernt, doch er spürte keine Angst. Stattdessen breitete sich eine seltsame Ruhe in ihm aus. Ein sanftes Lächeln legte sich auf seine Lippen, und er schloss die Augen.

In der Dunkelheit seiner geschlossenen Lider erschienen die Erinnerungen. Lebendig, farbenfroh, so nah, dass er sie fast berühren konnte. Er sah sich selbst als kleiner Junge, wie er mit seinem Vater durch die endlosen Wälder Schwedens wanderte. Das Lachen hallte in seinen Ohren, als sie gemeinsam auf einer Schaukel saßen, sorglos, frei. Er erinnerte sich an den Tag, an dem Livia geboren wurde, an die ersten Momente, als er sie in den Armen hielt, so klein und zerbrechlich. Die Worte seines Vaters klangen wie ein leises Echo in seinem Kopf: »Pass immer auf sie auf.«

Dann zog die Zeit weiter, wie ein Film, der schneller und schneller lief. Er sah sie beide in Schwarz gekleidet am Grab ihres Vaters stehen, die Trauer wie eine schwere Last auf ihren Schultern. Doch es gab auch Hoffnung: Ein Bild erschien vor ihm, wie Frey und er ihre Hochzeit feierten. Ihre Kinder, die heranwuchsen, wie sie zusammen älter wurden - und schließlich, wie sie alt und gebrechlich in einem Schaukelstuhl saßen, Hand in Hand.

Ansgar spürte Tränen auf seiner Wange, wusste jedoch nicht, ob sie von der Hitze des Kampfes oder von den Bildern in seinem Kopf kamen. Es spielte keine Rolle. Er wusste, dass er seinen Platz gefunden hatte – nicht in dieser Schlacht, sondern in den Herzen seiner Familie. Er hatte alles gegeben, um sie zu schützen.

Das Wesen war nun direkt vor ihm, seine Klauen zielten auf ihn. Doch Ansgar ließ los. Er atmete tief ein, ein letztes Mal, und sprach mit fester Stimme:

»Ich liebe dich, Frey. Ich liebe dich, Livia. Mama… es tut mir leid. Ich gehe schon einmal vor zu Papa.«

Die Wärme, die durch seinen Körper strömte, war nicht die brennende Hitze der Halle, sondern die sanfte Umarmung des Friedens. Ein letztes Lächeln huschte über sein Gesicht, während die Erinnerungen verblassten, wie die letzten Strahlen eines Sonnenuntergangs.

Das Wesen schlug zu – und die Dunkelheit nahm ihn.

Otto trieb die Kreaturen vor die Tür und blickte ein letztes Mal zurück, bevor er hinaus in die Dunkelheit rannte. Er hatte Ansgar geholfen, die Wesen von ihm weggelockt – und jetzt lag es an ihm, sie so weit wie möglich von der Fabrik wegzuführen. Seine Beine trugen ihn mit schmerzhaften Schritten durch das unbarmherzige Gelände, während die Kreaturen wie ein unerbittlicher Schatten hinter ihm herjagten.

Er schlug einen Haken, rannte um eine Baracke, dann noch eine, versuchte sie abzuhängen. Immer wieder sah er sich um, hörte das knirschende Geräusch ihrer Schritte, das gurgelnde Röcheln ihrer Kehlen. Sein Atem war ein brennendes Keuchen, seine Muskeln schmerzten, doch er zwang sich weiter.

Die Bäume des nahegelegenen Waldes boten ihm eine kurze Zuflucht. Mit einem verzweifelten Sprung ließ er sich in einen Busch fallen, zog die Knie an die Brust und presste eine Hand auf seinen Mund, um das laute Keuchen seiner Lungen zu dämpfen. Sein Herz schlug wie ein Vorschlaghammer, während er durch das Laub die Kreaturen beobachtete, die suchend durch das Gelände streiften.

Doch dann hörte er es – ein Gurgeln, dicht hinter sich.

Bevor Otto reagieren konnte, spürte er einen unerträglichen Schmerz in seinem Rücken. Etwas

Hartes, Kaltes bohrte sich mit brutaler Präzision in seine Nieren. Ein erstickter Schrei entfuhr ihm, der sich zu einem markerschütternden Laut steigerte. Das Röhren seiner Stimme ließ die Kreaturen innehalten – und sie drehten ihre Köpfe in seine Richtung.

Otto wusste, dass sie ihn gefunden hatten. Nicht nur das Wesen, das ihn verletzt hatte, sondern alle.

Er versuchte, sich aufzurappeln, taumelte nach vorne. Seine Hände krallten sich in den Boden, seine Beine zitterten, als er sich zum Laufen zwang. Doch jeder Schritt fühlte sich an wie ein Stich in seine Eingeweide. Er wollte zur Fabrik zurück, wollte es irgendwie schaffen. Vielleicht würde er Livia finden, vielleicht würde er…

Doch seine Beine wollten nicht mehr. Mit einem letzten, verzweifelten Aufschrei rannte er auf die Fabrik zu. Die Treppe war in Sichtweite. Doch bevor er sie erreichen konnte, spürte er, wie ihn etwas packte. Eine massive Wucht riss ihn zu Boden.

Er landete hart auf dem Rücken, und die Luft wurde aus seinen Lungen gepresst. Ein Schatten beugte sich über ihn, und Ottos Augen weiteten sich vor Entsetzen.

Es war Lars. Sein Gesicht war verzerrt von einem Schmerz, der tiefer ging als das der anderen Kreaturen. Seine Augen schimmerten, als hätte noch ein letzter Rest Menschlichkeit in ihm überlebt – doch seine Hände erzählten eine andere Geschichte. Sie waren knochig, deformiert, und bohrten sich mit brutaler Kraft in Ottos Bauch.

Ein schrilles, gurgelndes Weinen entkam Lars'

Kehle, ein klagender Laut, der die Luft zerschnitt. Otto schrie, versuchte sich zu wehren, doch die anderen Kreaturen waren über ihm, rissen an ihm, krallten sich in seinen Körper.

Die Schmerzen waren unvorstellbar. Otto spürte, wie Lars' Hände tiefer griffen, wie er die warmen Eingeweide herauszog, als hätte er jegliche Kontrolle über sich selbst verloren. Das Geräusch von zerreißendem Fleisch und brechenden Knochen war ohrenbetäubend, doch noch lauter war das klagende, gurgelnde Weinen von Lars, das wie ein endloser Strom über die Szene hinwegrollte.

Ottos Schreie verebbten langsam. Die Dunkelheit legte sich über seine Sicht, erst an den Rändern, dann über alles. Er hörte noch das Röhren der Kreaturen, das Gurgeln von Lars – und dann war da nichts mehr.

Die Sonne ging auf und der kleine Junge, nicht älter als vier Jahre, verließ seine Nische, in der er auf dem kalten Boden schlafen musste.

Erics Körper war klein und schmächtig, die Spuren von Vernachlässigung und Misshandlung deutlich sichtbar in seinen blassen, mageren Gliedern. Mit kleinen Schritten tippelte er nach draußen. Es war ein regnerischer Morgen im Süden Englands, nur vereinzelt ließen die Wolken die Sonne durch. Die feuchte Kälte des Morgens schien ihm bis in die Knochen zu dringen, doch er war an diesen Zustand gewöhnt. Kälte und Hunger waren für ihn keine Fremden.

Als ein kräftiger Windstoß die Tür des modrigen Bauernhauses zuschlug, fuhr er zusammen. Ein beklemmendes Gefühl breitete sich in seiner Brust aus und instinktiv suchte er Schutz hinter einem Trog, in dem Regenwasser gesammelt wurde.

Kurz darauf schlug ein bärtiger, dicker Mann die Tür auf und stapfte durch den Matsch. Es war sein Vater, ein Mann, dessen Gesicht von den Jahren des Alkoholkonsums und der Wut verzerrt war.

»Eric, wo bist du? Komm sofort raus, du Nichtsnutz! Was habe ich dir gesagt? Wenn ich schlafe, hast du still zu sein!«, brüllte der Mann durch schlechte, gammelige Zähne hindurch, während sein Blick suchend über den Hof wanderte.

Erics Herz raste, und sein kleiner Körper zitterte vor Angst. Sein Versteck war schlecht gewählt, und es dauerte nicht lange, bis sein Vater ihn entdeckte. Mit schnellen, ungelenken Bewegungen versuchte Eric zu fliehen, doch der Mann war schneller. Mit grober Hand packte er den Jungen und ohne ein Wort der Warnung hagelte es Schläge. Jeder Hieb schien tiefer zu treffen als der vorherige und Eric konnte nichts tun, als sich zusammenzukrümmen und die Schmerzen zu ertragen.

Als sein Vater genug hatte, ließ er den Jungen achtlos im Matsch liegen und wandte sich zufrieden grinsend dem Haus zu.

Eric, nass und blutend, fühlte, wie seine Tränen mit dem Regen verschmolzen, der vom Himmel fiel. Sein Magen knurrte vor Hunger, doch er wusste, dass es für ihn heute nichts mehr geben würde.

Die Tage vergingen in einem endlosen Zyklus aus Gewalt und Hunger. Jeder Tag war eine neue Tortur, und jeder Abend brachte neue blaue Flecken und neue Wunden.

Eric wurde älter, doch die Misshandlungen hörten nicht auf. Als er sieben Jahre alt war, begegnete er einem fahrenden Händler, der Mitleid mit dem abgemagerten Jungen hatte. Der Händler gab ihm ein Messer und einen Apfel als Dank für eine kleine Hilfeleistung.

Zum ersten Mal in seinem Leben spürte Eric etwas anderes als Schmerz und Hass. Das Messer wurde zu seinem wertvollsten Besitz, und in den stillen Momenten, wenn er allein war, begann er zu schnitzen. Jedes Stück Holz, das er in die Hände bekam, verwandelte sich in seiner Vorstellung in etwas Schönes.

Seine wertvollste Schnitzerei war die Figur eines Mädchens - ein Bildnis, das aus seinen Träumen stammte. Ein unbekanntes Gesicht, das ihm Frieden brachte, wann immer er es ansah.

Doch die kurzen Momente des Friedens waren vergänglich. Eines Morgens, als Eric vom Wasserholen zurückkam, traf ihn der Anblick, der seine ohnehin schon geschundene Seele endgültig zerbrechen ließ. Vor ihm lag ein Haufen verkohlter Holzstücke, Überreste all seiner Schnitzereien, die ihm so viel bedeutet hatten. Über den rauchenden Resten stand sein Vater, eine saftige Keule in der Hand, und biss herzhaft hinein, während ihm der Speichel vom Kinn tropfte.

In diesem Moment flammte ein Zorn in Eric auf, der so tief war, dass er ihn kaum fassen konnte. Der Hass, der all die Jahre in ihm gewachsen war, brach nun mit unaufhaltsamer Gewalt hervor. Seine Augen verengten sich zu Schlitzen, sein Kopf wurde rot, und seine kleinen Hände ballten sich zu Fäusten.

Sein Vater bemerkte den Blick und reagierte sofort mit brutaler Gewalt. Die Schläge prasselten härter und unnachgiebiger auf Eric nieder als je zuvor, doch der Junge spürte sie kaum.

Er lag im Matsch, während der Regen begann, den blutgetränkten Boden um ihn herum zu durchnässen. Sein Blick richtete sich starr nach oben, in den bedrohlich dunklen Himmel, der sich nun grollend öffnete, als ob er Erics Qualen teilen wollte.

Der Regen wusch das Blut aus seinem Gesicht, doch er wusch nicht den Hass aus seiner Seele. Mit zitternden Händen hielt Eric das Messer fest an seine Brust gedrückt. Es war, als würde das kalte Metall seinen Entschluss besiegeln - ein Entschluss, der aus dem tiefsten Abgrund seines geschundenen Herzens kam.

Er wusste, dass er sich von diesem Mann, den er Vater nannte, nicht mehr länger quälen lassen würde. In dieser Nacht, als das Dunkel die Welt verschlang und der Regen unaufhörlich auf das Dach des alten Bauernhauses prasselte, setzte Eric seinen Plan in die Tat um.

Das Haus war erfüllt von den unheilvollen Geräuschen des Sturms, der durch die Ritzen der Wände pfiff und die Fenster zum Klappern brachte.

Eric bewegte sich lautlos durch die Dunkelheit, sein Atem flach, seine Bewegungen gezielt. Der Regen, der auf das strohgedeckte Dach trommelte, schien die einzige Musik in dieser schicksalhaften Nacht zu sein.

Der alte Baum vor dem Haus warf lange, verzerrte Schatten, die wie Klauen nach dem Jungen griffen, doch er ließ sich nicht beirren.

Seine Schritte führten ihn ins Haus, und im flackernden Licht des Feuers sah er die Gestalt seines Vaters, wie sie schwer atmend im Schlaf lag. Ohne zu zögern, hob Eric das Messer.

Die Klinge, die ihm einst Trost gebracht hatte, war nun das Werkzeug seiner Rache. Der erste Stich war der tiefste, und als sein Vater die Augen aufriss, war es bereits zu spät. Es gab keine Worte, keinen Schrei, nur das Geräusch des Regens und das leise Keuchen eines sterbenden Mannes.

Eric blieb über dem leblosen Körper stehen, die blutbefleckte Klinge noch immer in der Hand, während ein Gefühl der Leere ihn ergriff. Die Rache, die er gesucht hatte, hinterließ nichts als eine noch tiefere Dunkelheit in ihm.

Seine Mutter, geweckt vom Lärm, stieß einen gellenden Schrei aus, als sie die Szene erblickte.

Doch Eric reagierte nicht. Mit leerem Blick sah er sie an, bevor er das Haus verließ, in den Regen hinaus, der nun seine einzige Gesellschaft war.

Der Wald, der das Bauernhaus umgab, nahm ihn auf, wie eine Mutter ihr verlorenes Kind aufnimmt. In der Dunkelheit des Waldes fand Eric einen trügerischen Frieden, umgeben von den Schatten und der

Stille, die ihm vertrauter waren als jeder menschliche Kontakt.

Die Tage nach seiner Flucht verbrachte Eric in den Tiefen des Waldes. Jeder Tag war ein Kampf ums Überleben, doch er war es gewohnt, zu kämpfen. Der Wald wurde sein neues Zuhause - seine Zuflucht vor einer Welt, die ihm nur Schmerz und Kummer gebracht hatte.

Er mied die Pfade der Menschen, lebte von dem, was er im Wald finden konnte und seine Gedanken kreisten unaufhörlich um das, was er getan hatte.

Doch seine Flucht blieb nicht unbemerkt. Erics Mutter, traumatisiert vom Tod ihres Mannes und von Gier erfüllt, traf eine schreckliche Entscheidung. In einem Anflug von Wahnsinn und Eigennutz verkaufte sie ihren eigenen Sohn in die Sklaverei, um ihren eigenen Lebensunterhalt zu sichern.

Eric wurde an einen unbarmherzigen Händler verkauft, der keine Gnade kannte und ihn zu einem Leben voller Qual und Entbehrung verurteilte.

Die Sklavenhändler, die nach ihrem verlorenen Eigentum suchten, begannen eine gnadenlose Jagd durch die Wälder. Das Knacken von Zweigen und das Heulen von Wölfen begleiteten Erics Flucht, während er sich durch das Unterholz kämpfte.

Mit jedem Schritt spürte er das wachsende Gewicht seiner dunklen Entschlossenheit, nie wieder unterjocht zu werden.

Eric rannte, so schnell ihn seine müden Beine tragen konnten, durch das verworrene Buschwerk des Waldes. Der Regen prasselte unaufhörlich nieder, durchnässte seine Kleidung, die an seinem Körper klebte. Zweige peitschten sein Gesicht, während er sich durch das dichte Unterholz kämpfte.

In der Ferne hallten die bellenden und heulenden Hunde der Sklavenhändler durch den Wald.

Angst durchdrang jede Faser seines Seins, als er sich in der Dunkelheit verlor. Jeder Schritt ließ ihn erwarten, dass die Sklavenhändler ihn einholen würden, dass ihre gnadenlosen Hunde ihn packen und zerreißen könnten. Sein Herz hämmerte laut in seiner Brust. Gleichzeitig brodelte Wut in seinem Inneren. Wut auf die Welt, die ihm so viel Leid gebracht hatte. Wut auf seinen Vater, der ihn gequält und misshandelt hatte. Und vor allem Hass - ein tiefes, brennendes Hassgefühl, das ihm die Kraft gab, weiterzulaufen, selbst wenn seine Beine ihm zu versagen drohten.

Eric stolperte über eine Wurzel und fiel zu Boden. Ein scharfer Schmerz durchzuckte seinen Fuß und er spürte das warme Blut, das aus einer Wunde floss.

Er versuchte aufzustehen, aber sein Körper versagte ihm den Gehorsam, und er sank wieder auf den Boden.

In diesem Moment überwältigte ihn die Verzweiflung. Verletzt, erschöpft und allein in der

Dunkelheit des Waldes fühlte er sich ausgeliefert. Die Männer waren ihm auf den Fersen und er hatte keine Kraft mehr, weiterzulaufen. Tränen vermischten sich mit dem Regen auf seinem Gesicht, als er sich auf den Boden legte und wartete.

Die Hunde kamen näher, ihr Geheul wurde lauter und lauter. Eric schloss die Augen und betete still vor sich hin, während die Gruppe näher und näher kam.

Als er die Augen wieder öffnete, sah er das grelle Licht einer Laterne, die auf ihn gerichtet war. Sie hatten ihn gefunden.

Ein schlaksiger Mann, groß gewachsen und mit einem vernarbten Gesicht, zog ihn auf die Beine und fesselte seine Hände hinter seinem Rücken. »Du hast uns echt Probleme bereitet, Junge... du gehörst uns.«

Eric spürte keinen Funken Hoffnung mehr in sich, nur noch eine alles verzehrende Leere, die von Hass und Verzweiflung erfüllt war.

Die Sklavenhändler führten ihn zu ihrem Lager, wo er an einen Baum gefesselt wurde, während sie sich darauf vorbereiteten, ihn weiterzuverkaufen.

Am nächsten Tag fuhren die Händler mit Eric, an den Karren gebunden, an dessen Elternhaus vorbei.

Seine Mutter, die ihrem Tagewerk nachging, sah ihn und ließ ihren Eimer fallen. Sie ging auf ihn zu, doch bevor sie etwas sagen konnte, hielt der Kutscher an.

Der schlaksige Mann von letzter Nacht stieg aus dem Wagen mit einem Beutel Silber in der Hand und ging auf Erics Mutter zu, um sie für den Jungen zu bezahlen.

Sie ignorierte den Mann und wandte sich Eric zu, mit finsterem Blick schlug sie ihm mehrfach ins Gesicht. »Ich habe dich immer gehasst. Warum bist du nicht einfach nach deiner Geburt gestorben? Nur wegen dir bin ich jetzt alleine. Alles ist deine Schuld, aber wenigstens kann ich mir jetzt etwas leisten, da ich dich los bin«, dann wandte sie sich ab, um ihr Silber in Empfang zu nehmen.

Sie hielt dem schlaksigen Mann die offene Hand hin. Der Mann wühlte im Beutel, nahm über die Hälfte der Silbermünzen heraus und reichte ihn ihr.

Sie nahm ihn und schaute ungläubig hinein. »Wir haben etwas anderes ausgemacht. Das ist ja weit weniger, als wir vereinbart haben.«

Der Mann atmete schwer und tief, ging an ihr vorbei und wischte Eric das Blut von der Nase, die durch die Schläge von Erics Mutter zu bluten begann.

»Diesen Preis haben wir ausgehandelt, bevor Sie mein Eigentum beschädigt haben. Also geben Sie sich damit ab«, dann setzte er sich zurück in die Kutsche, und sie setzten ihren Weg fort.

In den nächsten Wochen wurde Eric von den Sklavenhändlern brutal misshandelt. Sie schlugen ihn, wenn er nicht schnell genug arbeitete, und ließen ihn hungern, wenn er nicht gehorchte.

Jede Nacht wurde er von Albträumen geplagt, die Erinnerungen an seine grausame Kindheit und die jüngsten Ereignisse wiederholten sich in seinem Geist und da war dieses Mädchen, was ab und an in seinen Träumen auftauchte.

Schließlich wurde Eric an einen abgelegenen Hof

im Westen Englands verkauft. Die Bedingungen dort waren noch schlimmer als alles, was er zuvor erlebt hatte. Er wurde gezwungen, schwere körperliche Arbeit zu verrichten, oft ohne angemessene Nahrung oder Ruhepausen.

Seine neuen Herren waren noch grausamer. Sie schlugen ihn regelmäßig und demütigten ihn vor den anderen Sklaven.

Er war gebrochen, körperlich und seelisch.

Jeden Tag kämpfte er nur darum, zu überleben, und jede Nacht betete er um Erlösung von seinem Leiden. Aber selbst in seiner tiefsten Verzweiflung fühlte Eric immer noch den brennenden Hass in seinem Herzen. Hass auf diejenigen, die ihn gequält hatten, Hass auf die Welt, die ihm so viel Leid zugefügt hatte.

Und dieser Hass war das Einzige, was ihm blieb, das Einzige, was ihn am Leben hielt, in dieser Hölle auf Erden.

Die Tage auf dem abgelegenen Hof im Westen Englands verschwammen zu 10 langen Jahren einer endlosen Folge von Qual und Unterdrückung für Eric.

Jeder Tag begann in der kalten, nebelverhangenen Dämmerung, wenn der erste, schneidende Ruf des Aufsehers die Stille zerriss und die Sklaven und Leibeigenen aus ihrem unruhigen Schlaf riss.

Die Kälte kroch unaufhörlich durch die wackeligen Wände der einfachen Hütten, die eher Tierställen als menschlichen Unterkünften glichen. Die Hütten, aus Holz und Lehm erbaut, trugen strohgedeckte Dächer, die mit jeder Saison ein wenig mehr verrotteten.

Die Schwärze der Nacht, die über das Land fiel, brachte keine Erleichterung, sondern verstärkte nur die unerbittliche Dunkelheit, die ihre Seelen umklammerte.

Der Hof, umgeben von weiten Feldern und düsteren Wäldern, wirkte wie eine Festung der Verzweiflung. Die hohe Steinmauer, die das Anwesen umschloss, sollte es vor Eindringlingen und wilden Tieren schützen, doch in Wahrheit hielt sie die Seelen derer gefangen, die innerhalb dieser Mauern lebten. Die Mauer schien den Himmel zu verbergen, als wolle sie selbst das Licht der Sonne von den unterdrückten Seelen fernhalten.

Im Herzen dieses düsteren Anwesens stand der

große, befestigte Herrenhof, dessen kalte Mauern und schweren Holztüren ein Sinnbild für die Macht des Gutsherrn waren. Während die Gebäude auf dem Hof einfach und funktional wirkten, strahlte der Herrenhof eine trügerische Pracht aus, die den tiefen Abgrund der Grausamkeit verdeckte, der sich dahinter verbarg. Hier lebte der Gutsherr, ein Mann von düsterem Ruf, der über Leben und Tod entschied, als wären sie bloße Schachfiguren in einem grausamen Spiel.

Eric hatte seit seiner Ankunft auf diesem verfluchten Stück Erde jede Hoffnung verloren, ein freier Mann zu sein. Die Arbeit auf den Feldern war hart und unerbittlich. Mit bloßen Händen bearbeiteten die Sklaven das karge Land, das sich unter ihren Berührungen nur widerwillig öffnete. Jeder Griff in die harte Erde, jeder Schlag mit der Hacke, brachte nicht nur Blasen an den Händen, sondern auch tiefe Wunden. Es war eine endlose Qual, ohne Aussicht auf Erlösung.

Die Felder erstreckten sich bis zum Horizont, wo sie nahtlos in die düsteren Wälder übergingen. Diese Wälder, die tagsüber wie ein fernes Versprechen einer Flucht wirkten, verwandelten sich bei Nacht in finstere Schatten, die den Mut selbst der tapfersten Männer schwinden ließen.

Man erzählte sich Geschichten von Geistern, die dort hausten, von verlorenen Seelen, die niemals Ruhe fanden. Doch Eric wusste, dass die wahre Gefahr nicht in den Wäldern lauerte, sondern innerhalb der Mauern des Herrenhofs.

Eines Tages, als die Sonne ihren höchsten Punkt am

Himmel erreichte und die Felder in glühendes Licht tauchte, wurde eine weitere Gefangene auf den Hof gebracht – Antonia.

Sie war von atemberaubender Schönheit, trotz der offensichtlichen Spuren der Misshandlung und der Angst, die ihre Augen widerspiegelten. Ihr Körper, zart und zerbrechlich, trug die Narben vergangener Qualen, und ihre Augen, tief und dunkel, waren erfüllt von einer unbeschreiblichen Traurigkeit.

Von dem Moment an, als Eric Antonia erblickte, fühlte er eine unwiderstehliche Anziehungskraft zu ihr, eine Verbindung, die sich jenseits aller Worte entwickelte.

Während der schrecklichen Arbeitszeiten und der schmerzhaften Strafen, die sie gemeinsam erlebten, begann sich ein zarter Funke zwischen ihnen zu entzünden. Es war eine leise Hoffnung, ein Licht inmitten der allgegenwärtigen Dunkelheit. Doch diese zarte Verbindung blieb nicht lange unentdeckt.

Der skrupellose Sklavenhalter, dem der Hof gehörte, bemerkte schnell die Bindung zwischen Eric und Antonia. Ein kaltes, berechnendes Lächeln spielte auf seinen Lippen, als er erkannte, dass er eine neue Möglichkeit gefunden hatte, seine Macht zu demonstrieren.

Antonia, die er als seine Mätresse beanspruchen wollte, wurde schnell das Ziel seiner sadistischen Neigungen. Jede Nacht wurde Antonia in die finstere Kammer des Sklavenhalters geführt, wo ihre Schreie durch die dicken Mauern des Herrenhofes hallten.

Eric konnte nur machtlos zusehen, wie die Frau,

die er liebte, unter den grausamen Übergriffen des Mannes litt, dessen Herz keinen Funken von Menschlichkeit mehr besaß. Der Schmerz und die Wut in ihm wuchsen mit jedem Tag, doch er wusste, dass jeder Versuch, Antonia zu helfen, nur noch mehr Leiden für sie beide bedeuten würde.

Einige Wochen vergingen, in denen die Qualen unerträglich wurden.

Doch an einem frühen Morgen, als der Hof noch in der Stille der Nacht lag, durchzog ein markerschütternder Schrei die Luft. Antonia, die bis zu diesem Moment alles ertragen hatte, konnte es nicht mehr. Mit einer Entschlossenheit, die aus tiefstem Überlebenswillen geboren wurde, griff sie nach einem alten Küchenmesser, das zufällig in ihrer Nähe lag.

In einem Augenblick der Raserei stieß sie das Messer in den dicken Bauch des Sklavenhalters. Der Schrei, der darauf folgte, war ein Schrei des Schmerzes und Überraschung, als der Mann nach hinten taumelte, das Messer tief in seinem Wanst steckend. Blut strömte aus der Wunde, doch es war nicht genug, um ihn sofort zu töten.

Antonia, nackt und mit zitternden Händen, rannte aus dem Haus, als wäre der Teufel selbst hinter ihr her.

Die Wachen reagierten schnell, als sie sahen, dass Antonia entkommen war. Mit brutaler Gewalt schlugen sie auf ihre Beine ein, bis sie schließlich zu Boden stürzte.

Der Sklavenhalter, nun in einem Zustand blinder Wut, stürmte auf sie zu. »Du ungezogenes Weib!«, seine Stimme vor Zorn und Schmerz verzerrt. »Ich wollte nichts weiter, als dass du mir ein paar Babys machst!« Seine Tritte, die auf ihren Bauch niederprasselten, waren voller Hass.

Antonia wimmerte, flehte um Gnade, doch der Mann lachte nur höhnisch. Mit einer gnadenlosen Brutalität riss er sie an ihrem roten Haar hoch und schlug ihr immer wieder ins mit Sommersprossen besetzte Gesicht.

Ihr nackter Körper war dem grellen Licht der Morgensonne ausgesetzt - ein Sinnbild für ihre völlige Hilflosigkeit.

Die anderen Sklaven, die auf den Feldern arbeiteten, sahen stumm zu, ihre Herzen schwer vor Angst und Trauer, während der Mann Antonia zurück ins Haus zog, um seine Grausamkeiten fortzusetzen.

Eric spürte, wie die verzweifelte Stimme in seinem Kopf immer lauter wurde, während er über den Hof blickte. Die Worte hallten unaufhörlich in seinem Schädel wider, ein eindringlicher Ruf, der ihn innerlich zu zerreißen drohte: »Hilf ihr... hilf ihr doch endlich.«

Sein Blick schweifte über die verlassene Fläche, die unter dem drückenden Himmel lag, aber niemand war zu sehen. Das Gefühl des Unbehagens verstärkte sich, als er das leise Kribbeln spürte, das sich über seine Haut schlich, ein Vorbote der Schrecken, die er noch nicht erahnen konnte.

Die Realität schien sich zu verlangsamen, als er beobachtete, wie der Halter Antonia ins Haus zerrte. Seine rauen Hände umklammerten ihren zarten Arm, während sie sich verzweifelt gegen seine Brutalität wehrte. Ihre Schreie durchdrangen die Luft, ein scharfer Kontrast zur scheinbaren Gleichgültigkeit der Wachen, die ihm folgten.

Jeder ihrer Schritte schien den Boden zu erschüttern, als ob die Erde selbst auf die bevorstehende Grausamkeit reagieren wollte.

Die Stunden verstrichen quälend langsam, während Eric weiter auf dem Feld arbeitete. Die Stimme in seinem Kopf gab ihm keine Ruhe. »Hilf ihr ... hilf ihr ... hilf ihr.«

Das monotone Geräusch der Harke, die er durch

den trockenen Boden zog, vermischte sich mit den gedämpften Schreien aus dem Haus. Sie bettelte um Vergebung, ihre Stimme war kaum wiederzuerkennen, verzerrt vor Schmerz und Angst.

Als der Tag sich in die Nacht verwandelte, fühlte sich die Dunkelheit schwerer an als sonst. Die Wachen traten abwechselnd ins Haus, ein düsteres Ritual, das sich über den ganzen Tag hinweggezogen hatte. Mit jedem Knarren der Tür, das er aus der Ferne hörte, schnürte sich Erics Magen enger zusammen.

Die Schreie von Antonia waren schon vor Stunden verstummt, und nun war da nur noch die unerträgliche Stille, die ihm wie ein Vorwurf in den Ohren dröhnte.

Eric lag in der schmalen Sklavenunterkunft auf seinem Strohlager, unfähig, auch nur ein Auge zu schließen. Seine Gedanken kreisten unablässig um Antonia, ihr Gesicht, ihre grünen Augen, ihre Stimme, die nun vielleicht für immer verstummt war. Draußen hörte er das Flüstern der Wachen, das Brummen ihrer tiefen Stimmen, die in der Nachtluft schwebten. Er schlich sich zum Fenster, die Dunkelheit machte es fast unmöglich, etwas zu erkennen, aber er konnte sehen, wie sie etwas Schweres über den Hof trugen.

Sein Herz raste, aber er wusste, dass er die Unterkunft nicht verlassen durfte.

Als der Morgen schließlich anbrach und das fahle Licht der Morgendämmerung über den Hof kroch, enthüllte es das grauenhafte Bild, das sich ihm bot.

Antonias Körper lag wie ein zerbrochenes Spielzeug auf dem kalten Boden, ihre Haut war zerschnitten, blutige Striemen überzogen ihren Rücken und ihre

Glieder. Ihre Atmung war flach, ein kaum hörbares Wimmern kam von ihren rissigen Lippen, während sie versuchte, sich in der trostlosen Umgebung zu orientieren.

Eric konnte sich nicht zurückhalten. Er stürmte auf sie zu, seine Schritte fest und entschlossen, obwohl sein Herz bei jedem Schlag zu zerbrechen drohte. Er kniete sich neben sie, seine Hände zitterten vor Schock und Entsetzen, als er sie behutsam an sich zog.

Ihre Haut fühlte sich unter seinen Fingern kalt an und er spürte die Knochen unter ihrem zerbrechlichen Körper, als ob sie jeden Moment zerbröseln könnten. Ihre Augen, die einst voller Leben und Feuer waren, blickten jetzt leer und trüb in den Himmel.

Ein schmerzliches Schluchzen entkam Eric, als er sie fester an sich drückte, unfähig, das Ausmaß der Grausamkeit zu begreifen, die sie erlitten hatte. Doch bevor er einen klaren Gedanken fassen konnte, erschien der Wächter, ein bedrohlicher Schatten, der die Morgenluft zerriss.

Seine Peitsche knallte wie ein Fluch, der über das Land hallte, und seine Befehle waren scharf und unerbittlich. Eric spürte, wie Wut in ihm aufstieg, eine Flamme, die sich in seinem Inneren entzündete und sich wie ein loderndes Feuer in seinem ganzen Körper ausbreitete.

Die Peitsche schnitt durch die Luft und landete mit brutaler Wucht auf Erics Rücken, doch der Schmerz, so intensiv er auch war, löste eine Art Kettenreaktion in ihm aus.

Die Welt schien in diesem Moment stillzustehen,

als Eric den Wächter packte, seine Finger gruben sich tief in das Fleisch des Mannes, während er ihn mit einer Entschlossenheit niederdrückte, die er zuvor nie gekannt hatte. Es war, als würde all die aufgestaute Verzweiflung und der Zorn in diesem einen Akt der Rebellion explodieren.

Der Wächter röchelte, seine Augen weit aufgerissen, als er versuchte, sich aus Erics Griff zu befreien, doch es war zu spät.

Als der Wächter schließlich leblos am Boden lag, fühlte Eric eine Welle der Erleichterung und des Schocks über sich hinwegrollen. Es war vorbei. Aber die Realität, was dies wirklich bedeutete, begann gerade erst in seinem Bewusstsein aufzutauchen.

Sein Blick fiel auf Antonia, die immer noch am Boden lag, ein Bild des völligen Zerfalls.

Mit einer vorsichtigen Bewegung hob Eric sie in seine Arme. Ihr Körper war federleicht, und er spürte jeden ihrer schwachen Atemzüge gegen seine Brust.

Die Welt um ihn herum verschwamm, als er mit ihr auf den Armen den Hof verließ.

Die Flucht von Eric und Antonia begann in den frühen Morgenstunden. Die Luft war feucht und kühl, und ein leichter Nebel hing über den Feldern, während die ersten Strahlen der Morgendämmerung sich zaghaft durch die Dunkelheit kämpften.

Die Schatten der Bäume wirkten wie bedrohliche Gestalten, die jeden ihrer Schritte beobachteten, während sie sich immer weiter von dem grausamen Ort ihrer Gefangenschaft entfernten.

Antonia, deren Körper von zahllosen Wunden gezeichnet war, lehnte sich schwer an Eric. Ihre Augen waren geschlossen, und ihre blasse Haut schimmerte im fahlen Licht, als wäre sie aus zerbrechlichem Porzellan. Jeder Atemzug war eine Qual, doch Eric hielt sie fest, ihre zerschundene Gestalt in seinen Armen, schützend, als wäre sie das Kostbarste auf der Welt.

Die ersten Tage ihrer Reise waren gezeichnet von ständiger Angst und unermüdlicher Flucht. Der Wald um sie herum war dicht und undurchdringlich, die hohen Bäume ragten wie Säulen in den Himmel, deren Kronen sich wie eine undurchdringliche Decke über ihnen schlossen. Das Unterholz war verwildert, und jeder Schritt durch das unwegsame Gelände forderte Erics letzte Kräfte.

Er trug Antonia behutsam auf seinen Armen, sein Körper unter der Last ihrer Erschöpfung gebeugt, doch er hielt weiter durch, getrieben von der einzigen Hoffnung, die ihnen noch geblieben war.

Die Furcht vor der Verfolgung durch ihre Peiniger lag wie ein unsichtbarer Schatten über ihnen, stets gegenwärtig, und doch blieben sie standhaft, immer weiter in der verzweifelten Hoffnung, ihren Häschern zu entkommen.

Jeder Schritt war ein Kampf, jeder Atemzug ein Ringen mit den Schmerzen, die Antonia plagten. Ihre Wunden, hastig verbunden und schlecht verheilt, entzündeten sich immer wieder und das rohe Fleisch unter den Bandagen brannte wie Feuer. Eric spürte ihr Zittern, das durch ihren geschwächten Körper fuhr, doch er ließ sie nicht los. Er trug sie weiter, durch die dichten Wälder, über steinige Pfade und durch kalte Flüsse, immer weiter in Richtung der Rettung, die irgendwo in der Ferne auf sie wartete.

Exeter – das Wort klang wie ein Hoffnungsschimmer in der Dunkelheit, ein Ort, der ihnen Sicherheit und Heilung versprach. Antonia flüsterte den Namen immer wieder, ihre Stimme kaum mehr als ein leises Wispern im Wind. Jeder Buchstabe war ein zarter Hauch von Zuversicht, ein Fünkchen Hoffnung inmitten des Chaos um sie herum.

Eric hörte ihren flehenden Ruf und drückte seine Lippen sanft auf ihre Stirn, ein stummer Schwur, sie sicher dorthin zu bringen, koste es, was es wolle.

Der Weg von Lampeter nach Exeter war lang und beschwerlich, jede Meile ein mühsamer Schritt auf ihrem Weg in die Freiheit.

Die Tage schienen sich endlos zu dehnen und jede

Stunde brachte neue Herausforderungen mit sich. Der wolkenverhangene Himmel ließ nur wenig Licht durch, während der feuchte Wind unaufhörlich an ihrer Kleidung zerrte und die Nässe in ihre Haut kroch. Der Regen prasselte in unregelmäßigen Abständen nieder, weichte den Boden unter ihren Füßen auf und machte jeden Schritt zu einer Anstrengung. In der Nacht schlich sich die klamme Kälte durch ihre Kleidung und ließ die Schmerzen in Antonias Körper noch intensiver werden.

Ihre Wunden entzündeten sich weiter, das Fleisch schwoll an und verfärbte sich, und die fehlende medizinische Versorgung machte ihre ohnehin schon schwache Gestalt noch fragiler. Doch sie kämpften weiter, getrieben von der Hoffnung auf ein neues Leben, fernab von Schmerz und Unterdrückung.

Exeter – das Ziel ihrer Reise, der Ort ihrer Rettung. Antonia flüsterte den Namen in den nächtlichen Wind, ihre Stimme kaum mehr als ein schwacher Hauch.

Eric spürte den Schmerz in seinem eigenen Herzen, als er ihren gebrochenen Zustand sah, doch er hielt sie fest und versprach, sie sicher dorthin zu bringen.

Die Tage vergingen in einem langsamen, qualvollen Rhythmus, jeder Schritt schien endlos, doch schließlich, nach unzähligen Stunden des Wanderns, erhob sich vor ihnen die ehrwürdige Exeter Kathedrale. Die Kathedrale war ein gewaltiger Bau aus grauem Stein, der sich majestätisch gegen den Himmel erhob. Die Türme ragten hoch empor, ihre Spitzen verloren sich in den Wolken, als würden sie den Himmel selbst berühren wollen.

Die Fassade war von unzähligen Verzierungen durchzogen, groteske Wasserspeier und filigrane Steinmetzarbeiten schmückten die Mauern, und das gewaltige Portal aus dunklem Holz, von schweren Eisenbeschlägen gehalten, wirkte wie das Tor zu einer anderen Welt. Es war ein Ort der Ehrfurcht und des Staunens, ein Heiligtum, das Schutz und Zuflucht versprach.

Eric führte Antonia behutsam durch die schweren Tore der Kathedrale, seine Hände fest um ihre Taille geschlungen, als ob er sie nie wieder loslassen würde.

Die kalten Steine unter ihren Füßen fühlten sich an wie ein Segen, ein Symbol für die Sicherheit, die sie endlich gefunden hatten.

Das Innere der Kathedrale war erfüllt von einem gedämpften Licht, das durch die bunten Glasfenster fiel, und die hohen Gewölbe hallten leise von den Geräuschen ihrer Schritte wider. Es war ein Ort der Stille und des Friedens, doch in dieser Stille lag auch eine bedrückende Schwere.

Antonia schloss für einen Moment die Augen, ihre Lippen flüsterten stumm ein stilles Dankgebet an die göttliche Gnade, die sie bis hierhin geführt hatte. Doch die Hoffnung, die sie bis hierher getragen hatte, wurde jäh zerstört, als sie mit dem hiesigen Priester konfrontiert wurden. Er war ein Mann von strengem Glauben, sein Gesicht von harten Linien gezeichnet, und seine Augen blickten mit einem kalten, unerbittlichen Glanz auf Eric herab.

»Dies ist ein heiliger Ort«, mahnte der Priester mit einem finsteren Blick auf Eric. »Euresgleichen gehören nicht an solch einen Ort.« Seine Worte waren von einem eisernen Glauben durchdrungen, der keinen Platz für Barmherzigkeit oder Mitgefühl ließ. Die Härte in seiner Stimme schnitt durch die Luft wie ein scharfes Messer, und Eric spürte, wie die Kälte des Steinbodens unter seinen Füßen bis in sein Herz vordrang.

Eric deutete verzweifelt auf Antonia, deren Zustand sich zusehends verschlechterte. Ihr Gesicht war aschfahl, ihre Augen trübe, und die Entzündungen in ihren Wunden hatten sich gefährlich ausgebreitet.

Doch der Priester blieb ungerührt, seine Miene zeigte keine Spur von Mitgefühl. »Ihr ist nicht mehr zu helfen. Nimm sie mit in die Gosse, wo sie herkam.«

Die Worte des Priesters trafen Eric wie ein Schlag ins Gesicht. Seine Hände zitterten, als er Antonia näher an sich zog, doch er konnte nichts tun, um ihr zu helfen. Eric fühlte sich hilflos angesichts ihres Leidens. Sein Herz zersplitterte bei jedem Stöhnen und jedem verzweifelten Blick, den sie ihm zuwarf. Doch er konnte nichts tun, außer weiterzugehen, weiterzulaufen, weg von den Geistern ihrer Vergangenheit.

Als sie endlich einen abgelegenen Ort erreichten, an dem sie sich verstecken konnten, war es bereits zu spät. Die Infektion hatte Antonias Körper fest im Griff.

Eric konnte nur hilflos zusehen, wie sie langsam schwächer wurde, ihr Atem flach und ihr Blick trüb vor Schmerz und Verzweiflung.

Die Tage vergingen langsam, jede Stunde ein unerbittlicher Kampf gegen die Zeit. Eric hielt Antonia in seinen Armen, seine Tränen vermischten sich mit ihrem Blut, während leise Worte der Liebe und des

Trostes in seinem Kopf hallten. Worte, die er selbst kaum zu verstehen vermochte. Doch in seinen Augen brannte eine Flamme der Liebe - eine Liebe, die er nie gekannt hatte, aber die ihn nun verzweifelt erfüllte.

Schließlich, in einem letzten Akt der Gnade, nahm Antonia seine Hand, ihre Finger schwach und kalt in seiner warmen Umarmung. Ihr Blick traf den seinen, und in diesem Moment fühlte Eric eine unendliche Verbindung, eine Verbindung, die über den Tod hinausreichte und sie für immer vereinte.

Mit einem letzten Hauch von Leben in ihren wunderschönen grünen Augen beugte sich Antonia langsam nach oben zu Eric und drückte ihre Lippen sanft auf seine. Ein Kuss, so zart und doch so voller Bedeutung, der die Grenzen zwischen Leben und Tod, Liebe und Verlust zum Verschwimmen brachte.

In diesem Moment, während die Welt um sie herum stillstand, fühlte Eric, wie sein Herz brach und gleichzeitig geheilt wurde.

Doch statt Liebe fand der Hass seinen Weg in sein Herz, dunkel und unerbittlich wie ein wildes Tier, das sich von innen nach außen fraß.

In diesem Kuss lag nicht nur Liebe, sondern auch die bittere Erkenntnis, dass Antonia für immer verloren war. Dass ihre Liebe und ihr Leiden sie beide zu Gejagten gemacht hatten, gefangen in einem endlosen Albtraum aus Schmerz und Rache. Und als ihr Atem langsam erlosch und ihr Herz aufhörte zu schlagen, brach Eric zusammen, nicht vor Trauer, sondern vor dem brennenden Feuer des Hasses, das in seinem Inneren loderte.

Dieser Moment, der letzte Kuss von Antonia, war der Wendepunkt, an dem der Hass ihn komplett verschlang, sein Herz in Dunkelheit ertränkte und seine Seele zu einem Gefängnis aus unerbittlicher Wut und Zorn machte.

Von diesem Tag an würde Eric nicht mehr derselbe sein, sein Wesen von einer dunklen Macht beherrscht, die alles Licht und alles Leben verschlang.

Denn sein ganzes Leben lang war Eric misshandelt worden und hatte unter den Grausamkeiten der Sklavenhändler und des Halters gelitten. Er kannte nichts anderes als Schmerz und Unterdrückung, und der Verlust von Antonia hatte seine Seele endgültig zerstört.

Livia stand in einem endlosen, schwarzen Raum. Ein einsamer Lichtkegel fiel von oben herab und umschloss sie, wie die Arme einer Mutter, als würde er sie vor der Dunkelheit beschützen. Das Licht war sanft, ein mattes, zitterndes Schimmern, das kaum die Schwärze um sie herum durchdringen konnte.

Ein Gefühl der Verlorenheit nagte an ihr, doch ein Funke des Verstandes hielt sie fest. Sie schloss die Augen und flüsterte in die Stille, »Ich bin wohl gestürzt«, murmelte sie, das Echo ihrer Worte verlor sich in der Dunkelheit. »Aber eines weiß ich sicher: Das hier… ist ein Traum.« Die Worte waren wie ein zarter Schild, der sie vor der unerbittlichen Leere schützte.

Sie spürte, wie ein Teil von Erics Seele zersprang, und der Klang des Kristallbruchs hallte gespenstisch in ihrem Kopf wider. Jede Scherbe nahm einen Teil seiner Menschlichkeit mit sich, ließ ihn leerer, verlorener zurück. Sie sah die Scherben in die Schwärze fallen, als ob sie in ein endloses Nichts hinabgleiten würden.

Gefangen in diesem Raum, spürte Livia die Wucht seiner Verzweiflung und den Schmerz, der seine Seele wie eiserne Mauern umgab. Sie wollte die Barrieren durchbrechen, ihn erreichen, seine Qualen lindern – doch jeder Schritt schien sie nur weiter in die Dunkelheit zu treiben.

Selbst als Antonia, erschöpft und verzweifelt, in das Haus gezerrt wurde, nahm Eric sie nicht wahr. Er war so tief in sich selbst versunken, dass er nicht einmal reagierte, als sie ihm zurief, dass er ihr helfen solle.

Ihre Schreie hallten durch die Leere seines Geistes, verloren in der Dunkelheit, die ihn umgab.

Livia fühlte Antonias Angst, ihre Hoffnungslosigkeit, doch sie war machtlos, konnte nichts tun, um ihr beizustehen.

Doch als Antonia starb, geschah etwas, das Livia nicht erwartet hatte. Erics Seele bebte wie unter einem gewaltigen Sturm, der durch sein Inneres fegte und eine tiefe, düstere Finsternis aus den verborgensten Winkeln seiner Seele hervorbrachte. Diese Dunkelheit war mehr als nur die Abwesenheit von Licht; sie lebte und atmete, wie eine uralte Entität, die langsam ihre Ketten um Erics Geist schlang und ihn tiefer und tiefer in ein Labyrinth aus Verzweiflung zog.

Livia spürte, wie sie selbst von dieser Dunkelheit ergriffen wurde, wie kalte Finger, die sie hinab in die tiefsten Abgründe seines Bewusstseins zogen.

Ein Zittern durchfuhr den Boden unter ihren Füßen, und langsam begannen Risse zu entstehen, die sich wie Spinnweben in alle Richtungen ausbreiteten. Die Finsternis ergriff nun auch das Licht, das sie umgeben hatte, und begann, es aufzusaugen, bis der sanfte Schimmer erlosch und der Schatten wie ein Wesen zurückblieb, das zu atmen schien.

Livia wich zurück, doch das Bröckeln unter ihr wurde stärker, der Boden begann zu brechen, und ein kalter Schauer jagte ihr über den Rücken. Am fernen Horizont, in der endlosen Schwärze, türmten sich Sturmwolken auf, die wie drohende Schattenberge in Bewegung kamen.

Blitze zuckten zwischen ihnen, doch kein Donner folgte – die Stille machte die Szenerie nur unheimlicher. Jeder Lichtblitz enthüllte für einen winzigen Moment die grotesken Umrisse des Labyrinths um sie herum, bevor die Finsternis erneut verschluckte, was sie erblickt hatte.

Verzweifelt versuchte Livia, dem gähnenden Abgrund unter ihr zu entkommen, doch die Dunkelheit zog sie unbarmherzig in sich hinein.

Die Realität verblasste. Sie konnte Erics Seele spüren, doch erreichte sie ihn nicht – er war weit entfernt, unerreichbar, verloren in der Finsternis.

Eric war misstrauisch gegenüber allen, die ihm zu nahe kamen, und bereit, sich gegen jede Form von Misshandlung zu wehren. Die Menschen um ihn herum wurden zu Feinden und er fand keinen Frieden, weder in der Welt noch in sich selbst.

Für Livia war es ein endloser Albtraum.

Gefangen in den verschlungenen Wegen des düsteren Labyrinths, das sich in Erics Geist ausgebreitet hatte, irrte sie durch die verwinkelten Pfade, während die finstere Präsenz unaufhaltsam auf sie zukroch.

Überall um sie herum lagen die zersplitterten Fragmente seiner Seele – wie kaltes, gebrochenes Glas, das leise auf dem Boden knirschte, als sie darüber schritt. Jeder Splitter trug eine Erinnerung, ein Stück seines verlorenen Selbst, und mit jedem Schritt fühlte sie seine Wut und sein Verlangen nach Vergeltung wie ein glühender Hauch in der Luft. Die Dunkelheit hinter ihr lebte und bewegte sich, dehnte sich aus wie ein Schatten, der von ihrer Angst genährt wurde. Sie rannte, doch das Labyrinth schien endlos - jeder Pfad führte sie nur tiefer in seine vernarbte Seele, in seine gequälte Welt.

Die Hoffnung, dass dies alles ein Traum war, verblasste, und sie spürte nun die Kälte der Realität in ihren Knochen. Wenn das hier ein Traum war, so war es einer, aus dem sie niemals erwachen würde.

Die Wände um sie herum schienen sich zu verschieben, als ob sie atmeten, und von den hohen Mauern tropfte schwarzer Nebel wie dicker Ruß herab. Am Ende eines langen Korridors konnte sie Blitze flackern sehen, die das Labyrinth für Sekundenbruchteile in ein geisterhaftes Licht tauchten, nur um die Schatten noch bedrohlicher erscheinen zu lassen.

Sie spürte, wie die Dunkelheit immer näher kam, als könnte sie ihre Gedanken lesen, sie verfolgen.

Erics unstillbarer Durst nach Rache hielt diese Finsternis lebendig und Livia wusste, dass sie sich in seinen Qualen verloren hatte.

Jeder Schritt ließ sie den Boden unter sich weniger spüren, als ob sie tiefer in den Morast seiner Verzweiflung sank, den unendlichen Abgrund seiner Seele.

Als Antonia starb, wurde Livia endlich bewusst, in welch düsterem Geist sie gefangen war. Es war, als ob ein Schleier von ihren Augen gehoben wurde, und sie sah die Abgründe, in die Eric hinabgestürzt war.

Doch die Frage, die sie quälte, blieb unbeantwortet: Warum sie? Warum hatte dieses Wesen, das sie durch Zeit und Raum geschickt hatte, sie hierhergebracht? Was sollte sie hier lernen oder erkennen? Hatte es überhaupt die Absicht, sie zurückzuschicken, oder war sie dazu verdammt, für immer in diesem Albtraum zu verbleiben? Die Antworten blieben ihr verborgen, und sie grübelte über das Mysterium, das sie umgab, während die Tage in einem merkwürdigen Wechsel aus quälender Monotonie und flüchtigen Momenten verstrichen.

Sieben Jahre vergingen wie im Flug, während Erics Geist sich immer weiter veränderte. Die Zeit verstrich in einem trügerischen Fluss, und Eric lebte weiter, doch er war nur noch ein Schatten seines früheren Selbst. Die heruntergekommenen Slums von Exeter wurden zu seinem neuen Zuhause, einem trostlosen Ort, an dem Gewalt und Verzweiflung herrschten. Die einst majestätische Kathedrale, die ihm und Antonia die Zuflucht verweigert hatte, war nun ein stummer Zeuge seines Untergangs, ihre steinernen Türme ragten wie Ankläger in den Himmel.

Der Tod wurde zu seinem ständigen Begleiter, ein dunkler Schatten, der ihm auf Schritt und Tritt folgte. Seine einstige Menschlichkeit war fast gänzlich verschwunden, und nur die Rache hielt ihn noch am Leben. Diese Rache war wie ein unheilvoller Stern, der seinen Kurs bestimmte, und er folgte ihm blindlings, bis er endlich seine Chance sah.

Eines Abends, als die Dämmerung sich wie ein blutiger Schleier über die Stadt legte, folgte Eric dem Priester durch die dunklen Gassen. Dieser Priester war nicht nur ein Mann der Kirche - er war derjenige, der einst über Antonias Schicksal entschieden hatte. Derjenige, der das Urteil gesprochen hatte, das sie in den Tod führte.

Eric hatte diesen Moment lange herbeigesehnt,

hatte jede Bewegung des Priesters studiert und seine Routine bis ins kleinste Detail beobachtet. Die Gasse, durch die der Priester ging, war schmal und von hohen, düsteren Gebäuden gesäumt. Kein Licht fiel durch die Fenster, und die Stille war erdrückend.

Eric konnte das Pochen seines eigenen Herzens hören, das wie ein Kriegsruf in seinen Ohren dröhnte. Er wusste, dass dies der Moment war, auf den er all die Jahre gewartet hatte. Mit einem lautlosen Schritt trat er aus dem Schatten und griff den Priester an.

Die Wucht des Angriffs ließ den Mann zu Boden stürzen und ein Schrei entfuhr ihm, der schnell in einem gurgelnden Geräusch erstickte, als Eric ihm die Kehle durchtrennte. Blut spritzte auf den kalten Steinboden, und der Geruch von Eisen erfüllte die Luft.

Doch Eric spürte keine Erleichterung, keine Genugtuung. Er blickte in die Augen des Priesters, in denen das Leben langsam erlosch, und sah darin nichts als seine eigene Leere.

Das Spektakel blieb jedoch nicht unbemerkt, es dauerte nicht lange, bis Eric von den Stadtwachen umstellt war. Die Flucht war aussichtslos und so ergab er sich, ohne Widerstand zu leisten. In Ketten gelegt wurde er ins Hafengefängnis gebracht, einen düsteren, von Kälte und Verzweiflung durchdrungenen Ort – ein Spiegel seines eigenen zerrissenen Geistes. Man warf ihn in eine enge Zelle, die Wände feucht und der Boden mit Schmutz bedeckt. Dort verbrachte er mehrere Tage, ernährt von nichts als hartem Brot und schalem Wasser, während die Vorbereitungen für die Überfahrt nach Norwegen getroffen wurden.

Die Zeit verging schleppend, jeder Moment in der Zelle dehnte sich ins Unendliche. Der leise Hauch der Wellen und das entfernte Klirren von Ketten erinnerten ihn daran, dass seine Reise noch nicht vorbei war. Schließlich wurde er mit den anderen Gefangenen an den Hafen gebracht, wo ein Gefühl von Unausweichlichkeit in der Luft lag.

Livia, gefangen in seinem Geist, sah alles durch seine Augen. Sie spürte die Schwere der Ketten, hörte das Murmeln der anderen Gefangenen und den rhythmischen Schlag der Wellen. Und dann, wie aus dem Nichts, lief ein imposantes Schiff in den Hafen ein.

Ihr Blick, gelenkt durch Eric, fiel auf den Mann am Steuer – groß, stattlich, mit einer Aura von Macht und Kontrolle. Livia erkannte ihn augenblicklich. Es war Veland. Derselbe Mann, der einst an ihrer Seite gestanden und ihnen geholfen hatte, die Insel zu erreichen. Doch diesmal wirkte er wie ein Fremder, ein Schatten seines früheren Selbst, und ein kalter Schauer lief ihr über den Rücken.

Seine Ankunft schien kein Zufall zu sein und Livia spürte, dass sich ein weiteres Puzzlestück dieses grausamen Schicksals vor ihr entfaltete. Doch bevor Livia das Geheimnis ergründen konnte, fühlte sie, wie die Finsternis in Erics Seele sie erneut zurückdrängte.

Lange hatte die Dunkelheit sie in Ruhe gelassen, als ob sie ihrer überdrüssig geworden wäre. Doch nun, ohne jede Vorwarnung, stürzte sie aus allen Richtungen auf sie zu - wie eine lebendige Welle aus Schatten und Kälte, die sie einzuengen drohte.

Panik ergriff sie, und sie rannte, dem einzigen

Weg folgend, der noch frei war. Sie hetzte durch das endlose Labyrinth, spürte die Wände fast greifbar auf sich zukommen, als würde sich das Labyrinth selbst gegen sie stellen. Ihre Schritte hallten dumpf in der Stille wider und ihre Lungen brannten, doch sie wagte nicht anzuhalten.

Schließlich stolperte sie in einen quadratischen Raum, wo die Dunkelheit einen Moment innehielt, als ob sie vor einer unsichtbaren Grenze zurückschreckte. Der Raum war erfüllt von einem feinen, schwebenden Nebel, der das Licht dämpfte und die Luft kühl und schwer machte. Am Rand, in der hintersten Ecke, bemerkte Livia eine kleine Gestalt – einen Jungen, nicht älter als sieben Jahre.

Er saß in der Finsternis, das Gesicht verborgen, und ein leises Wimmern drang an ihr Ohr. Das Geräusch durchbrach die bedrückende Stille und schickte ihr einen eisigen Schauer den Rücken hinunter.

Livia kniete sich zu dem Jungen hinunter und streckte zögernd die Hand aus. »Wer bist du?«, flüsterte sie sanft, obwohl sie die Antwort bereits erahnte.

Der Junge hob den Kopf, und Tränen liefen über sein schmutziges Gesicht. »Ich... ich bin Eric«, murmelte er, seine Stimme brüchig und voller Schmerz. »Du hast aber lange gebraucht, um mich zu bemerken ... ganze sieben Mal sind wir schon an diesem Punkt angelangt, und nie hast du mich auch nur einmal wahrgenommen.«

Livia starrte ihn verwirrt an. »Sieben Mal?«, wiederholte sie perplex. »Du willst mir sagen, dass ich das Leben von Eric schon sieben Mal erlebt habe?«

Der kleine Junge nickte langsam. »Ja, das ist der siebte Versuch, aus dem endlosen Tod zu entkommen... Doch nie warst du hier, nie haben wir miteinander gesprochen, und die letzten sechs Male wurdest du an dieser Stelle herausgerissen und wir mussten allein weitermachen.« Er deutete nach oben, seine Hand zitterte leich

Livia folgte seinem Finger und sah, was wie eine riesige Leinwand aussah, auf der sich Szenen abspielten. Doch es war keine Leinwand im eigentlichen Sinne – sie sah durch die Augen von Eric. Sein Sichtfeld wurde zu ihrer Perspektive, und sie war ein stiller Beobachter, der alles durch seine Augen mitverfolgte, unfähig einzugreifen.

Eric saß in einer großen Zelle am Bug des Schiffes, die mit anderen Gefangenen gefüllt war. Die Wände waren aus grobem Holz, der Raum düster und stickig. Die schweren Ketten an seinen Handgelenken klirrten bei jeder Bewegung, während das Schiff unter ihnen schwankte. Livia konnte sehen, wie sein Blick langsam über die anderen Gefangenen glitt, abgemagerte Gestalten, deren Gesichter von Angst und Resignation gezeichnet waren.

Plötzlich erkannte Livia die Szene. Es war genau das, was sie in ihrem Traum gesehen hatte – doch damals hatte sie alles aus einer anderen Perspektive beobachtet. Von außen hatte sie zugesehen, wie Eric und die anderen in dieser Zelle waren, wie die Dunkelheit sich um sie legte. Nun war sie direkt in seinem Blickfeld gefangen, und die Vertrautheit des Moments ließ einen Schauer durch sie laufen.

Die schwere Tür der Zelle öffnete sich mit einem Knarren, und Veland trat ein. Sein Gesicht war von einer Mischung aus Entschlossenheit und Dunkelheit gezeichnet, genau wie Livia ihn in ihrem Traum gesehen hatte. Die Gefangenen zögerten einen Moment, bevor sie einer nach dem anderen durch die offene Tür liefen, ihre Silhouetten verschwanden in der Dunkelheit, die jenseits der Zelle lauerte.

Eric blieb sitzen. Seine Augen waren starr auf Veland gerichtet, seine Haltung regungslos. Livia konnte es kaum ertragen, diesen Moment wiederzusehen – doch diesmal war sie inmitten des Geschehens, an Erics Seite, ohne Kontrolle über das, was geschah.

Veland näherte sich, und ihre Augen trafen sich. Livia erinnerte sich genau an diesen Moment aus ihrem Traum: Veland streckte Eric die Hand entgegen, eine stumme Aufforderung, sich zu erheben, doch Eric reagierte nicht. Sekunden zogen sich in die Länge, bis das Schiff plötzlich unter einem gewaltigen Schlag erzitterte.

Wassermassen brachen von oben herein, strömten in die Zelle und verwandelten den Raum in ein Chaos aus Schreien und Panik. Veland zögerte nicht. Er packte Eric mit einem entschlossenen Griff und zog ihn mit sich, durch die Zelle und hinaus in die Dunkelheit, wo die See und die tobenden Wellen auf sie warteten.

Veland zog Eric über das Deck, kämpfte gegen die Fluten, die ihre Schritte behinderten, und steuerte auf eines der Beiboote zu. Die Szene war ihr bekannt, aber in der Ferne ihrer Erinnerung hatte sie sich niemals so lebendig, so unausweichlich angefühlt wie jetzt.

Livia spürte, wie ihre Atmung schneller wurde als sie das Geschehen verfolgte. Die Dunkelheit in Erics Unterbewusstsein wich für einen winzigen Moment.

Der kleine Eric neben Livia verschwand, und plötzlich war sie wieder mitten in der Szene.

Eine gewaltige Welle erfasste Veland, doch Eric reagierte blitzschnell, hielt ihn fest und half ihm, in das Beiboot zu steigen.

Als das Boot in die tosende See gelassen wurde, krachte das Holz des Schiffes bedrohlich unter dem Druck der Wassermassen.

Veland streckte erneut die Hand nach Eric aus,

doch bevor dieser sie ergreifen konnte, spülte eine riesige Welle ihn vom Deck. Die Wassermassen trieben das Beiboot immer weiter vom sinkenden Schiff weg.

Livia hielt den Atem an, als sie durch die Leinwand die Entfernung zur Wasseroberfläche immer größer werden sah. Sie spürte Erics Panik, die sich wie kaltes Metall in ihre Brust bohrte, als etwas plötzlich an seinem Bein zog und ihn unbarmherzig in die Tiefe riss.

Erics Arme ruderten verzweifelt, während er gegen das kalte Wasser ankämpfte, doch der Widerstand nahm zu, und jeder Versuch, sich zu befreien, schien vergebens.

Im schwachen Licht, das von der Wasseroberfläche flackerte, erkannte er schließlich die schwere Kette, die sich wie eine eiserne Klammer um sein Bein gelegt hatte. Erics Bewegungen wurden langsamer, seine Kraft schwand, sein Blick trübte sich, und die Umrisse der Welt um ihn herum begannen sich aufzulösen, bis nur noch die tiefschwarze Dunkelheit blieb, die ihn zu verschlingen drohte.

Livia schaute zu dem kleinen Eric, der mit seinen Holzfiguren spielend auf dem Boden lag.

»Tu doch etwas! Eric stirbt! Du hast mich sieben Mal hierhergebracht, also hilf ihm!«, flehte sie verzweifelt.

Der Junge schaute kurz auf und deutete dann auf die Dunkelheit, die sich erneut ausbreitete. »Ich habe getan, was in meiner Macht stand. Die letzten fünf Male ist Veland an diesem Punkt gestorben, doch Eric hat es alleine geschafft. Beim sechsten Mal, als du wieder herausgespült wurdest, habe ich die Chance genutzt, als ein Funken Licht in Erics Seele einkehrte, und ihn gerettet. Jetzt sind wir hier und können nur zuschauen, wie es weitergeht.«

Livia setzte sich neben ihn und versuchte, ihre Gedanken zu ordnen. »Wenn du sagst, dass wir das siebte Mal an diesem Ort sind und sich vorher nie etwas geändert hat, heißt das, dass wir die letzten sechs Male immer gestorben sind?«

Er nickte traurig. »Ja!«

Livia spürte, wie ihr schlecht wurde.

»Bis zu dem Punkt, wo du in die Minen rennst, um meine Gebeine zu holen, bin ich bei dir und halte die Finsternis davon ab, in die Fabrik einzudringen, solange du da bist. Aber die letzten Male war es so, dass du immer beim Untergang aus Erics Seele geschleudert wurdest, und ihr alle am Ende auf der Insel gestorben seid, weil du dich an nichts erinnern konntest.«

Livia starrte ihn fassungslos an. »Aber warum bin ich dann jedes Mal zu Hause in meinem Bett aufgewacht nach dem Untergang und nicht in der Mine?«

Er legte den Kopf schief und schien nach den richtigen Worten zu suchen. »Manchmal gibt es unerklärliche Phänomene, die unseren Verstand herausfordern«, begann er. »Stell dir vor, du bist in einem endlosen Traum gefangen, ohne Erinnerung an die vorherigen Male. Es ist, als ob du in einer Schleife steckst, die dich immer wieder zum Anfang zurückführt. Aber während du in diesem Traum gefangen bist, gibt es eine andere Ebene der Realität, die du nicht bewusst wahrnimmst, ... eine Welt, die parallel existiert, während du in deinem Traum gefangen bist. Dort geschehen Dinge, die jenseits unserer Vorstellungskraft liegen, und du könntest sogar aufwachen, während du noch träumst.«

Plötzlich trat ein Mann aus einer dunklen Ecke des Raumes hervor und legte dem Kind sanft die Hand auf den Kopf. »Das ist passiert, weil du so tief in deinen Träumen versunken warst, dass du die Grenze zwischen Traum und Wirklichkeit nicht mehr spüren konntest«, erklärte er mit ruhiger Stimme. »Du hast jedes Mal geglaubt, aufzuwachen, wenn der Albtraum endete. Doch was wirklich passiert ist: Ein Teil von dir blieb in Erics Seele zurück, weil du seine Qualen so intensiv durchlebt hast. Es ist, als ob du beim Aufwachen ein Stück deines Bewusstseins in seinem Unterbewusstsein verloren hast.« Er lächelte sanft, doch sein Blick blieb ernst. »Stell dir vor, du erlebst etwas so oft in einem Traum, dass es anfängt, real zu wirken. Beim siebten Mal bist du so tief in Erics Geist vorgedrungen, dass die Grenze zwischen deinem Traum und seiner Realität verschwommen ist. Ein Teil von dir steckt noch immer in ihm fest, auch wenn du dich daran nicht bewusst erinnern kannst. Realität und Traum sind jetzt wie zwei Schichten, die sich überlappen und manchmal ineinander übergehen. Es ist schwer zu begreifen, aber genau deshalb fühlst du dich so gefangen – weil ein Teil von dir tatsächlich noch hier ist.«

Der Mann nickte dem Kind zu, das sich daraufhin langsam auflöste und verschwand.

Livia versuchte, das Gehörte zu verarbeiten, doch die Verwirrung stand ihr ins Gesicht geschrieben. »Ich komme nicht mehr mit ... also träume ich gerade, bin aber irgendwie auch wach, und ein Teil von mir aus der Vergangenheit wacht jetzt gerade aus diesem Traum auf?«

Der Mann nickte bestätigend. »Ja, so könnte man es sagen. Du hast diesen Albtraum schon oft erlebt, aber wir konnten dich nie erreichen. Heute ist es anders, weil Veland überlebt hat. Das hat es dir ermöglicht, ihn zu sehen und hierherzukommen, um mit mir zu sprechen. Es war nur eine Vermutung, dass es so funktionieren könnte – aber hier sind wir, und zum ersten Mal können wir miteinander reden.«

Der Mann deutete nach oben, wo Erics Sicht immer trüber wurde. »Schau, was passiert.«

Gemeinsam blickten sie zur Leinwand, auf der Eric, dem Ertrinken nahe, kaum noch gegen die Schwäche ankämpfen konnte.

Plötzlich tauchte in der Dunkelheit eine Silhouette auf, doch sie war so verschwommen, dass Livia kaum etwas erkennen konnte.

Erics Augenlider flatterten, und Livia bemerkte, wie die Strömung ihn sanft, aber stetig mit sich zog – nicht tiefer ins Meer, sondern irgendwohin, wo das Wasser allmählich flacher zu werden schien. Dann schlossen sich seine Augen, und es schien, als hätte die Dunkelheit endgültig überhandgenommen.

Einen kurzen Moment später öffneten sich seine Augen erneut, nur einen winzigen Spalt. Im trüben Licht erkannte Livia etwas unter ihm – eine

Art weichen, körnigen Untergrund, fast wie Sand. Angespannt beobachtete sie die Leinwand, doch der Anblick blieb ihr rätselhaft und unwirklich. Schließlich schlossen sich Erics Augen wieder, und die Szene versank erneut in völliger Dunkelheit.

Es vergingen einige Tage, doch seine Augen blieben verschlossen, seine Brust hob sich kaum merklich mit jedem Atemzug.

»Ist er tot?«, ihre Stimme ein leises Zittern, das ihre wachsende Verzweiflung verriet. Sie sah fragend zu dem Mann, der stumm neben ihr vor der Leinwand stand.

Er schüttelte leicht den Kopf, seine Augen schienen unendlich müde. »Nein.«, flüsterte er, fast mehr zu sich selbst als zu Livia, »Wenn mich nicht alles täuscht, wird er bald aufwachen.«

In der bedrückenden Stille, die folgte, hielt Livia den Atem an, bis Eric endlich seine Augen langsam öffnete.

Er lag auf einem kleinen Sandbett, sein Blick richtete sich schwerfällig auf die felsige Decke über ihm. Er hörte eine entfernte Aufregung, versuchte, sich aufzurichten, doch seine Kräfte waren ihm vollkommen entschwunden. Ein kalter Schauer lief ihm über den Rücken, als er realisierte, dass er sein Bein nicht mehr spürte. Mit schwacher Hand tastete er hinunter und fand die kalte, schwere Kette, die sich wie ein Symbol seiner eigenen Fesseln um sein Bein geschlungen hatte.

Er ließ seinen Blick durch die düstere Höhle schweifen und erblickte Veland, der mit dem Rücken zu ihm stand und zu jemandem sprach. Doch Erics Augen waren zu trüb, zu erschöpft, um die Gestalt zu erkennen.

»Was passiert da?«, Livias Herz krampfte sich zusammen vor Angst.

Das Kind was zeitweise wieder erschien, starrte die Szene einen Moment lang an, bevor er seine Figuren hastig zusammenpackte und ohne ein Wort wieder verschwand. Nur der Mann blieb bei ihr, doch auch in seinem Gesicht lag nun ein Ausdruck tiefer Trauer. »Er hasst diesen Anblick«, sagte er schwer. »Seit er diese Szenerie das erste Mal erlebt hat, kann er es nicht ertragen, dabei zu sein.« Er hielt inne und sah Livia mit schmerzerfüllten Augen an. »Was du dort siehst, ist Velands verzweifelter, aber letztlich nutzloser Versuch, Eric vor dem abergläubischen Zorn seiner Crew zu beschützen. Doch … es wird ihm nicht gelingen.«

Livia spürte, wie ihr Herz schwer wurde, während sie die Szene auf der Leinwand beobachtete. Die Crewmitglieder stürmten wie in Raserei an Veland vorbei. Ihre Augen glühten vor Hass, und in ihren Händen blitzten scharfe Messer. Sie wirkten mehr wie wilde Tiere als Menschen, getrieben von blinder Wut und einem unerbittlichen Durst nach Vergeltung.

Mit furchterregenden Schreien warfen sie sich auf Eric, der zu schwach war, sich zu wehren. Die Ketten an seinen Gelenken klirrten hilflos, während die ersten Messer auf ihn herabsausten. »Er ist ein Ketzer!«, schrien sie, ihre Stimmen voll abgrundtiefer Wut. »Ein schlechtes Omen! Durch ihn sank das Schiff!

Er hat den Teufel an Bord gebracht! Priestermörder!« Die Worte waren wie Gift, das in die Luft gesprüht wurde, und Livia konnte nicht wegsehen, während die Klingen gnadenlos auf Eric einprasselten. Mit jedem Stich wich das Leben ein Stück mehr aus seinem Körper, bis er schließlich reglos zu Boden sank.

»WAS MACHEN SIE JETZT MIT IHM?«, schrie Livia panisch. Ihr Körper zitterte, und sie fühlte sich, als würde ihr Verstand von der Szene vor ihr zerrissen.

Er lachte leise. Es war kein Lachen der Freude, sondern ein bitteres, gebrochenes Geräusch, das von einem tiefen, unauslöschlichen Schmerz zeugte. »Was sollen sie schon machen?«, sagte er mit erschütternder Resignation. »Sie töten ihn … wieder und wieder.«

Livia spürte, wie ihr die Tränen über die Wangen liefen. »Wie kannst du in so einer Situation lachen?«, flüsterte sie verzweifelt. »Wie kannst du lachen, während du getötet wirst?«

Er wandte sich langsam von der Leinwand ab. Seine Schultern sanken, als trüge er eine Last, die sie nicht sehen konnte. »Wir sterben gerade zum siebten Mal,« murmelte er mit heiserer Stimme. »Glaub mir, die ersten Male … da hat es uns zerrissen. Da habe ich auch geschrien, da habe ich geweint. Aber irgendwann …« Er verstummte, seine Augen fixierten den Boden. »Irgendwann hört man auf, etwas zu fühlen. Der Schmerz wird einfach zu groß.« Langsam hob er den Kopf, und seine Augen suchten Livia. Darin lag eine Traurigkeit, die tief in ihre Seele schnitt. »Der Kleine ist geflohen, weil er nicht ertragen kann, wie wir sterben … wie er selbst stirbt.«

Die Welt um sie herum schien zu zerfallen, und Livia rang nach Luft. Sie starrte die Leinwand an, als eine Erkenntnis sie traf. »Aber … Veland hat Eric doch hier gerettet, oder? Zumindest dieses Mal. Was ist dann in den anderen Fällen passiert, als das Schiff unterging?«

Eine bedrückende Stille legte sich über den Raum, bevor er schließlich sprach. Seine Worte waren ruhig, doch sie trafen Livia mit voller Wucht.

»In den anderen Fällen hat Veland Eric nicht retten können,« sagte er nüchtern. »Ohne ihn wurde Eric von der Strömung ans Ufer der Insel gespült – doch dort warteten bereits die Crewmitglieder. Von Aberglaube und Angst getrieben, haben sie ihn getötet. Aus demselben Grund, aus dem sie ihn jetzt töten.«

»Und … was geschah danach?«, flüsterte sie, obwohl sie die Antwort bereits ahnte.

»Nicht viel anders als jetzt.« Er wandte sich ab und fügte leise hinzu: »Und jetzt folge mir. Du willst nicht hier sein, wenn es losgeht.«

Livia zögerte nur einen Moment, bevor sie ihm hinterherlief. Sie eilte durch einen sich öffnenden Korridor, der gegenüber dem Eingang lag, durch den sie in diesen quadratischen Raum gekommen war. Angst schnürte ihr die Kehle zu, und die Stimme des Mannes hallte wie ein Echo in ihrem Kopf.

»Bis was losgeht?«, rief sie schließlich, ihre Stimme zitternd vor Verzweiflung.

Er drehte sich nicht um, sondern ging weiter, seine Stimme klang leer, als hätte sie jegliche Hoffnung verloren.

»Es dauert nicht mehr lange,« sagte er tonlos. »Aber du wirst es bald sehen.«

Die Minuten schienen wie Stunden zu vergehen, und Livia konnte kaum ertragen, was sich vor ihr abspielte.

Schließlich, als der letzte Funke Leben aus Eric wich, begann sein Körper unkontrolliert zu beben. Die Dunkelheit, die tief in ihm geschlummert hatte, schien nun zu erwachen – und sie brach mit ungeahnter Wucht hervor, als ob sie seine zerbrochene Seele mit unstillbarer Macht verschlingen wollte.

Um sie herum begann Erics Unterbewusstsein zu zerfallen. Die Wände des Labyrinths barsten auseinander wie Glas, und Risse zogen sich durch den Boden. Ein ohrenbetäubender Sturm tobte durch Erics Geist, sein Wind wirbelte wie ein gefräßiges Monster um sie herum. Am Horizont türmten sich dichte, schwarze Wolken auf, dunkler und bedrohlicher als zuvor, durchzogen von Blitzen, die in einem unheilvollen Rot und tiefem Schwarz glühten.

Jeder Blitz durchbrach die Dunkelheit mit einer beängstigenden Intensität und tauchte die Umgebung in ein blutiges Leuchten.

Livia stand mit Eric im Auge des tobenden Sturms. Um sie herum brach der Boden ein, fiel in endlose Tiefen, als ob sie sich auf einer einsamen, schwebenden Insel im Chaos befanden.

»Was passiert hier?«, schrie Livia, doch ihre Stimme wurde vom Heulen und Dröhnen des Sturms fast verschluckt. Sie klammerte sich verzweifelt an die Realität, während die Dunkelheit überhandnahm und Erics Geist vor ihren Augen zu einem wilden, unberechenbaren Abgrund wurde.

Neben ihr drehte sich Eric zu ihr um, und in seinen Augen loderten Flammen – eine Verzweiflung, vermischt mit einer tiefen, unerträglichen Trauer.

Er musste seine Stimme erheben, um überhaupt gehört zu werden. »Was du dort siehst …« schrie er, seine Stimme bebte vor unterdrücktem Schmerz, »… ist Hass in seiner reinsten Form!« Die Verzweiflung in seinen Worten hallte durch das Chaos, und jeder Satz schien mit dem Donner der schwarzen und roten Blitze zu verschmelzen. »Dieser Hass – dieser unerbittliche, brennende Hass – ist das Einzige, was uns an jenem Tag am Leben hielt!« Seine Stimme klang rau und zerrissen, als würde jedes Wort ein weiteres Stück seiner eigenen Seele offenbaren. »Du hast es selbst gespürt, Livia! Jeder einzelne Schicksalsschlag, jede Verletzung, jedes Mal, wenn wir uns vom Hauptteil von Erics Seele lösten … es hat uns tiefer in den Abgrund gerissen!«

Der Sturm tobte um sie herum, der Boden unter ihnen zitterte, doch der Mann schrie weiter, kämpfte gegen den Wind, der ihm die Worte aus dem Mund zu reißen drohte. »Dass Eric in seinem ganzen Leben nie gesprochen hat, ist das Resultat einer Seele, die schon viel zu früh zerschmettert wurde! Alles, was übrigblieb, sind nur Fragmente – wir Fragmente! – die hier außerhalb von Raum und Zeit existieren.«

Livia sah ihn an. Er war überwältigt von den Emotionen, die ihn durchfluteten und ihn fast zu zerreißen schienen. Der Sturm brüllte, als wolle er die Worte verschlingen, doch der Mann stand wie ein Fels, unerschütterlich gegen das Chaos, gehalten von der Macht seiner Wut und seines Schmerzes.

Der Blick des Mannes schweifte über die unheimliche Szene. Seine Hände zitterten leicht, als er flüsterte: »Schau hin …« Er hob eine Hand und deutete auf den Horizont, wo zwischen den Wolken eine schemenhafte Gestalt sichtbar wurde. Nur wenn Blitze zuckten, war das unförmige Wesen zu sehen, das sich wie eine Schlange durch die Wolken emporwand – ein gigantisches Monster, dessen Silhouette drohend am Himmel erschien.

Plötzlich erschütterte ein markerschütterndes Kreischen die Stille, entquoll Erics leblosem Körper – ein Schrei voller Qual und tiefer, unerfüllter Sehnsucht nach Frieden.

Veland und seine Crew, die bereits auf dem Weg nach draußen waren, zuckten zusammen, drehten sich entsetzt um und starrten auf die Quelle des grausamen Klangs.

Aus Erics reglosem Körper quoll eine dunkle, dichte Wolke hervor, die wie eine lebendige Bedrohung in alle Richtungen strömte. Sie glitt durch die Felsen, kroch durch die Mine, zog über die Insel und schlängelte sich durch den Wald, bis sie eine gewaltige Sphäre bildete, die sich meilenweit über die Insel erstreckte.

Livia starrte fassungslos auf die Leinwand, die ihr folgte und alles zeigte, was die Kreatur sah. Es war, als hätte sie sich in deren Augen versetzt, unfähig, den Blick abzuwenden.

Schwere Schritte hallten durch die Dunkelheit, begleitet von einem unheilvollen Schaben über den Steinboden, das immer lauter wurde. Die Kreatur begann sich langsam in Bewegung zu setzen, und Livia konnte nur zusehen, wie die Szene sich vor ihr entfaltete.

Die Sicht war verzerrt, umrahmt von einem unsteten, pulsierenden Schatten. Alles wirkte surreal und doch erschreckend real, als würde die Kreatur die Welt durch einen Schleier aus Zorn und Leid wahrnehmen.

Veland stand wie versteinert vor Angst, unfähig, sich zu rühren, während die Kreatur an ihm vorbeischritt. Ihre Gestalt war groß und schwarz, ihre ganze Erscheinung triefte vor unbändigem Zorn und unerträglichem Leid.

Hinter ihr schleifte sie einen gewaltigen Anker, der mit einem dröhnenden Geräusch über den Boden gezogen wurde. Er schien mehr als nur ein Stück Metall zu sein – als wäre er die physische Manifestation der Last, die sie mit sich trug, schwer und unausweichlich.

Livia konnte spüren, wie die Perspektive der Kreatur sie verschluckte. Sie war gezwungen, alles mitzuerleben, unfähig, sich von dem schrecklichen Anblick abzuwenden.

Während sie jeden einzelnen der Crewmitglieder mit ihren langen, krallenartigen Fingern tötete, verschonte sie Veland und setzte ihren Weg stumm fort.

Als sie schließlich ins grelle Sonnenlicht trat, hob

sie einen Arm, als könnte auch sie das Licht nicht ertragen.

Livia fühlte, wie eine tiefe Übelkeit in ihr aufstieg, und sie musste sich bei dem Anblick der zerfetzten Körper übergeben. »Warum wurde Veland verschont?«, brachte sie kaum verständlich hervor, während sie sich erneut übergab.

Er sah sie mit einer Mischung aus Bitterkeit und tiefer Trauer an. »Weil er der Einzige war, der je versucht hat, Eric zu retten. Selbst als Eric nur noch ein Schatten seiner selbst war, als er von Hass zerfressen und von allen anderen aufgegeben wurde, hat Veland ihn nicht fallen lassen. Er hat Erics Leben gerettet, auch wenn es für die Welt nichts mehr wert war.«

Livia richtete sich langsam auf, ihre Beine zitterten vor Erschöpfung. »Und... und was hat es mit der Sonne auf sich? Warum ist hier alles so ... anders?«

Er wandte seinen Blick ab und sah hinaus auf die weite, verfluchte Landschaft. »Wir hassen Schnee und Kälte. Unser ganzes Leben lang haben wir sie ertragen müssen ... und jetzt, in dieser Welt, die Eric erschaffen hat, muss er es nicht mehr. Aber auch wir sind hier gefangen und können nicht entkommen. Warum das so ist, wissen wir nicht.« Er seufzte schwer, die Last der Jahrhunderte war in diesem Seufzer spürbar. »Jeder, der hierherkommt und stirbt, bleibt für immer. Tot oder lebendig, es gibt kein Entkommen. Der Nebel ist ein Käfig, und auch Eric war bis zuletzt nur ein Gefangener.«

Im tiefsten Bereich von Erics Unterbewusstsein erstreckte sich eine weite Wiese, still und endlos, als wäre die Zeit selbst hier nur ein blasser Schatten. Der Boden schimmerte in warmen Grüntönen, und über der Landschaft lag eine unnatürliche Ruhe, die sich schwer und endgültig anfühlte. Auf dieser Wiese, am Rand eines stillen, glatten Teichs, saß der Mann, ein Fragment von Erics Seele, unter einem knorrigen Baum. Die Äste waren kahl und wirkten wie aus Nebel gewebt, als könnten sie sich jeden Moment im Wind auflösen. Sein Blick ruhte auf dem endlosen Wasser, das sich wie ein dunkler Spiegel in die Tiefe erstreckte, als ob es die verborgensten Geheimnisse von Eric in seiner Tiefe festhielt.

Etwas abseits hatte das Kind eine kleine, schlichte Hütte, aus der es selten hervorkam. Die Hütte war voller kleiner Figuren, die das Kind mit Hingabe aus Holz geschnitzt hatte - Tiere, Menschen, Gestalten, die nur noch schemenhaft zu erkennen waren. Sie standen in Reihen aufgestellt oder lagen unvollendet neben kleinen Holzspänen auf dem Boden, sodass die Hütte wie ein winziger, lebendiger Werkraum wirkte.

Dieser abgeschiedene Bereich war von einem düsteren Fluss umgeben, einem schimmernden Band aus reiner Finsternis, das die Wiese vollständig umschloss und Livia auf geheimnisvolle Weise daran hinderte, das Unterbewusstsein des Wesens zu verlassen.

Der Mann hatte sie stets davor gewarnt, sich dem Fluss zu nähern. »Geh nicht zu dicht heran«, mahnte er sie mit ernster Stimme. »Dieser Fluss trennt uns vom Bewusstsein des Monsters, und er birgt Dinge, die du nicht verstehen kannst.«

Doch nach einer längeren Zeit auf der Insel in Erics Bewusstsein konnte Livia ihrer Neugier nicht widerstehen und ging entgegen der Warnung in Richtung des Flusses. Der dunkle Strom floss bedrohlich und lautlos vor ihr dahin, und als sie am Ufer stand, erfüllte eine eisige Präsenz die Luft.

Erst da erkannte sie, warum Eric sie immer wieder davor gewarnt hatte. Der Fluss war nicht bloß Wasser, sondern ein fließendes, unruhiges Geflecht aus Seelen – all jene, die durch die Hand der Kreatur gestorben waren. Die Seelen huschten wie Schatten durch die Schwärze, und ihre blassen Gesichter und ausgestreckten Hände schienen, wie von tiefer Verzweiflung getrieben, nach Livia zu greifen. Kaum hatte sie das bemerkt, spürte sie, wie kalte Hände nach ihren Beinen griffen und sie unerbittlich in den Fluss zu ziehen versuchten.

Ein Schauer durchlief sie, als die Stimmen der Seelen in einem Chor des Leids erklangen, und sie wusste, dass sie nicht entkommen konnte.

Doch in diesem Moment war Eric da, zog sie mit einem kräftigen Ruck aus der Umklammerung der gequälten Seelen und brachte sie zurück in die Sicherheit der Wiese.

Seit diesem Tag hörte Livia ohne Widerworte auf seine Warnungen. Der Fluss blieb für sie ein stummer, unüberwindbarer Grenzfluss, gefüllt mit den gepeinigten Schatten der Vergangenheit. Das Wissen um seine tödliche Macht ließ sie immer wieder einen Schritt zurückweichen.

Livia verstand nun alles: Die Seelen, die hier

gefangen waren, wurden zu Puppen gemacht, um sicherzustellen, dass sie Eric nicht verraten konnten. Ihnen wurden die Stimmen geraubt, damit sie wie er ein stummes Leben führen mussten. Ohne Stimme, mit wachem Geist, aber ohne Kontrolle über ihr Handeln, waren sie auf ewig verdammt.

Das Monster, das Eric nun geworden war, hatte Veland damals verschont. Livia erinnerte sich an das Bild des alten Mannes, der verstört und kraftlos die Insel verlassen hatte. Sie hatte ihn noch gesehen, wie er sich auf ein kleines Ruderboot schleppte und über das Wasser nach Forste By ruderte. Doch die Geschichte endete nicht mit Velands Flucht. Nach und nach waren immer wieder Menschen auf diese verfluchte Insel gelangt. Keiner von ihnen entkam.
In den letzten fünfhundert Jahren hatte sich der Fluss mit unzähligen Seelen gefüllt – eine endlose Strömung von Stimmen, die zum Schweigen verdammt wurden.

Jeder, der das Geheimnis des Monsters zu entwirren versuchte, wurde getötet, seiner Stimme beraubt. Seine Seele dem Strom übergeben, der die Insel auf der Livia im Unterbewusstsein lebte, wie ein undurchdringlicher, lebloser Wall umgab. So war der Fluss zur ewigen Umklammerung geworden, eine wogende Masse aus Geistern, die wie ein Gefängnis um den Ort kreiste, ohne Ende, ohne Erlösung. Livia wusste, dass diese verlorenen Seelen für immer in den Tiefen gefangen bleiben würden, ihr Schicksal besiegelt wie das von Eric selbst – ein ewiger Kreis von Verrat, Verzweiflung und Stille, der sie alle zu Puppen gemacht hatte.

Die Zeit verging wie im Flug vor Livias Augen, doch jede Sekunde war von einer unerträglichen Intensität durchdrungen. Es fühlte sich an, als würde die Zeit selbst in einem Wirbelwind davongetragen, die Ereignisse überstürzten sich in einem Tempo, das sie kaum begreifen konnte.

Die Menschen, die auf die Insel kamen, verloren ihre Leben im Schatten der finsteren Gestalt Erics. Diejenigen, die die Insel nicht betraten, wurden nicht festgehalten, ihr Schicksal schien in der Luft zu schweben, während die Zeit auf der Insel stillzustehen schien.

Es gab keinen Wechsel der Jahreszeiten, nur die immergleichen Sonnenauf- und Sonnenuntergänge. Alles wirkte so surreal, auch wenn Livia sich schon daran gewöhnt hatte, die herumirrenden Toten zu sehen, die wie verlorene Schatten über die Insel zogen.

Selbst die Momente, in denen die Kreatur bei Flut verschwand, überraschten sie nicht mehr.

Die zyklische Natur dieser Ereignisse hatte eine Art monotone Gewohnheit angenommen, doch inmitten dieser Routine lag eine unheilvolle Spannung, die nie ganz wich.

Gelegentlich erschien Veland am Steg der Insel und brachte neue Menschen oder, wie Livia sie insgeheim nannte, Opfer.

Inzwischen verkörperte Veland für sie den Fährmann, einen mystischen Boten zwischen den Welten. Seit der Verwandlung von Eric war auch Veland ein Teil dieser verfluchten Insel, nicht seiner Stimme beraubt und ungebunden von Erics Macht.

Als würde es ihm gefallen, dachte Livia oft, mit einer Sorge, die ihr Herz schwer machte. Sie konnte nicht aufhören, sich zu fragen, was wirklich hinter seinem ruhigen Äußeren und seiner undurchdringlichen Aura steckte. »Jedes Mal, wenn ich Veland sehe, denke ich, dass er Freude an dem hat, was er hier tut.«

Das Kind trat leise an ihre Seite und nahm ihre Hand, ein zarter Trost in dieser düsteren Welt. »Er hasst es, aber auch er hat eine Aufgabe zu erfüllen, in der Hoffnung, dass es das letzte Mal sein wird.« Seine Worte trugen das Gewicht einer tiefen Verantwortung, und Livia konnte die Tragweite dessen, was er sagte, förmlich spüren. »Veland wurde nicht ohne Grund gerettet, Livia. Du solltest das mittlerweile verstanden haben, ebenso wie die Tatsache, dass die letzten Male anders verliefen.« Seine Augen spiegelten eine Weisheit wider, die weit über sein kindliches Äußeres hinausging. »Wäre Veland nicht hier, würde sich der Kreislauf einfach fortsetzen«, seine Stimme war leise, aber fest. »Ihr würdet allein auf diese Insel kommen, ohne seine Warnungen, und die anderen würden blind den Geräuschen in den Wald folgen. In der ersten Nacht würden alle bis auf dich, deine Freundin Frey und deinen Bruder sterben. Also ja, er hasst es – aber der Kreislauf muss endlich ein Ende finden. Deshalb hat er euch gewarnt, damit ihr vorsichtig seid.«

Seine Worte hallten in Livias Gedanken nach, während sie die schwerwiegenden Implikationen seiner Aussage zu verstehen versuchte.

Plötzlich gesellte sich Eric zu ihnen, seine massige Gestalt strahlte eine düstere Präsenz aus, die Livia bis ins Mark erschütterte.

»Der Tag ist gekommen«, verkündete er, als die Sonne über dem Horizont aufging. Seine Stimme klang wie ein dunkler Fluch, der die Luft durchdrang und eine Gänsehaut auf Livias Haut hinterließ.

»Welchen Tag meinst du?«, ihr verwirrter Blick wanderte zwischen den beiden hin und her, als ob sie verzweifelt nach einer Antwort suchte.

»Den Tag, an dem wir Abschied voneinander nehmen müssen«, antwortete Eric mit einer finsteren Gewissheit, die Livia in den tiefsten Abgrund ihrer Ängste stürzte.

Livias Verwirrung wuchs, doch bis zum späten Nachmittag blieben ihre Fragen unbeantwortet.

Der Anblick, der sich ihr bot, als sie dem Geschehen auf dem Bild folgte, ließ ihre Welt erneut ins Wanken geraten. Die Kreatur, der finstere Eric, verschwand in der Höhle, in der er einst gestorben war. Auf dem blutüberströmten Boden lag eine junge Frau mit rotem Haar, ihr Körper war leblos, und die Szene erweckte schmerzvolle Erinnerungen an vergangene Tragödien. Er sank auf die Knie, sein Herz schien unter der Last des Anblicks zu zerbrechen. Der Schmerz in seinem Geist war unerträglich, eine tiefe, allumfassende Trauer, die Livia das Herz zusammenzog.

Das muss also die reine Seele gewesen sein, von der

Peter gesprochen hatte, dachte sich Livia. Es scheint nur ein Zufall zu sein, aber für einen Augenblick sah sie wirklich aus wie Antonia.

Ein Geräusch ließ den finsteren Eric abrupt aufschauen. Als er sich umdrehte, stand ein alter Mann am Eingang der Höhle, eine düstere Vorahnung lag über seiner Gestalt. Er murmelte etwas Unverständliches, eine Litanei, die in den steinigen Wänden widerhallte.

Dann geschah es: Eine Explosion erschütterte die Höhle, und die Steine begannen herabzufallen, bis der Eingang vollständig versperrt war. Sie waren gefangen in einem Albtraum ohne Ausweg.

»Was geschieht hier?«, die Angst in ihrer Stimme war fast greifbar. Der Hauch des Todes lag in der Luft, und sie spürte, wie er langsam um sie herumgriff. »Warum meintest du, dass wir Abschied nehmen müssen?« Ihre Stimme bebte vor Verzweiflung, sie wollte Antworten, doch sie schienen ihr immer weiter zu entgleiten.

Die beiden tauchten plötzlich neben ihr auf, ihre finsteren Gestalten waren wie Schatten in einer Welt des Wahnsinns.

»Heute werden wir versiegelt«, sagte Eric leise, sein Blick glitt über die verschütteten Überreste der Höhle.

Die Worte trafen Livia wie ein Schlag, und eine unheilvolle Ahnung breitete sich in ihrem Inneren aus. »Wir werden was?«, ihre Stimme war kaum mehr als ein Flüstern, das von der Dunkelheit um sie herum verschluckt zu werden drohte.

Er begann zu lachen, doch es war ein Lachen, das

durch das Unterbewusstsein widerhallte wie ein Echo des nahenden Untergangs. »Nicht wir«, seine Stimme triefte vor Kälte, »sondern das Individuum Eric, oder wie du es nennen willst, und unsere Wenigkeit als Teile von ihm.«

Die Realisierung dessen, was er sagte, traf Livia wie ein Blitzschlag. Sie begriff plötzlich die furchtbare Wahrheit hinter seinen Worten.

Die Kreatur begann verzweifelt, gegen die felsigen Wände zu schlagen, seine Schreie durchdrangen die Dunkelheit, doch es half nichts. Immer wieder hämmerte er mit seinen Fäusten auf den Stein ein, doch die Felsen gaben nicht nach. Er sank schließlich in sich zusammen, seine Kräfte schwanden, und eine tiefe Verzweiflung legte sich über ihn wie ein schwerer Schleier.

»Wir sind dann mal weg« und seine Worte klangen wie ein düsteres Versprechen.

Das Kind winkte ihr zu, sein Blick war voller Bedauern und Trauer und dann, plötzlich, war sie allein auf der Insel in Erics Geist.

Die Stille um sie herum war erdrückend, als ob die Umgebung ihr die Luft zum Atmen rauben würde. Um sie herum, dort wo der Sturm all die Jahre tobte, leuchteten nun die blauen Runen, die an den Wänden aufgemalt waren. Ihr schauriges Licht war das Einzige, das die Dunkelheit am Rande des Unterbewusstseins durchbrach.

Zum ersten Mal seit 500 Jahren war sie wieder allein, und die Einsamkeit legte sich wie ein eiskalter Mantel um ihre Schultern. Ein Schwall von Trauer überkam Livia, und sie erinnerte sich an Peters Worte, als sie ihn im Diner trafen. Er hatte erwähnt, dass die See um diesen Ort ab 1888 wieder befahren werden konnte und dass es 1949 wieder von vorne losging – eine unendliche Schleife aus Leid und Verderben.

Sie lachte in der Stille und Einsamkeit auf, doch es war ein trauriges, bitteres Lachen, das den tiefen Schmerz in ihrem Herzen widerspiegelte.

»Also haben wir das Jahr 1888«, murmelte sie vor sich hin, während die Vergangenheit wie ein ferner Traum vor ihrem inneren Auge verblasste. »Eine sehr lange Zeit ist vergangen«, ihre Stimme brach, als sie auf die Knie sank. Die nächsten 61 Jahre bin ich dann wohl alleine und kann aus diesem Traum auch nicht entfliehen, dachte sie, während sie die Augen schloss. Als sie tief Luft holte und die Augen wieder öffnete, fand sie sich auf der stillen Wiese wieder. Alles war so ruhig, dass es fast unerträglich war. Ihr Blick wanderte zur Bank, auf der das erwachsene Fragment von Eric oft gesessen hatte. Sie setzte sich dort nieder, die Hände fest ineinander verschränkt.

In den folgenden Tagen und Wochen verbrachte sie viel Zeit am Teich, versunken in Gedanken. Sie dachte an ihre Mutter, an die unausgesprochenen Konflikte zwischen ihnen. Auseinandersetzungen, die früher wie unüberwindbare Felsen wirkten, erschienen ihr nun wie kleine Kieselsteine auf einem Weg, den sie nie wirklich zu beschreiten versucht hatte.

Wenn sie es lebend nach Hause schaffen würde, würde sie sich bei ihrer Mutter entschuldigen. Der endlose Kreislauf von Vorwürfen und Streit hatte nichts geändert. Vielleicht war es Zeit, mit Verständnis und Demut zu handeln, anstatt mit Stolz und Trotz.

Auch Ansgar gegenüber verspürte sie Reue. Sie hatte ihn in diese Reise nach Forste By hineingezogen, ohne die Konsequenzen zu bedenken. Die Schuld lastete schwer auf ihr, das Wissen, dass sie ihn in Gefahr gebracht hatte, nahm ihr den Atem. Doch in all der Dunkelheit flackerte ein Funke Hoffnung auf: der Gedanke an den kommenden Sommer, den sie gemeinsam mit Ansgar und Frey verbringen wollte – irgendwo weit weg von allem, in der Sonne.

Und dann war da noch Eric. Ihre Gedanken kreisten unaufhörlich um ihn. Es war keine Liebe, die sie für ihn empfand, sondern eine schmerzhafte Verbindung – ein Verständnis, das Worte nicht greifen konnten. Eric war immer ein Gefangener gewesen: ein Gefangener seines

Hasses, seiner Vergangenheit und seines Schicksals. Doch Livia wusste, dass sie ebenfalls gefangen war – in einem Netz aus Verlust, Schuld und den Schatten von Gards Träsk, das sie langsam erdrückte.

Eines Tages, inmitten dieser Einsamkeit, wanderten ihre Gedanken zu der Hütte, die sie auf der Insel nie betreten hatte. Das Kind hatte so viel Zeit dort verbracht, während sie selbst Antworten bei dem großen Fragment gesucht hatte. Doch jetzt, da sie allein war, wuchs die Neugier. Was hatte das Kind dort getan? Welche Geheimnisse könnten dort verborgen liegen?

Entschlossen machte sie sich auf den Weg. Vor der kleinen Hütte hielt sie inne. Ihre Hand zitterte leicht, als sie sie gegen die alte Holztür legte. »Es tut mir leid«, flüsterte sie, bevor sie die Tür öffnete.

Der Innenraum war schlicht und karg. Holzspäne bedeckten den Boden, und Werkzeuge – Messer, Hobel und andere Schnitzutensilien – lagen verstreut auf einer Werkbank. Zunächst schien es nichts Besonderes zu sein. Doch dann fiel ihr Blick auf den Tisch in der Ecke.

Auf dem Holztisch standen mehrere Reihen von Figuren, fein säuberlich aufgereiht. Als sie nähertrat, hielt sie den Atem an. Es waren Figuren von ihr und ihren Freunden – sechs von jedem. Sie erkannte die Gesichter sofort, trotz der groben Schnitzerei. Doch nicht alle Figuren waren unversehrt. Bei einigen fehlten Arme oder Beine, bei anderen der Kopf oder ganze Teile des Torsos.

»Sechs von jedem«, flüsterte sie, ihre Stimme

war kaum mehr als ein Hauch. Ihr Magen zog sich zusammen. Das war kein Zufall. Sie wusste es. Das Kind hatte diese Figuren geschnitzt – eine für jedes Leben, das in den vergangenen Schleifen verloren gegangen war. Jede fehlende Gliedmaße, jeder Bruch erzählte eine Geschichte, eine grausame Todesursache.

Die Figur, die sie selbst darstellen sollte, hatte einen tiefen Riss durch die Brust. Livia spürte, wie ihr Atem schwerer wurde, und ein pochender Schmerz breitete sich in ihrem Kopf aus. Es war, als würde ihr Geist mit Erinnerungen überflutet, die besser verborgen geblieben wären. Sie taumelte rückwärts, hielt sich den Kopf und stolperte aus der Hütte hinaus.

Draußen erreichte sie die Bank und ließ sich schwer darauf nieder. Sie legte sich hin, die Augen fest geschlossen, und hoffte, dass sie vergessen könnte, was sie gesehen hatte.

Livia wurde von einer plötzlichen Erschütterung aus ihrem Schlaf gerissen. Noch halb benommen lag sie auf der alten Bank, die auf der kleinen, stillen Wiese in Erics Unterbewusstsein stand, als grelle Blitze den Horizont durchzuckten. Der Sturm, der für eine Weile verstummt war, hatte nun erneut seine unbändige Kraft entfesselt, und jeder Donnerstoß ließ den Boden unter ihr vibrieren.

»Aufwachen, Schlafmütze, wir sind wieder da«, sagte Eric mit einem sanften Lächeln, das in der düsteren Umgebung beinahe fehl am Platz wirkte.

Hinter den Blitzen regte sich die Monstrosität wieder, eine bedrohliche Gestalt, die bei jedem Wetterleuchten wie ein dunkler Schatten am Horizont aufstieg und die Stille mit einer drohenden, unerbittlichen Präsenz füllte, als warte sie nur auf ihren Moment des Erwachens.

Livia rappelte sich langsam auf, ihre Gedanken noch benommen und verwirrt von den Ereignissen, die sie gerade aus einem Albtraum gerissen hatten. »Wie ist das möglich? Ihr seid doch erst vor ein paar Wochen gegangen.« Ihre Stimme zitterte, während sie versuchte, die Realität dieser unerklärlichen Situation zu begreifen.

Für sie waren gerade einmal ein paar Wochen vergangen, seit sie allein zurückgeblieben war. Es fühlte sich an, als hätten die beiden sie erst vor einem Augenblick verlassen.

Hinter Eric trat das Kind hervor, seine Konturen verschwommen und flackernd im Licht der Blitze, die den Horizont durchzuckten. »Du solltest doch inzwischen begriffen haben, dass Zeit hier keine lineare Rolle spielt. Oder haben sich die letzten fünfhundert Jahre für dich etwa wirklich wie fünfhundert Jahre angefühlt?«

Die Worte hallten über die Wiese, und Livia spürte, wie ihre Welt kurz ins Wanken geriet. Sie hatte zwar gelernt, die seltsamen Verschiebungen von Zeit und Raum in dieser mysteriösen Existenz zu akzeptieren, aber es fiel ihr immer noch schwer, sich daran zu gewöhnen. Sie fuhr sich durch ihr wirres Haar, die Stirn in Falten gelegt. »Jetzt, wo du es sagst … nein. Aber warum habt ihr dann gesagt, wir würden uns lange nicht sehen?«

Ihr Blick wanderte zwischen den beiden Fragmenten hin und her, auf der Suche nach einer Erklärung. Eric brach in ein herzhaftes Lachen aus, das über die Wiese hallte, nur um vom Sturm verschluckt zu werden. »Weil wir die volle Zeit absitzen mussten«, antwortete er, ein leichtes Schmunzeln auf den Lippen.

»Nur weil wir eigenständige Persönlichkeiten sind, heißt das nicht, dass wir unabhängig voneinander existieren«, sagte das Kind ernst, während es Eric einen kurzen Blick zuwarf. »Wir sind alle Teile desselben Ganzen. Wird der finstere Eric versiegelt, dann trifft dieses Schicksal auch uns. Auch wenn wir nicht dieselben Erinnerungen und Gedanken teilen, so teilen wir doch das gleiche Schicksal.«Eric nickte langsam, sein Blick ernst. »Unsere Wege mögen unterschiedlich sein, aber am Ende sind sie alle miteinander verknüpft. Dieses Band ist unser Fluch – und vielleicht auch das Einzige, was uns noch bleibt.« Ein leichtes Schmunzeln spielte auf seinen Lippen. »Wie geht es dir?«, fragte er sanft und betrachtete dabei Livias müdes, blasses Gesicht. Für einen Moment huschte ein Ausdruck von Sorge über seine Züge, der die Härte in seinen Augen milderte.

Livia öffnete den Mund, um zu antworten, doch ihr Blick fiel auf das Kind, das am Rand der Wiese stand. Es schaute zur Hütte hinüber, wo sie die Figuren gefunden hatte, bevor es sich langsam zu ihr umdrehte. »Du hast es gesehen, oder?«, fragte das Kind leise, seine Stimme war ruhig, aber mit einer Schärfe, die Livia einen kalten Schauer über den Rücken jagte.

Sie nickte, und die Tränen schossen ihr unkontrolliert in die Augen. Schluchzend rang sie nach Atem, ihre Lippen bebten, als die Worte aus ihr hervorbrachen. »Was… was war das?«, stieß sie schließlich hervor, während ihr ganzer Körper zu zittern begann. »Was bedeuten diese Bilder? Ich habe uns gesehen… mich und die anderen. Immer und immer wieder… sterben. Warum? Was ist das für ein Wahnsinn?«

Das Kind schritt langsam auf sie zu, die kleinen Füße hinterließen keine Spuren im feuchten Gras. Es blieb vor ihr stehen, hob seine zarte Hand und strich Livia sanft über die Wange. »Beruhige dich«, sagte es leise, seine Stimme war sanft, aber dennoch unmissverständlich. »Das, was du gesehen hast, sind die letzten Male. Die Schleifen, in denen du uns nicht retten konntest. Jedes Mal war es anders – jedes Mal ein neuer Anfang und ein anderes Ende.«

Livia schnappte nach Luft, als die Worte des Kindes auf sie einwirkten. »Aber warum?«, flüsterte sie unter Tränen. »Warum diese Bilder? Es fühlt sich an, als würden sie mich zerreißen.«

Das Kind seufzte, ein bemerkenswert reifes Geräusch für seine kindliche Gestalt. »Die Figuren, die du gesehen hast, habe ich geschnitzt«, erklärte es. »Aber nicht vorher. Sie sind ein Abbild dessen, was geschehen ist. Ein Andenken an die, die verloren gingen, und an das, was in den Schleifen geschah. Scheinbar haben sie auf dich reagiert, weil sie aus den anderen Loops stammen. Ich weiß es aber auch nicht genau.«

Livia schluchzte leise, während die Worte des Kindes sie weiter trafen.

»Du kannst daran nichts ändern«, fuhr es fort. »Diese Geschichte hat keine feste Form. Sie ändert sich mit jedem Loop, aber der Kern bleibt immer derselbe.« Das Kind legte den Kopf leicht schief und sah sie mit einem traurigen Lächeln an. »Ich weiß, dass es schwer ist, das zu verstehen. Aber du musst akzeptieren, dass nicht alles in deiner Kontrolle liegt. Du bist ein Teil davon, Livia, aber nicht diejenige, die es lenken kann.«

Livia schloss die Augen, ließ die Worte auf sich wirken und versuchte, die Panik in ihrer Brust zu beruhigen. »Und jetzt?«, fragte sie schließlich mit leiser, zitternder Stimme.

Das Kind sah sie noch einen Moment lang an, bevor

es sich abwandte und langsam in Richtung der Hütte ging. »Jetzt musst du lernen zu vergessen – oder damit zu leben. Das ist alles, was ich dir sagen kann.« Es verschwand in der Hütte, und die Tür fiel hinter ihm mit einem leisen Knarren ins Schloss.

Livia blieb zurück, still zitternd, während die Worte des Kindes in ihrem Kopf nachhallten.

Eric, der die ganze Szene beobachtet hatte, trat nun näher. Er setzte sich neben sie auf die Bank, seine Bewegungen leise und bedacht. »Das war jetzt sehr viel auf einmal«, sagte er und warf ihr einen prüfenden Blick zu. »Gibt es noch etwas, was dir auf der Seele liegt?«

Livia zögerte, atmete tief ein und ließ den Blick für einen Moment in die Ferne schweifen, bevor sie schließlich antwortete. »Ich hatte viel Zeit zum Nachdenken… und ich glaube, ich habe einen passenden Namen für den dunklen Eric gefunden.« Sie hielt kurz inne, als müsse sie die Worte erst sortieren, bevor sie sie aussprach. »Wir sollten ihn ‚Den Anchor' nennen«, erklärte sie schließlich mit fester Stimme. »Er trägt diesen Anker immer bei sich, als wäre er ein Teil von ihm geworden. Ich glaube, dieser Anker erinnert ihn ständig daran, wie er durch seine Taten und den Verlust von Antonia so wurde, wie er jetzt ist. Es ist, als sei sein Hass so stark gewesen, dass er diesen Anker zu einer physischen Last gemacht hat – ein Gewicht, das er nicht mehr ablegen kann.« Ihre Stimme wurde leiser, als sie ihn eindringlich ansah, als wollte sie sicherstellen, dass er die Bedeutung ihrer Worte verstand. »Der Anker ist nicht nur eine Erinnerung«, fügte sie hinzu. »Er ist das Symbol seines inneren Schmerzes und seiner Selbstvorwürfe, die ihn immer wieder in die Dunkelheit ziehen. Ich glaube, er trägt ihn wie eine Last, weil er glaubt, es verdient zu haben. Und seine Gesänge… sie klingen wie ein Chor der Verzweiflung, der seine Qual in die Nacht hinausschreit.«

Eric dachte eine Weile über ihre Worte nach. Dann lachte er leise, diesmal jedoch mit einem Anflug von Melancholie.

Livia spürte, wie ihre Wangen rot wurden, peinlich berührt von seiner Reaktion.

»Du hast dir wirklich Mühe gemacht, was?«, murmelte er mit einem sanften Lächeln. »Aber gut, dann nennen wir ihn ‚Den Anchor'.« Sein Tonfall ließ durchscheinen, dass es ihm letztlich egal war, welchen Namen sie dem Ungetüm gaben. Doch sein Blick ruhte einen Moment lang auf ihr, und er schien zu begreifen, dass sie dieses Wesen bewusst nicht mehr ‚Eric' nennen wollte. Es war eine stille, aber bedeutsame Geste, die zeigte, dass sie ihren Eric von diesem Ding trennen und die Erinnerung an ihn bewahren wollte. Ein schwaches Lächeln huschte über sein Gesicht, und er nickte leicht – ein stilles Zeichen dafür, dass er es verstand und dass ihre Bemühung ihm mehr bedeutete, als er zugeben wollte.

Plötzlich wurde die Stille von einer gewaltigen Erschütterung durchbrochen, als der Eingang zur Höhle in einer Explosion freigesprengt wurde. Auf der Leinwand über der kleinen Insel sah Livia die Explosion wie ein gleißendes Licht, das die Dunkelheit durchbrach. Der Sturm am Horizont entfachte daraufhin eine noch mächtigere Gewalt als zuvor, und es war, als sei ein Damm gebrochen, der den Hass des Anchors zurückgehalten, aber nicht besänftigt hatte. Der Sturm tobte mit ungebändigter Wucht, Blitze zuckten durch die Wolken, und Livia konnte die Monstrosität in der Ferne hinter den zuckenden Blitzen aufsteigen sehen. Sie spürte die gewaltige Präsenz wie eine kalte Hand auf ihrer Brust.

Die monströse Gestalt, die in den Tiefen des Unterbewusstseins von Eric ruhte, regte sich und schien darauf zu warten, freigesetzt zu werden – ein wabernder Schatten, der sich formte und bereit war, aus Erics Körper zu brechen und erneut zu dem Anchor zu werden, wie Livia ihn von nun an nennen wollte. Seine wabernde Gestalt erhob sich langsam, und die Luft um ihn herum verzerrte sich in unheilvollen Schwingungen. Trotz seiner schwächeren Gestalt und der begrenzten Sphäre, die ihn umgab, verströmte der Anchor eine bedrohliche Präsenz, die unmissverständlich machte, dass alles, was in seinen schwarzen Dunst geriet, dem Untergang geweiht war. Der Sturm schien ihm neue Macht zu verleihen, und mit jedem Donnerhall zog die Dunkelheit sich näher, während das Wesen, der Anchor in die Welt zurückkehrte.

Die Menschen auf der Insel waren ihrem Schicksal ausgeliefert, gefangen unter der grausamen Herrschaft des Anchors, der sich, getrieben von einem Zorn, wie Livia ihn noch nie zuvor erlebt hatte, durch die Insel bewegte. Die Sphäre seines Einflusses reichte diesmal nur bis zur Küste der Insel und breitete sich nicht wie zuvor bis Forste By aus, doch das genügte. Der

Anchor ging auf die Jagd, und seine Opfer, einer nach dem anderen, wurden zu hilflosen Spielfiguren seines unstillbaren Hasses.

Jeder, den er tötete, wurde zu einer Puppe, die für ihn weiter über die Insel zog, in einem blinden Rausch des Verderbens, um auch die restlichen Lebenden auszulöschen. Die Seelen der Gefallenen wurden an den Körper des Anchors gekettet und zum schwarzen Fluss hinzugefügt, doch diesmal war es anders. Normalerweise fielen die Seelen wie schwere Tropfen in den Strom, ein gequälter Hauch, wenn er ab und an jemanden seinem Gefolge hinzufügte. Aber jetzt, in diesem Moment purer Raserei, glich das Ausmaß einer Sturzflut. Wie Wasserfälle aus Verderben stürzten die Seelen der Getöteten in den Fluss, der sich aufwühlte, brodelnd und schäumend, als ob die Dunkelheit selbst eine neue, grausame Kraft gefunden hätte.

Das Stöhnen und Wimmern der Toten drang an Livias Ohren, ein unablässiger Strom gepeinigter Stimmen, der sie dazu zwang, die Hände fest gegen ihre Ohren zu pressen, doch das Leiden der Seelen hallte trotzdem in ihrem Kopf wider.

In einem wahren Albtraum kehrten auch die Seelen der Vergangenheit zurück. Alle, die vor der Versiegelung dem Anchor zugehörig geworden waren, traten aus ihm hervor, ihre geisterhaften Gestalten mit leeren Blicken und einem gequälten Glanz in den Augen. Sie begannen, die Insel zu durchstreifen, und töteten alles, was ihnen in die Finger kam, das Echo der Schreie, ein Chor der Verzweiflung, der die Insel heimsuchte.

Livia musste mitansehen, wie der Anchor seinem unstillbaren Zorn freien Lauf ließ. Gepeinigt durch die lange Versiegelung, war er nur noch eine Hülle seiner selbst - ein Wesen, das von einem einzigen Verlangen angetrieben wurde: Rache. Der Anchor zog über die Insel, eine bedrohliche, wabernde Gestalt, bis er schließlich vor zwei Männern innehielt.

Livia beobachtete die Situation, ihre Verwirrung und ihr Entsetzen kaum zu verbergen. »Was passiert hier? Warum verhält er sich so?« Ihre Stimme zitterte, und die Verwirrung darin war nicht zu überhören.

»Das ist der alte Beckmann … und dahinter sein Sohn«, sagte Eric leise, und Livia spürte, wie sich etwas in ihr zusammenzog. Doch was sie wirklich stutzig machte, war das Verhalten des Anchors in diesem Moment. Die sonst so kalte, unbarmherzige Gestalt schien für einen Augenblick innezuhalten, seinen Arm leicht zu heben, als wolle er die beiden aufhalten, als wolle er sie zurückhalten, fern vom Abgrund.

Der große Eric brach das Schweigen. »Vielleicht … weil Beckmann seinen Sohn beschützt«, murmelte er, und in seiner Stimme lag etwas, das Livia erschreckte. »Etwas, was wir nie erlebt haben. Wir wurden von unserem eigenen Vater gehasst. Niemand hat uns je beschützt.« Seine Worte hallten schwer in der Luft, und Livia spürte, wie die Sphäre um den Anchor einen Riss bekam, als dieser Moment des stillen Verständnisses die Barriere einen Augenblick bröckeln ließ.

Schließlich stürzte sich Beckmann mit seinem Sohn von der Klippe und verschwand in den Tiefen unter der Insel. Der Anchor hob seinen Arm, als wolle er sie halten, als wolle er sie vor dem Tod bewahren, doch er blieb wie erstarrt stehen, als das Wasser unter ihnen grollend emporschlug und sie verschlang.

Ein kurzer Moment der Stille folgte, schwer und erdrückend, bevor Livia ihn brach. »Was ich noch immer nicht verstehe … warum muss ich all das sehen, seit seiner Geburt bis jetzt? Warum habt ihr mich nicht nach Hause geschickt, als ihr versiegelt wurdet, oder noch weiter davor?« Verzweiflung klang in ihrer Stimme mit, die Worte gequält.

Der große Eric trat auf sie zu, legte eine Hand auf ihre Schulter und sah ihr tief in die Augen. »Du bist hier, um alles zu verstehen«, sagte er leise. »Um das Schicksal deiner Freunde zu sehen. Du bist hier, um zu verstehen, dass Hass nicht immer die Antwort ist – genauso wenig wie Rache.«

Er hielt inne, seine Augen fest auf Livia gerichtet, als wolle er ihren Blick nicht loslassen. »Bis jetzt hattest du keine echte Verbindung zu den Opfern … aber ich glaube, du bist bereit, dich diesen Gefühlen zu stellen.«

Die Zeit verging, und nach dem Vorfall in Forste By kamen immer weniger Menschen in diese abgelegene Region. Die Insel wurde stiller, und auch der Anchor verweilte oft in der Dunkelheit seiner Höhle oder im Wald, umgeben von tiefer, unheimlicher Stille.

Die wenigen Menschen, die dennoch nach Forste By fanden oder trotz der Katastrophe dortgeblieben waren, wurden zu geisterhaften Seelen, die sich in die verlassenen Häuser der Stadt zurückzogen. Hin und wieder brachte Veland vereinzelt neue Menschen auf die Insel, aber das große Morden war vorüber.

Der Anchor zog einsame Kreise, gefangen in seiner ewigen Qual, und manchmal konnte Livia Veland in der Bucht sitzen sehen, wie er scheinbar endlos angelte. Jeden Fisch, den er aus dem Wasser zog, warf er achtlos auf einen Haufen, denn hier brauchte niemand Nahrung. Livia konnte sich ein leises Schmunzeln nicht verkneifen, als sie den Haufen verrottender Fische entdeckte. Deshalb liegen in Forste By also diese Berge von verfallenem Fisch herum, dachte sie bei sich, und langsam begann sie zu verstehen, in welcher Zeit sie sich befand.

Bald würde es so weit sein – nicht mehr lange, und Herr Asgirsson würde ein weiteres Opfer des Anchors werden. Der Gedanke ließ sie traurig und schwer zurück. »Habt ihr jemals versucht, etwas zu ändern? Irgendetwas, das nicht nur Velands Überleben sichert?«, fragte sie schließlich.

Eric seufzte schwer. »Immer wieder haben wir versucht, einzugreifen.« Seine Stimme klang erschöpft. »Aber die Finsternis war undurchdringlich. Nur in dem Moment mit Veland erhielten wir für einen kurzen Augenblick die Kontrolle zurück. Seit unser Körper tot ist, bleibt uns nichts als zuzusehen. Wie du sind wir nur stille Passagiere auf dieser endlosen Reise. Es kostet uns ungeheure Kraft, auch nur einen Moment lang zu handeln. Aber wenn alles so läuft, wie wir es hoffen, könnte es diesmal anders ausgehen. Es gibt noch einen weiteren Moment, auf den wir uns zubewegen – also alles mit der Zeit, Livia.«

Sie saßen zusammen auf der Bank vor dem stillen Teich und schauten auf die Leinwand über ihren

Köpfen, die ihnen zeigte, was der Anchor oder seine Puppen sahen. »Also habt ihr doch einen Plan? Was habt ihr vor?« Livia fragte hoffnungsvoll.

Er lachte leise, doch das Lachen klang hohl und müde. »Es bringt nichts, dir davon zu erzählen. Entweder du schaffst es … oder eben nicht«, sagte Eric. »Wenn du scheiterst, sehen wir uns hier wieder. Auch wenn wir nicht wissen, wie oft wir diesen Kreislauf noch fortsetzen können.«

Das Kind saß auf der Wiese und spielte mit seinen geschnitzten Figuren. »Wir wollen endlich frei sein«, murmelte es, und seine Stimme klang so traurig, dass Livia das Herz schwer wurde.

Eric ging zu ihm, kniete sich nieder und flüsterte ihm etwas Unverständliches zu. Langsam verblasste der kleine Eric, bis er ganz verschwunden war. »Du musst ihn entschuldigen«, sagte Eric, und in seinem Blick lag eine tiefe, unbeschreibliche Traurigkeit. »Nach all dieser Zeit solltest du inzwischen verstehen, wie es uns ergeht …«.

Eric setzte sich wieder, und Livia lehnte sich an seine Schulter. »Was auch immer ihr von mir erwartet … ich werde es schaffen, koste es, was es wolle.«

Eric lächelte leicht, doch sein Lächeln war voller Bitterkeit. »Wir werden sehen, was die Zeit bringt. Im entscheidenden Moment wird sich alles offenbaren.«

Und so geschah, was geschehen musste. Herr Asgirsson wurde vom Anchor in seinen Träumen heimgesucht, als er ungewollt dessen Gebiet betrat. Livia konnte nur hilflos zusehen, wie er starb, doch in diesem Moment entstand eine Brücke.

Im Unterbewusstsein, als die Seele von Herrn Asgirsson in den Fluss fiel, trafen sich ihre Blicke. Plötzlich fand sie sich auf einer spiegelglatten Wasseroberfläche wieder, die sich endlos in alle Richtungen erstreckte. Am Rand der Bucht von Forste By stand Hanna, ihre Silhouette im schwachen Licht sichtbar. Livia versuchte verzweifelt, sich bemerkbar zu machen, doch Hanna reagierte nicht. Einen Augenblick später stürzte eine Welle auf sie ein und spülte sie fort.

Wie aus einer Trance gerissen, taumelte Livia zurück. »Das war Hanna … ich habe Hanna gesehen. Was ist hier los?« Ihre Stimme überschlug sich vor Verwirrung und Angst.

»Traumwandern … oder wie auch immer du es nennen willst«, sagte Eric nachdenklich. »Durch deine Verbindung zu uns und durch das, was mit ihrem Vater geschah, konntest du für einen kurzen Moment das sehen, was der Anchor sah. Auch wenn es nur ein flüchtiger Blick war, nehme ich an.« Er klang selbst unsicher. »Wir sind das erste Mal an diesem Punkt angekommen, daher ist das nur eine Vermutung. Was ich jedoch weiß, ist, dass ihr in ein paar Tagen hier eintreffen werdet. Dann beginnt deine Prüfung, und am Ende werden wir wissen, ob wir es schaffen oder nicht.«

Livia nickte langsam, doch ihr Herz fühlte sich schwer an. Die Trauer in Erics Stimme war unüberhörbar, und die Last seiner unendlichen Qual schien wie ein erdrückender Schatten über ihnen zu liegen.

Die Gruppe stand nun am Hafen von Forste By, Livia konnte ihre Freunde aus der Ferne erkennen, wie sie gerade auf Veland trafen, der sie aufs Schiff geleitete. Als das Schiff näher kam, erkannte Livia nach und nach die vertrauten Gesichter: Hanna, Lars, Ansgar, Frey, Otto und sich selbst. Es war Flut, und wie immer konnte sich der Anchor, die finstere Gestalt Erics, nicht manifestieren.

Livia hatte früh bemerkt, dass sich der Anchor aufzulösen begann, sobald das Wasser die Höhle füllte, in der Eric einst gestorben war. Sie war sich sicher, dass es etwas mit dem Meer zu tun haben musste – vielleicht waren seine Gebeine unter Wasser und das Meer hinderte seine finstere Gestalt daran, sich vollständig zu zeigen. Doch trotz dieses Phänomens war sie unsicher, wie tief die Verbindung wirklich ging.

Auch wenn der Anchor selbst verschwunden war, agierten seine Puppen weiterhin unter seinem Einfluss und zogen, unbeeindruckt von der Flut, über die Insel.

Die Beobachtung hatte Livia einerseits Erleichterung verschafft, da die Flut offenbar die Macht des Anchors einschränkte, doch andererseits ließ sie die Unklarheit über die Ursache und das bleibende Wirken seiner Puppen unruhig zurück.

Livia spürte die Beklemmung in ihrem Herzen, als sie zusah, wie die Gruppe die Insel betrat und in die

Fischerhütte eindrang. Draußen blieb Hanna stehen und durchwühlte ihren Rucksack, offensichtlich suchte sie nach etwas Bestimmtem.

Livia beobachtete sie aufmerksam über die Leinwand und versuchte, sie zu rufen, ihre Stimme durch die Dunkelheit zu schicken, um Hanna zu warnen.

Wie durch ein Wunder hob Hanna den Kopf, schaute hoch und lief in ihre Richtung, doch die Entfernung zwischen ihnen schien sich nicht zu verringern. Es war, als würde jeder ihrer Schritte sie gleichzeitig weiter von Livia entfernen. Hanna zögerte, wollte kehrtmachen, doch Livia rief erneut, in der verzweifelten Hoffnung, sie zu erreichen.

Hanna folgte der Stimme tiefer und tiefer in den Wald, bis sie auf eine Lichtung gelangte. Sie spürte das Unbehagen in ihrem Inneren, als sie in das unbekannte Gewirr des Waldes eindrang. Ich hätte den anderen Bescheid sagen sollen, dachte sie bei sich, als ein weiteres »Hanna« durch die Bäume zu ihr drang und sie dazu brachte, ihren Weg fortzusetzen.

Auf der Lichtung angekommen, stockte ihr der Atem, und Tränen füllten ihre Augen. Mit einem ungläubigen Blick sah sie die Gestalt vor sich und rannte auf sie zu, als könnte sie nicht glauben, was sie sah. Dort stand er, mit offenen Armen, als hätte er die ganze Zeit auf sie gewartet.

Hanna stürzte sich in die Arme ihres Vaters, überwältigt von Emotionen. »Papa … wo hast du nur gesteckt? Ich habe mir solche Sorgen um dich gemacht. Livia und die anderen sind auch hier, um dich zu suchen«, sagte Hanna unter Tränen, während sie ihren Vater fest umklammerte.

In diesem Moment erkannte Livia mit einem eisigen Schauer, dass nicht sie es gewesen war, die Hanna gerufen hatte - es war ihr Vater gewesen. Sie sah durch seine Augen, spürte seine verzweifelte Präsenz. Sie schrie mit aller Kraft: »Hanna, lauf! Hanna, bitte, hör doch!« Doch ihre Rufe schienen in der Stille zu verhallen, ungehört und machtlos.

Eric trat neben sie, sein Gesicht ausdruckslos, aber seine Augen verrieten den tiefen Schmerz, den er fühlte. »Spar dir deine Kraft, wir haben dir gesagt, dass der Tag kommen würde, an dem deine Prüfung beginnt. Also sieh zu und entscheide am Ende, was du tun wirst.«

Hanna, deren Sicht durch Tränen verschwommen war, blickte verwirrt auf ihren Vater. »Papa, was ist denn los? Warum antwortest du mir nicht? Ich bin es doch, Hanna«, doch er, wie alle anderen auf dieser verfluchten Insel seiner Stimme beraubt, blieb stumm. Als Hanna sich die Tränen aus dem Gesicht wischte, war es bereits zu spät.

Bevor sie etwas sagen konnte, bevor sie reagieren konnte, lag sie plötzlich am Boden, ihr Vater über ihr, seine Hände fest um ihren Hals geschlungen. Hanna schlug verzweifelt nach ihm, ihre Finger gruben sich in die kalte Erde. Sie strampelte und kämpfte, doch die Kraft ihres Vaters war unbezwingbar. In seinen glasigen Augen war nichts als Schmerz zu sehen, ein Schmerz, der nur durch die Tränen, die über sein Gesicht rollten, verstärkt wurde. »Papa … ich bin es,

Hanna«, keuchte sie, ihre Stimme kaum noch hörbar, während das Leben aus ihr wich.

Livia musste zusehen, wie ihre Freundin blauer und blauer wurde, bis ein leises Knacken ihre Qual beendete. Livia schrie. Ihr Schrei war ein Ausdruck reinen Entsetzens. Ein Schrei, der die Luft erfüllte, bis sie heiser wurde. Langsam begann sie zu verstehen, was ihre Prüfung wirklich war, worauf alles hinauslief. In ihr wuchs eine Wut, eine Wut, die sie an Eric erinnerte. Aber diese Wut richtete sich nicht gegen den Anchor oder gegen die Umstände, sondern gegen sich selbst. Wut darüber, dass sie in dieser Hölle gefangen war, Wut darüber, dass sie Hanna nicht davon abgehalten hatte, nach Forste By zukommen, Wut darüber, dass sie sich mit Ansgar gestritten hatte, als er ihr von dieser Reise abgeraten hatte. Wut darüber, dass sie mitverantwortlich dafür war, dass sie alle nie wieder nach Hause kommen würden.

Durch Herrn Asgirssons Augen sah Livia Hannas leblosen Körper am Boden liegen, doch dieses Mal war etwas anders. Normalerweise verließen die Puppen den Schauplatz, nachdem sie ein Leben genommen hatten, und der Anchor kam, um sich die Stimme des Toten zu holen, indem er mit seinen klauenartigen Fingern den Kehlkopf herausriss.

Livia wusste das, denn seit sechshundert Jahren lebte sie im Geist von Eric und hatte diese schrecklichen Szenen über die Jahre hinweg immer wieder beobachtet. Mit jedem dieser Vorfälle hatte sie mehr über den finsteren Ablauf erfahren, als wäre sie selbst ein Teil dieses grausamen Rituals.

Doch diesmal blieb Herr Asgirsson stehen, seine Augen glasig, aber in ihnen lag ein Funke Widerstand. Er hob Hanna auf und trug ihren Körper zu den Klippen. Auf wackeligen Beinen näherte er sich dem Abgrund und warf Hanna ins Meer, kurz bevor der Anchor hinter ihm auftauchte. In einem stummen Schrei löste sich Herr Asgirsson auf, seine Seele verschwand in der Dunkelheit.

»Deshalb haben wir sie wohl nie gefunden«, flüsterte Livia unter Tränen.

»Ja, das ist der Grund«, bestätigte Eric mit leiser Stimme. »Dieser Moment erstaunt uns immer wieder. So etwas nennt man wohl wahre Vaterliebe, auch wenn sie etwas zu spät kam«, fügte er hinzu. »Wie geht es dir?«, sein Blick voller Sorge.

»Ich bin wütend, aber nicht wirklich wütend auf den Anchor. Ich bin wütend auf mich selbst, weil ich es so weit hab kommen lassen«, ihre Stimme war gefüllt von Schuldgefühlen.

Eric kniete sich zu ihr, seine Präsenz schwer wie die Dunkelheit um sie herum. »Wir sagten dir, dies würde eine Prüfung sein, Livia. Man kann nicht immer alle retten. Im schlimmsten Fall rettet man niemanden, und die Odyssee setzt sich fort. Komm, wir müssen weiter. Wir sind noch nicht am Ende der Prüfung.«

Und so ging es weiter. Lars war das nächste Opfer. Livia wusste, dass er gestorben war, aber es mit eigenen Augen zu sehen, ließ ihr Herz schwer werden.

Sie sah Frey rennen, sie sah das Messer in der Hand der Puppe, die im nächsten Moment von Ansgar zu Boden getreten wurde. Nach und nach fühlte es sich für Livia an, als würde sie die Morde selbst begehen, so stark wog die Schuld auf ihren Schultern. Sie spürte den Schlag, als hätte sie selbst durch die Scheibe der Fischerhütte geschlagen und versucht, nach Ansgar zu greifen.

Im nächsten Moment sah sie sich selbst, wie sie den Kopf durch die Luke am Boden steckte. In diesem Augenblick ließ die Gestalt von der Hütte ab.

Einen weiteren Moment später fand sie sich im Körper des Anchors wieder, der durch die beleuchteten Gänge der Mine schlurfte. Aus dem Augenwinkel sah sie das Leuchten von Ottos Taschenlampe, doch der Anchor schenkte ihr keine Beachtung und löste sich im nächsten Moment beim Eintreten der Flut in Luft auf.

Für Livia war es ein Wimpernschlag, doch sie wusste, was sich in der Zwischenzeit in der Fischerhütte auf der anderen Seite der Insel abspielte. Aber ihr blieb nichts anderes übrig, als zu warten. Bis in die Nacht hinein passierte nichts, der Anchor und seine Puppen verhielten sich ruhig.

Die Ereignisse der Nacht waren ihr aus Erzählungen bekannt, und so beobachtete sie stumm den Angriff auf Otto und seine anschließende Flucht sowie den Tod von Peter am nächsten Morgen. Nichts davon überraschte sie, nicht einmal, als sie Otto zur Fabrik verfolgte.

Aber eines verstand sie bis heute nicht: »Warum dringen sie nicht in die Fabrik ein? Es sollte ihnen möglich sein. Es war nur ein einfacher Riegel und eine Eisenstange, und selbst am Ende standen vor diesen beiden Türen nur drei weitere Fässer. Also warum?«

»Weil du dort bist, Livia«, sagte Eric plötzlich hinter ihr.

Sie zuckte zusammen, erschrocken von seiner plötzlichen Erscheinung. »Was meinst du, weil ich dort bin?«.

»Ist dir nicht aufgefallen, dass euch nichts passiert ist, wenn du in der Nähe warst? Die Hütte auf der anderen Seite der Insel war so ein Moment ... Sie wussten, dass ihr dort wart, aber sie verfolgten Otto, weil wir nicht wollten, dass dir etwas passiert«, erklärte Eric ernst. »Als ihr auf der Insel ankamt, war ich nicht schnell genug, um sofort die Kontrolle über die Puppen zu erlangen. Es dauert immer eine Weile, selbst wenn ich nur einen Bruchteil der Kontrolle habe – und das auch nur, wenn es dich betrifft.«

Er hielt inne, atmete tief durch. »Ich habe diese geringe Macht über sie nur, um dich am Leben zu halten … zumindest so lange, bis du die Gebeine gefunden hast. Sobald du bei uns bist, kann ich nichts mehr für dich tun.«

Livia sah ihn verwirrt an. »Aber sagtet ihr nicht, dass ihr nichts ausrichten könnt?«

»Ja, das stimmt«, erwiderte Eric und hielt ihren Blick einen Moment lang nachdenklich fest. Er zögerte kurz, dann fügte er leise hinzu: »Aus genau diesem Grund siehst du das Kind auch nicht so oft. Er hält sich zurück und sorgt dafür, dass dieser kleine Funken Macht bestehen bleibt – damit ich dich zumindest ein Stück weit schützen kann.« Er senkte den Blick und schüttelte leicht den Kopf. »Es kostet uns immense Kraft, die Kontrolle zu gewinnen. Manchmal haben wir schlicht nicht die Energie, uns zu manifestieren, und dann sind wir beide … einfach nicht da.«

Livia nickte langsam, während sie seine Worte auf sich wirken ließ. Sie begann zu verstehen, dass jeder Moment, in dem Eric und das Kind bei ihr waren, sie enorme Anstrengung kostete – eine Zerreißprobe in diesem finsteren Unterbewusstsein.

Im nächsten Moment folgte sie den Augen des Anchors über die Leinwand die Fassade hinauf und sah sich selbst. Für einen kurzen, aber einprägsamen Augenblick wich die Dunkelheit aus seinem Inneren, und eine seltsame Ruhe breitete sich aus.

Der tosend laute Sturm, der das Unterbewusstsein stets beherrschte, schien sich plötzlich zu beruhigen, als würde er seine unbändige Wut für einen Moment zügeln. Ein tiefes, ehrfürchtiges Grollen erhob sich aus der Tiefe des Unterbewusstseins, hallte durch die grenzenlose Leere und ließ die Luft erzittern, doch es war kein Zorn darin – nur eine schwere, bedeutungsschwangere Stille.

Alles schien zu warten - als wäre das gesamte Unterbewusstsein in diesem kurzen Augenblick nur auf Livia fokussiert.

»Genau hier wussten wir, dass du uns retten könntest«, sagte Eric mit leiser Hoffnung in der Stimme. »Als er dir in die Augen sah, wurde die Finsternis in seinem Herzen erschüttert.«

»Sieht er in mir etwa Antonia?« Livias Stimme zitterte, als sie die Frage stellte.

Er sah sie an, als wollte er ihr eine komplizierte Wahrheit vermitteln, die kaum in Worte zu fassen war. »Der Anchor, das Kind und ich … wir sind nicht ein und dieselbe Person, auch wenn wir ursprünglich verbunden waren. Keiner von uns weiß, was der andere fühlt oder denkt. Es ist, als wären wir drei verschiedene Seiten derselben Existenz, ohne die Möglichkeit, die Gedanken der anderen zu verstehen.«. Eric hielt inne, sein Blick weich und gleichzeitig schwer von unausgesprochenen Gefühlen. »Aber eines wusste ich immer«, fügte er leise hinzu, »ich habe in dir stets ein Stück meiner Antonia gesehen. Für mich war es eine kleine Erlösung, die letzten sechshundert Jahre mit dir verbracht zu haben – auch wenn unsere Welt hier dunkel und von Leid durchzogen ist.«

Livia spürte, wie ihre Wangen heiß wurden, und sie errötete leicht. Verlegen lächelte sie und sah kurz zu Boden, bevor sie ihm wieder in die Augen blickte. »Ich … ich habe die Zeit mit dir auch genossen«, sagte sie leise. »Auch wenn es oft schmerzhaft war, gab es auch Momente, die ich nicht missen möchte.«

Ein sanftes, bittersüßes Lächeln huschte über Erics Gesicht, und für einen Augenblick schien die unendliche Last seines Daseins ein wenig leichter zu werden. Eric deutete auf den Schornstein in der Ferne. »Gleich ist es so weit«, murmelte er, sein Blick fest auf die flackernde Silhouette gerichtet.

Wie er es vorausgesagt hatte, setzte sich der Anchor in Bewegung. Mit einer beunruhigenden Leichtigkeit schlugen seine Puppen die schwere Tür auf, und im nächsten Moment stand er Ansgar gegenüber.

Livia spürte, wie die Ränder des Unterbewusstseins näher kamen. Die Leinwand, auf der sie all die

Zeit hindurch das Geschehen außerhalb beobachtet hatte, war verschwunden. Sie wollte Eric noch etwas sagen, doch bevor sie die Worte fand, spürte sie, wie der Boden unter ihr nachgab.

Eric sah sie an, und ein sanftes Lächeln spielte auf seinen Lippen, während er sich langsam von ihr entfernte. Seine Gestalt wurde immer kleiner, als würde die Distanz zwischen ihnen unaufhaltsam wachsen.

Neben ihm stand das Kind, das ihr fröhlich zuwinkte, obwohl seine Augen eine tiefe Traurigkeit widerspiegelten. Das Letzte, was Livia hörte, war ein leises »Wir zählen auf dich« - ein Satz, der wie durch die Ewigkeit zu ihr getragen wurde. Plötzlich begann sie zu fallen.

Die Dunkelheit um sie herum wurde dichter, zog sie hinab in eine endlose Tiefe, als ob sie in ein schwarzes, bodenloses Nichts stürzte. Der Fall schien ewig zu dauern, bis sie schließlich in ein stilles, tiefes Wasser eintauchte. Der Ozean um sie war vollkommen ruhig, und sie sank immer weiter, tiefer und tiefer, bis sie das Gefühl hatte, für immer in diesen kalten Tiefen verloren zu sein.

Doch plötzlich spürte sie eine seltsame Kraft, die von unten gegen sie drückte. Das Wasser begann, sie langsam nach oben zu schieben - sanft, aber unerbittlich. Es war, als ob die Tiefen des Ozeans selbst sie zur Oberfläche zurückdrängten. Schließlich schoss sie auf und brach mit einem kräftigen Atemzug durch die Wasseroberfläche. Sie war zurück.

Livia erwachte in den Minen, ihr Körper schmerzte, und ihr Kopf fühlte sich an, als würde er gleich explodieren. Die Dunkelheit der Höhle drückte auf sie ein, und es dauerte einen Moment, bis sie sich sammeln konnte. Überwältigt von den unzähligen Bildern und Informationen, die in ihrem Kopf wirbelten, fühlte sie sich benommen, als hätte sie in einem einzigen Augenblick Jahre des Leids durchlebt. Es schien, als hätte sie nur wenige Minuten hier gelegen, doch die Last, die sie trug, war unerträglich schwer. Sie tastete nach ihrer Stirn und spürte das klebrige Blut, das langsam an ihrem Gesicht herunterlief. Sie wischte es weg und sah auf die Gebeine von Eric, die sie in ihren Armen hielt. Auch auf ihnen war ihr Blut verteilt. So bin ich wohl zurückgekommen, dachte sie, aber es blieb keine Zeit, darüber nachzudenken.

Das letzte Bild, das sie sah, bevor sie aus Erics Geist geworfen wurde, war der Anchor, der vor Ansgar stand, bereit, das letzte Stück ihrer Vergangenheit zu zerstören. Mit Tränen in den Augen und den Gebeinen von Eric fest an sich gedrückt, rannte Livia los. Der Schmerz in ihrem Herzen war überwältigend, und sie wusste, dass es zu spät war. In der Ferne hörte sie das grausame Geschrei des Anchors, das durch die Gänge der Gießerei hallte, und in ihrem Inneren wusste sie, dass es vorbei war.

Livia erreichte die eingestürzte Stelle in der Mine und kletterte hastig hinauf, ihre Hände zitterten vor Angst und Erschöpfung. Als sie durch den Gang in die Haupthalle der Gießerei trat, sah sie ihn: Ansgar lag reglos am Boden, sein Körper seltsam verdreht, als hätte er im letzten Moment noch versucht, sich zu wehren. Livia blieb wie erstarrt stehen, ihr Herz setzte einen Schlag aus, als sie die grausame Realität erkannte.

Ihr Bruder, ihr geliebter Bruder, war tot. Zitternd sank sie auf die Knie neben ihm, ihre Finger fuhren vorsichtig über sein kaltes Gesicht. Die Tränen, die sie zuvor zurückgehalten hatte, brachen nun wie ein Damm hervor, strömten unkontrolliert über ihre Wangen. »Ansgar…«, flüsterte sie, ihre Stimme brach unter der Last der Emotionen. »Warum … warum musste es so enden?« Sie erinnerte sich an all die Momente, die sie mit ihm geteilt hatte, die Erinnerungen fluteten ihren Geist: die kindlichen Streiche, die sie gemeinsam gespielt, die Abende, an denen sie zusammen gelacht und die unzähligen Male, als er sie beschützt hatte. Er war immer für sie da gewesen, immer ihr großer Bruder, ihr Beschützer in einer Welt voller Unsicherheiten. Und jetzt lag er hier, verlassen und leblos, und sie konnte nichts mehr für ihn tun.

»Es tut mir so leid, Ansgar«, schluchzte sie, ihre Hände verkrampften sich um seine, als ob sie ihn durch die bloße Kraft ihrer Liebe wieder zum Leben erwecken könnte. »Ich hätte dich schützen sollen … ich hätte dich retten sollen … ich hätte dich nie überreden sollen, mit an diesen Ort zu kommen. Hätte ich doch nur auf dich gehört.« Doch ihre Worte verhallten in der kalten, düsteren Halle, die Dunkelheit schien sich um sie herum zusammenzuziehen, sie zu erdrücken. Ein tiefes Gefühl von Schuld und Verzweiflung überkam sie.

Sie hatte ihn mit auf diese Reise gezogen, sie hatte ihn nicht davon abgehalten, obwohl sie es hätte tun sollen. Sie hatte ihn enttäuscht, und nun war er fort, unwiederbringlich. Der Schmerz war unerträglich, eine Last, die sie beinahe in den Wahnsinn trieb. Sie beugte sich über ihn, ihre Stirn berührte seine, während sie flüsternd versuchte, sich an seine Stimme, seine Wärme zu erinnern. Doch es war alles fort, unwiederbringlich verloren in der grausamen Realität des Todes.

Die Stille wurde nur vom Hallen ihres eigenen Atems durchbrochen, als sie spürte, wie sich die Dunkelheit um sie herum zusammenzog. Es war, als ob die Welt selbst stehen geblieben war, als ob alles Leben weggesogen wurde, bis nur noch sie und der leblose Körper ihres Bruders übrig waren. Sie wollte nicht aufstehen, sie wollte nicht weggehen. Alles, was sie wollte, war, die Zeit zurückzudrehen, ihn wieder bei sich zu haben, lebendig und warm. Aber sie wusste, dass das unmöglich war.

Ein leises Geräusch hinter ihr riss sie aus ihrer Starre. Sie hob den Kopf, und durch den Schleier ihrer Tränen erkannte sie die dunkle, bedrohliche Gestalt des Anchors, die sich langsam auf sie zubewegte. Der Moment der Trauer wurde von einem plötzlichen

Schauer des Überlebensinstinkts durchbrochen. Sie wusste, dass sie handeln musste, dass sie jetzt stark sein musste, auch wenn es ihr fast unmöglich erschien.

Mit einem letzten, schweren Atemzug stand sie auf und wischte sich die Tränen aus dem Gesicht. Ihre Bewegungen waren schwerfällig, als ob die Schwere des Verlusts sie nach unten zog. Sie würde nicht zulassen, dass Ansgars Tod umsonst gewesen war und mit einem tiefen Schmerz in ihrer Brust trat sie dem Anchor entgegen, ihre Augen voller Trauer.

Der Anchor, verwirrt über ihr plötzliches Handeln, machte einen Schritt zurück, doch seine leeren, weißen Augen blieben auf sie gerichtet.

Livia trat näher und näher auf ihn zu, bis nur noch eine Handbreit Platz zwischen ihnen war. Der Geruch des Todes, der an ihm haftete, war unerträglich, doch sie blieb standhaft. Im nächsten Moment ließ sie die Gebeine von Eric zu Boden fallen und umarmte ihn. Ihre Arme schlangen sich fest um seine riesige, schattenhafte Gestalt. »Es ist vorbei, Eric«, flüsterte sie, ihre Stimme zitternd vor Trauer und Erschöpfung. »Ich vergebe dir. Niemand wird dir jemals wieder etwas antun. Du bist frei.«

Die schwarze Gestalt begann zu zucken, ihr Körper krümmte sich unter einem Ausdruck tiefsten Schmerzes. Schattenfetzen lösten sich von ihm, glitten davon wie Rauch, der vom Wind fortgetragen wird. Nach und nach wurde seine riesige, drohende Gestalt kleiner, die Kanten weicher, bis sie die Form eines Menschen annahm.

Livia ließ ihn los und trat einen Schritt zurück.

Rings um sie brachen die Puppen, die das verfluchte Eiland bevölkert hatten, in sich zusammen, als wäre die Luft aus ihnen entwichen. Wie Marionetten, deren Fäden zerschnitten wurden, sanken sie zu Boden und bewegten sich nicht mehr. All der Schmerz, all der Hass, die Wut und das Leid, die der Anchor über die letzten sechshundert Jahre ertragen hatte, schienen in diesem Augenblick zu verschwinden.

Vor ihr stand nun Eric, zittern und gebrochen, in seiner menschlichen Gestalt, gehüllt in den abgenutzten Leinenstoff, den er trug, als Livia ihm das erste mal begegnet war. Er ließ den schweren Anker, der so lange sein Fluch gewesen war, fallen, und wandte sich vor Schmerzen. Der schleimige Mantel, der ihn umgab, löste sich auf, und der Mann, den sie aus Erics Unterbewusstsein kannte, war endlich wieder da.

»Lang ist es her, Eric«, sagte Livia mit gebrochener Stimme, als sie ihn in die Arme nahm. Tränen flossen ungehindert über ihre Wangen, während sie ihn fest an sich drückte.

»Das stimmt, Livia. Das stimmt«, seine Stimme war schwach, aber ein Hauch von Erleichterung lag darin. Er drückte sie sanft und schaute ihr tief in die Augen.

Livia zögerte einen Moment, dann hob sie ihre Hand und legte sie an seine Wange. »Du verdienst Frieden, Eric. Und … ich hätte mir so gewünscht, dass wir mehr Zeit gehabt hätten.«

Eric neigte leicht den Kopf und schloss für einen Moment die Augen, als wolle er die Wärme ihrer Berührung in sich aufnehmen. »Vielleicht … in einem anderen Leben.« Ohne darüber nachzudenken, stellte sich Livia auf die Zehenspitzen, zog sein Gesicht zu sich und küsste ihn. Es war ein sanfter, zärtlicher Kuss, voller Emotionen, die sie nie ausgesprochen hatte. Für einen kurzen Moment schien die Welt stillzustehen, und Eric erwiderte den Kuss, mit einer bittersüßen Melancholie, die alles ausdrückte, was er nicht mehr sagen konnte.

Als sie sich voneinander lösten, huschte ein schwaches Lächeln über sein Gesicht. »Danke, Livia«, flüsterte er. »Danke, dass du mir Frieden gebracht hast.« Eric bückte sich langsam und nahm seine Gebeine in die Hand. »Lass mich dir noch einmal sagen, dass du es gut gemacht hast, Livia«, sprach er mit einer Stimme, in der Bedauern und Stolz mitschwang.

Er wandte sich zum Becken mit dem glühenden Eisen, warf seine Knochen hinein und sah zu, wie sie langsam versanken. Die Hitze ließ die Knochen knacken, und der Rauch, der emporstieg, schien sich mit dem verbliebenen Schatten zu vereinen. Eric drehte sich wieder zu Livia um, seine Bewegungen wurden schwächer, aber sein Blick hielt sie fest. Langsam ging er auf sie zu, zögernd, als wolle er jeden verbleibenden Moment auskosten. Dann nahm er ihre Hände in seine, hielt sie fest, als wäre dies sein letzter Halt. »Hätte ich gewusst, was passieren würde, als ich dich traf … hätte ich auch tausend Jahre in dieser Hölle ertragen, nur um diesen Augenblick mit dir zu erleben.«

Livia spürte, wie ihre Kehle sich zuschnürte, Tränen liefen über ihr Gesicht. »Eric … ich liebe dich«, flüsterte sie, ihre Stimme brach unter dem Gewicht ihrer Gefühle. »Vielleicht hätten wir eine Chance gehabt, in einer anderen Zeit, an einem anderen Ort. Aber ich werde dich nie vergessen – nie.«

Eric zog sie zu sich und küsste sie ein letztes Mal, tief und innig, voller Liebe und Verzweiflung. Seine Arme schlangen sich fest um sie, und Livia spürte, wie sein Körper begann, zu vibrieren, sich in feinem Dunst aufzulösen, doch er hielt sie so lange, wie er konnte. Es war, als wollte er diesen Moment in die Ewigkeit ausdehnen.

»Du hast mich erlöst, Livia. Und dafür werde ich ewig dankbar sein. Vielleicht sehen wir uns wieder … irgendwo, irgendwann.« Mit diesen Worten verblasste er, und die Dunkelheit, die ihn so lange gefangen gehalten hatte, verschwand endgültig. Die Welt war endlich frei von dem Fluch – aber in ihrem Herzen hallte der Schmerz des Abschieds wider, der Raum für seine Liebe ließ, auch wenn er nicht mehr da war.

Livia ging zurück zu ihrem Bruder, doch sie wusste bereits, was sie vorfinden würde. Ansgar war tot. Auch Frey, die im Büro gelegen hatte, war fort. Keine Spur von Otto. Einen Moment lang wollte Livia nach ihr suchen, aber der Gedanke an einen weiteren leblosen Körper ließ sie innerlich erstarren. Sie hatte keine Kraft mehr. Keine Hoffnung. Frey war fort, und Livia konnte es nicht ertragen, noch jemanden verloren zu sehen. Der Schmerz in ihrem Inneren hatte sie taub gemacht. Es gab nichts mehr, was sie tun konnte. Sie war wirklich allein. Sie verließ die Fabrik, ihre Schritte schwer und unsicher.

Auf den Stufen sah sie, was von Otto übriggeblieben

war, verstreut und zerschmettert. Der Anblick ließ ihren Atem stocken, aber keine Träne kam mehr. Sie war zu erschöpft, zu leer, um noch mehr zu weinen. Am Horizont begann sich der Nebel zu lichten, und die Sphäre des Anchors löste sich auf. Ein Schauer lief Livia über den Rücken, als die eisige Kälte des Winters zurückkehrte und der Schnee wieder auf sie herabfiel. Sie spürte, wie sich die Realität um sie herum veränderte. Die Puppen, die einst mit grausamer Präzision nach den Befehlen des Anchors agiert hatten, begannen zu zerfallen. Ihre starren Körper zerfielen zu Staub, als ob sie nie existiert hätten. Alles, was der Anchor berührt und zu einem Teil seiner schrecklichen Macht gemacht hatte, löste sich in Luft auf, als hätte es nie existiert. Nur die frischen Körper derer, die der Anchor in seinen letzten Momenten getötet hatte, blieben unberührt. Livia verstand, dass sie in der kurzen Zeit, die sie noch lebten, kein Teil des Anchors geworden waren. Sie waren anders, und deshalb blieben sie zurück, während der Rest verging.

Die Wärme, die sie für einen kurzen Moment verspürt hatte, verschwand, und die gnadenlose Kälte des Nordens umhüllte sie erneut. Sie machte sich auf den Weg zur Fischerhütte, ihre Schritte führten sie wie in Trance durch die stille Landschaft. In der Hütte zog sie ihren Mantel an und holte die Signalpistole aus dem Rucksack. Langsam, beinahe mechanisch, ging sie auf den Steg und feuerte die rote Leuchtkugel in den Himmel. In dem Moment, als das Licht in die Dunkelheit aufstieg, durchströmte eine Energie der Reinheit die Insel. Der Himmel über ihr verwandelte sich in ein Spektakel aus Farben und Licht, ein Polarlicht, das größer, heller und prächtiger war als alles, was Livia je gesehen hatte. Der düstere Schleier, der über der Nacht gelegen hatte, verschwand, und der Himmel leuchtete in einem funkelnden Schimmer. Sie spürte ein Kribbeln am ganzen Körper, und ein Gefühl der Erleichterung durchströmte sie. Es war, als ob all die Gefangenen der letzten 600 Jahre endlich frei waren, als ob die Ketten, die sie gebunden hatten, endgültig gesprengt worden waren.

Veland, der das Signal gesehen hatte, kam am Steg an und brachte Livia zurück in den Hafen von Forste By. Als sie dort ankamen, warf er sich vor ihr auf den Boden, seine Stimme war voller Reue. »Bitte verzeih mir, dass ich nichts gesagt habe. All diese Jahrhunderte musste ich auf diesen Tag hinarbeiten und Ruhe bewahren. Bitte denke nicht schlecht von mir.«

Livia reichte ihm die Hand, ihre Augen leer und müde. »Steh auf, Veland. Keiner muss sich hier für irgendwas entschuldigen«, sagte Livia leise, während sie ihm in die Augen sah. »Du und ich … wir sind uns doch so ähnlich. Über all die Zeit hinweg konnte ich genauso wenig ausrichten wie du. Wir waren beide gefangen, unfähig, das Schicksal wirklich zu verändern.«, sagte sie in einem ruhigen, gefassten Ton, der fast gespenstisch wirkte.

Veland erhob sich, seine Hände zitterten, als er in seiner Tasche kramte. »Hier, du sollst ihn haben. Solltest du jemals vom Weg abkommen, bringt er dich sicher dahin, wo du willst. Danke, dass du uns befreit hast, Livia«, sagte Veland mit einer tiefen Verbeugung, bevor auch er verschwand. Livia schaute in ihre Hand und schmunzelte leicht, doch das Lächeln erreichte ihre Augen nicht.

Sie richtete ihre Jacke und machte sich auf den Weg, die Stadt durch den wieder fallenden Schnee zu verlassen. Die Straßen waren leer, und der Wind heulte um die verlassenen Häuser. Livia lief, als wäre sie in Trance, ihre Füße bewegten sich mechanisch, bis sie schließlich am eingeschneiten Auto ankam. Dort brach sie vor Erschöpfung zusammen, die Strapazen der letzten Tage hatten ihren Körper und Geist völlig ausgelaugt. Ihre Sicht verschwamm, und in der Ferne sah sie ein Licht, das langsam näherkam. Mit ihren letzten Kräften streckte sie die Hand aus, doch bevor sie das Licht erreichen konnte, verlor sie das Bewusstsein.

Livia erwachte in einem Krankenhausbett. Das gedämpfte Licht und die leisen Geräusche, die von jenseits des Vorhangs kamen, schienen sie in eine andere Welt zu versetzen. Ihr Kopf fühlte sich schwer an, und ihre Erinnerungen kamen nur stückweise zurück. Die Worte der Ärzte hallten durch die Luft, und sie lauschte gebannt.

»Es ist ein Wunder, dass sie überlebt hat«, sagte eine tiefe Stimme. »Sie und ihre Freunde wurden vor einem Monat als vermisst gemeldet. Hanna Asgirsson und Lars Larsson werden noch vermisst.«

Livia fröstelte, als sie die Worte hörte. Ein … Monat? Wir waren doch nur drei Tage dort … Und vermisst? Nein, das konnte nicht stimmen. Sie wusste, dass Hanna, Lars und die anderen tot waren. Sie waren auf der Insel gestorben, ihre Seelen gefangen, bis sie endlich Erlösung gefunden hatten. Doch die Realität in dieser Welt wollte nicht zu dem passen, was sie erlebt hatte.

Ein paar Tage später stand Livia auf dem Friedhof von Gards Träsk, es war der 19.01.1985. Die Kälte kroch in ihre Knochen, während die schweren Wolken tief über den Gräbern hingen.

Es war Ottos Beerdigung, und die Blicke der Menschen um sie herum waren voller Vorwürfe. Livia spürte den stechenden Schmerz in ihrer Brust, als sie die Verurteilungen spürte, die unausgesprochen in der Luft lagen.

Ottos Mutter trat nach der Zeremonie auf sie zu. Ihr Gesicht war eine Maske aus Trauer und Zorn. »Warum?« Ihre Stimme zitterte vor Verzweiflung. »Warum hast du überlebt und nicht mein Otto? Es ist deine Schuld!«

Die Worte durchdrangen Livia wie Messer, aber sie blieb stumm. Sie konnte die Wahrheit nicht teilen. Niemand würde ihr glauben. Sie war es, die überlebt hatte, und das machte sie in den Augen aller zur Schuldigen.

Alduin besuchte sie oft aus Siste Havn. Er war es gewesen, der sie schließlich aus Forste By geholt hatte. Ein unbestimmtes Gefühl hatte ihn nach dem Lösen des Fluchs dazu getrieben, einfach loszufahren, ohne wirklich zu wissen, warum. Als er sie nach ihrem Krankenhausaufenthalt das erste Mal besuchte, hatte er sich bei ihr entschuldigt. Er hatte ihre Mutter nicht angerufen, wie er es mit Ansgar abgesprochen hatte, als sie nach drei Tagen noch immer nicht zurückgekehrt waren. »Ich wollte nicht noch eine Schuld auf mich laden«, hatte er leise erklärt. Auch er fühlte sich verantwortlich für das, was mit den anderen geschehen war – eine Last, die sie beide schweigend miteinander teilten.

Eine Zeit später, in ihrem Zimmer, während sie ihre Sachen packte, sah sie Ansgar vor der Tür stehen. »Gehst du wirklich?«, fragte er mit ruhiger Stimme. »Ich muss«, antwortete sie, ihre Stimme leise und voller Schmerz. »Ich kann hier nicht bleiben … seit ich wieder hier bin, bekomme ich nur Vorwürfe und böse Blicke. Nicht einmal mit Mama kann ich noch reden. Auch sie gibt mir die Schuld an allem … seit ich zurück bin, hüllt sie sich in Schweigen.«

Sie hielt kurz inne, und ihre Schultern sanken. »Ich wollte nach all dem die Dinge mit ihr wieder in Ordnung bringen, aber das ist jetzt unmöglich.«

»Du bist nicht allein, Livia. Es war nicht deine Schuld.«

Livia schluckte schwer und sah Ansgar an. Die Erinnerung an den Kampf auf der Insel zog wie ein Schatten durch ihre Gedanken, jede Erinnerung schmerzhaft und lebendig. Seit sie zurück in Gards Träsk war, fühlte sie sich wie eine Fremde, geächtet und unter ständiger Beobachtung. Niemand sprach es laut aus, doch die stummen Vorwürfe und die distanzierten Blicke verfolgten sie überall. Selbst Kinder sahen sie mit ängstlichen Augen an, als wäre sie ein böses Omen.

»Wir sind hier bei dir«, sagte Ansgar sanft.

Hinter ihm erschienen auch Otto, Lars und Hanna,

ihre Gesichter vertraut und doch von einer Traurigkeit gezeichnet, die sie nie überwinden würden. Das Gewicht ihrer Blicke, voller Verständnis und Schmerz, lastete auf ihr. Es war zu viel. Sie konnte nicht mehr zurück. »Ich muss gehen«, flüsterte sie, ihre Stimme kaum mehr als ein Hauch.

Hanna trat einen Schritt vor, ihre Augen voller Mitgefühl. »Du musst nicht, Livia. Wir sind frei. Du hast uns befreit.«

Livia biss sich auf die Lippe, spürte das vertraute Brennen der Tränen, die sich in ihren Augen sammelten. Sie schaute Hanna an, doch die Worte blieben ihr im Hals stecken. »Ich habe es nicht einmal geschafft, deiner Mutter in die Augen zu sehen. Wie soll ich hierbleiben? Jeder hier macht mich verantwortlich … selbst meine Mutter schweigt. Ich wollte Frieden finden, aber … alles fühlt sich an, als hätte ich versagt. Ich muss von hier weg, irgendwohin, wo ich … vielleicht neu anfangen kann.«

Lars sprach leise, seine Stimme wie ein sanfter Windstoß. »Es war nicht deine Schuld. Wir wussten, was uns auf der Insel erwartet. Wir haben die Entscheidung getroffen.«

Otto nickte und legte eine Hand auf Lars Schulter, ein stilles Einverständnis. »Du kannst nicht für alles die Verantwortung übernehmen. Wir alle hatten eine Wahl.«

Doch Livia schüttelte nur den Kopf. Die Last ihrer Schuld lag schwer auf ihren Schultern, wie eine ewige Bürde, die sie nicht ablegen konnte. »Aber ich war es, die euch dorthin geführt hat. Und jetzt seid ihr … jetzt seid ihr tot. Ich brauche diesen Neuanfang, weit weg von hier.«

Die Gestalten vor ihr begannen zu verblassen, ihre Stimmen verhallten wie ein leises Flüstern in der Luft. Hannas Blick hielt sich einen Moment länger fest, voller Zuneigung und bedingungslosem Verständnis. »Leb dein Leben, Livia«, flüsterte sie. »Für uns alle.«

Als die Erscheinungen ganz verschwunden waren und der Raum still und leer zurückblieb, blieb Livia regungslos stehen. Es tat weh und doch fühlte sie, dass dies ein Abschied war. Ihre Gedanken wirbelten, ihr Herz schlug schwer in ihrer Brust. Sie wusste, dass sie Gards Träsk verlassen musste, um sich selbst zu finden – um zu leben.

Vielleicht würde sie eines Tages zurückkehren. Doch dieser Tag lag in einer unbestimmten, fernen Zukunft.

»Mit wem hast du geredet?« Freys leise Stimme durchbrach die Stille und ließ Livia zusammenzucken. Sie hatte gar nicht bemerkt, dass Frey hinter ihr stand. Frey hatte eine dünne Jacke übergeworfen, als wäre sie bereit, sofort zu gehen. Ihre Augen musterten Livia mit Sorge.

Livia atmete tief durch, zögerte, bevor sie flüsterte: »Mit niemandem. Lass uns gehen.«

Frey nickte nur und half ihr, die Koffer zu tragen. Gemeinsam trugen sie sie aus Livias Zimmer hinaus. Das vertraute Knarren des Bodens schien lauter als sonst, jedes Geräusch eine Erinnerung an alles, was hier geschehen war.

Unten im Wohnzimmer saß Livias Mutter auf dem

Sofa, regungslos mit dem Rücken zur Tür. Ihre Augen waren auf einen Punkt im leeren Raum gerichtet, und sie wirkte, als würde sie gar nicht wahrnehmen, was um sie herum geschah.

Livia hielt kurz inne, ihre Finger umklammerten den Koffergriff. Ihr Herz schlug schneller. Sie wollte etwas sagen, irgendetwas, das den Bann brechen würde. Sie wollte, dass ihre Mutter reagierte, dass sie sie anflehte zu bleiben oder sie zumindest ansah. »Mama«, begann sie zögerlich, ihre Stimme bebte. »Ich gehe jetzt.«

Keine Reaktion. Ihre Mutter rührte sich nicht, sie saß da wie eine Statue, die Hände gefaltet, den Blick starr geradeaus gerichtet. Kein einziges Wort kam über ihre Lippen, kein einziger Blick fiel auf ihre Tochter.

Livia wollte noch etwas sagen, doch die Worte blieben ihr im Hals stecken. Ein kaltes Stechen breitete sich in ihrer Brust aus, und sie wandte sich schließlich ab.

»Livia…« Frey flüsterte ihren Namen, ihre Stimme voller Mitgefühl. Sie nahm ihr den Koffer ab und trug ihn zur Tür, während Livia ihr folgte.

Draußen vor der Haustür lud Freys Vater die Koffer in den Kofferraum. Der Motor des Wagens lief, und die Scheinwerfer schnitten durch die aufziehende Dämmerung. Doch Livia blieb stehen, die Hand auf dem Türgriff des Autos. Ihr Blick wanderte zurück zum Haus. Ein letzter Funken Hoffnung glomm in ihr auf. Vielleicht würde ihre Mutter jetzt kommen. Vielleicht würde sie die Tür öffnen, sie zurückrufen, sie in die Arme schließen, um Vergebung bitten. Doch die

Tür blieb verschlossen. Kein Licht erschien hinter den Fenstern.

Livia schluckte, unterdrückte eine Träne. Ihren Vater hatte sie im Feuer verloren, ihren geliebten Bruder auf der Insel – und nun auch ihre Mutter, die ihr die Schuld an allem gab.

Frey stellte sich an ihre Seite und legte einen Arm tröstend um Livia, während der Schnee wieder zu fallen begann. »Lass uns gehen«, sagte sie leise.

Livia atmete tief durch, zwang sich, den Blick abzuwenden, und stieg schließlich ins Auto. Sie schloss die Tür hinter sich und richtete ihren Blick starr nach vorne, während das Haus kleiner wurde und schließlich hinter einer Biegung verschwand. Ein Teil von ihr blieb zurück, bei der Familie, die sie verloren hatte. Doch der andere Teil, der stärkere, wollte weiter – und das war es, was jetzt zählte.

Die Reifen des Autos knirschten leise auf dem Schnee, als es durch die Stadt rollte. Livia saß stumm auf der Rückbank, die Hände auf ihrem Schoß gefaltet. Neben ihr schaute Frey aus dem Fenster, doch auch sie schwieg. Es gab nichts mehr zu sagen.

Als sie durch die Straßen von Gards Träsk fuhren, zog die vertraute Kulisse wie ein stummes, verblassendes Gemälde an ihnen vorbei. Sie passierten das Diner, das einst von Herr Aström betrieben wurde. Die Fenster waren dunkel, und das Schild über der Tür nicht länger beleuchtet. Livia erinnerte sich an die Zeiten, als sie dort mit ihrem Bruder und ihren Freunden saß, während sie heiße Schokolade tranken und lachten. Doch diese Tage waren vorbei.

Herr Aström hatte das Diner aufgegeben, und die Stille des Gebäudes schien das Gewicht der verlorenen Vergangenheit zu tragen.

Sie fuhren weiter und passierten den kleinen Laden am Stadtrand. Seit Ottos Tod war kein einziger Kunde mehr über die Schwelle getreten. Livia biss sich auf die Unterlippe, ihre Finger krampften sich um den Saum ihrer Jacke. Ottos Verlust lag wie eine Wunde in der Stadt, die nicht mehr verheilte, … hier gab es nichts mehr.

Frey atmete tief durch, der Klang ihres Atems füllte den stillen Innenraum des Autos. Livia drehte den Kopf leicht zur Seite und beobachtete Frey. Ihr Blick war aus dem Fenster gerichtet, doch sie wirkte abwesend, verloren in ihren Gedanken. Es war dieser Atemzug, der eine Erinnerung in Livia wachrief – eine Erinnerung an Frey, wie sie damals von ihrer Rettung durch Otto erzählt hatte.

Frey hatte kaum Worte dafür gefunden, aber Livia hatte die Bilder dennoch klar vor Augen: der Pausenraum in der Fabrik, dunkel und kalt. Otto hatte Frey unter einem Haufen Arbeitskleidung versteckt. Sie erinnerte sich, wie Frey erzählt hatte, dass Otto ihr mit zitternden Händen die Haare aus dem Gesicht gestrichen und leise geflüstert hatte: »Bleib hier. Bewege dich nicht. Egal, was passiert.«

Frey hatte den Moment beschrieben, als Otto sie zurückließ, um die Kreaturen wegzulocken. Das ferne Stampfen der Wesen und dann das Schweigen – das quälende Schweigen, das sie fast in den Wahnsinn getrieben hatte.

»Ich habe geglaubt, sie finden mich«, hatte Frey leise gesagt, als sie die Erinnerung mit Livia geteilt hatte. »Aber sie sind nie gekommen. Otto hat mich gerettet, indem er sie alle auf sich gezogen hat.« Livia erinnerte sich, wie Frey ihre Tränen zurückgehalten hatte, als sie sagte: »Ansgar und Otto… sie sind als Helden gestorben damit wir eine Chance haben.«

Der Atemzug, den Frey im Auto gemacht hatte, brachte all diese Erinnerungen zurück – und mit ihnen die unerträgliche Schwere des Verlusts. Livia sah wieder starr nach vorne, ihre Finger krampften sich noch fester um den Saum ihrer Jacke.

Das Auto rollte durch die Straße und schließlich weiter stadtauswärts. Die Welt um sie wurde stiller, die Lichter verblassten hinter ihnen, und die Ungewissheit der Zukunft kam näher.

Dann passierten sie das Schild am Straßenrand. Die großen, weißen Buchstaben darauf wirkten im Scheinwerferlicht wie ein abschließendes Urteil: ›Sie verlassen Gards Träsk‹.

Die Sonne brannte heiß auf die staubige Straße, als das alte, klapprige Auto langsam ins Dorf rollte. Livia lehnte sich nach vorne, um durch die Windschutzscheibe zu schauen. Der vertraute Anblick ließ ein leises, warmes Lächeln auf ihrem Gesicht erscheinen. Kleine Lehmhütten reihten sich entlang des Weges, der Dorfplatz war voller Leben, und von irgendwoher wehte der Duft von frisch gebackenem Fladenbrot herüber.

Heute war der 08. Juni 1993 – acht Jahre waren vergangen, seit sie die Ereignisse der Insel hinter sich gelassen hatten. Acht Jahre, in denen Livia und Frey Stück für Stück ihre Leben aus den Trümmern wiederaufgebaut hatten. Nachdem sie Gards Träsk den Rücken gekehrt hatten, fanden sie zusammen mit Freys Vater in Spanien eine neue Heimat. Die kleine Küstenstadt, in der sie sich niederließen, war ein Ort des Friedens geworden – weit weg von der klirrenden Kälte und den bedrückenden Schatten, die Gards Träsk und Forste By überschattet hatten.

Doch Frieden war nichts, was einfach geschah. Es war etwas, das sie sich mühsam erarbeitet hatten, Tag für Tag. Freys Vater hatte ein kleines Restaurant eröffnet, das zu ihrem Zufluchtsort wurde. Hier hatte Livia die Schule abgeschlossen und den Mut gefunden, Medizin zu studieren. Frey, die ebenfalls von der

Vergangenheit gezeichnet war, half ihrem Vater im Restaurant und fand Trost in der Routine des Alltags.

Die Schatten der Vergangenheit waren nie ganz verschwunden. Sie kamen leise, schlichen sich an wie ungebetene Gäste. Es war nicht immer ein Grund erkennbar – manchmal war es nur die Stille, die zu laut wurde. An anderen Tagen war es der feuchte Duft des Regens, der in der Luft hing, oder ein Geräusch, das an das dumpfe, erstickende Gurgeln erinnerte, das sie nie ganz vergessen konnten.

Frey sprach dann wenig. Sie hielt sich im Restaurant auf, ließ ihre Hände arbeiten – Gemüse schneiden, Schalen waschen, Brotteig kneten. Ihr Atem wurde flach, ihre Bewegungen mechanisch, als würde sie versuchen, die Stimmen in ihrem Kopf mit der stumpfen Regelmäßigkeit ihrer Arbeit zu übertönen. Doch manchmal hielt sie inne, die Finger um die Tischkante gekrallt, die Augen fest geschlossen, als müsste sie sich daran festhalten, um nicht von den Erinnerungen fortgerissen zu werden.

Livia dagegen suchte Trost in der Nähe anderer. Sie brauchte Stimmen, Berührungen, ein Lachen, das die Dunkelheit durchbrach. Doch es gab Tage, an denen selbst das nicht reichte. Dann saß sie schweigend da, die Hände im Schoß gefaltet, während sie den Atem anhielt, als könnte sie die Angst so in Schach halten. Und in diesen Momenten war er wieder da – der Nebel von Forste By. Dicht und allgegenwärtig, ein lebendiges Wesen, das sie verschluckte, bis nichts anderes mehr existierte als die Angst.

Nachts gab es jedoch keinen Schutz. In ihren

Träumen fand sich Livia immer wieder in dem Labyrinth wieder, durch das sie einst geirrt war, bevor sie auf die Fragmente von Eric getroffen war. Die dunklen Gänge schienen sich endlos zu winden, und jede Ecke verbarg nur weitere Schatten. Sie rannte, stolperte, suchte verzweifelt einen Ausgang, der nie kam. Das Gefühl, in Erics Seele gefangen zu sein, war so überwältigend, dass es sie oft bis ins Wachsein verfolgte.

Manchmal schreckte sie mitten in der Nacht auf, schweißgebadet, das Herz wie ein Trommelschlag in ihrer Brust. Die Stimmen ihrer verlorenen Freunde – Ansgar, Hanna, Otto, Lars – hallten in ihrem Kopf wider, flüsternd, flehend. Sie klangen so real, dass sie minutenlang brauchte, um zu erkennen, dass sie sicher in ihrem Bett lag und nicht mehr in Forste By war. Doch selbst nach dem Erwachen blieb die Enge in ihrer Brust, das Zittern in ihren Händen, eine schmerzhafte Erinnerung daran, wie nah sie der Dunkelheit gekommen war.

Aber sie hatte die Insel besiegt. Sie hatte das Labyrinth durchquert und überlebt. Forste By existierte nicht mehr – zumindest nicht wirklich. Doch es lebte weiter in ihr, ein Schatten, der sich in den stillen Momenten ihrer Gedanken ausbreitete.

Um ihren inneren Dämonen zu entkommen und einen positiven Beitrag zur Welt zu leisten, hatte Livia nach einem Sinn gesucht. Die Idee, einem kleinen Dorf in Afrika zu helfen, kam ihr, als sie begann, Medizin zu studieren. Sie hatte Frey gefragt, ob sie an ihrer Seite sein würde, und gemeinsam hatten sie beschlossen, dieses Vorhaben in die Tat umzusetzen.

Livia kümmerte sich vor Ort um die Gesundheit der Kinder und Erwachsenen, während Freys Vater, der sie finanziell unterstützte, oft selbst im Dorf war, um für die Menschen zu kochen und die Gemeinschaft zu stärken. Es war ein Ort, der Hoffnung bedeutete – nicht nur für die Dorfbewohner, sondern auch für Livia und Frey selbst, die durch ihre Arbeit ein Stück Frieden fanden.

»Da sind sie wieder«, sagte Frey leise, ihre Stimme klang warm. Sie drehte sich leicht zu Livia um und deutete mit einem Nicken auf die ersten Kinder, die von den Hütten auf sie zugelaufen kamen. Ihre Gesichter strahlten vor Freude, und ihre kleinen Füße wirbelten Staub auf, während sie mit ausgebreiteten Armen auf das Auto zueilten. Kaum hatten sie angehalten, sprangen die Kinder schon aufgeregt um sie herum. »Dada! Dada Livia!« riefen sie, ihre Stimmen voller Begeisterung, während sie versuchten, sie aus dem Auto zu ziehen.

Livia stieg lachend aus, das Herz schwer vor Rührung. Ihre Hand fuhr sanft über die Köpfe der Kinder, die sie umringten, und sie beugte sich zu einem kleinen Mädchen hinunter, das ihr stolz eine frisch gepflückte Blume entgegenhielt. »Asante, Malaika,« sagte Livia mit einem Lächeln, während sie die Blume annahm.

Frey stieg ebenfalls aus, etwas langsamer, doch auch sie wurde von den Kindern herzlich begrüßt. Einige zogen sie am Arm, andere umarmten sie einfach. Frey, die sich immer zurückhaltender zeigte, ließ sich trotzdem von der Wärme der Kinder mitreißen. Ein kleiner Junge griff nach dem Ring, der an ihrer Halskette hing, und sah sie fragend an. Frey lächelte sanft und fuhr mit den Fingern über das Schmuckstück. »Das ist von jemandem, der uns sehr wichtig war«, erklärte sie mit ruhiger Stimme, ohne weiter ins Detail zu gehen.

Eine ältere Frau kam auf sie zu, ihr buntes Kleid schwang bei jedem Schritt. Sie trug einen Korb voller Obst auf dem Kopf und lächelte die beiden Frauen herzlich an. »Karibu tena, Dada Livia na Dada Frey,« begrüßte sie sie, was »Willkommen zurück, große Schwester Livia und große Schwester Frey« bedeutete.

»Asante sana, Mama,« antwortete Livia höflich, während sie die Frau umarmte. Es war ein Ritual geworden, dass sie bei ihrer Ankunft im Dorf zuerst die Ältesten begrüßten, bevor sie sich wieder ihrer Arbeit widmeten.

Die kleine Gruppe bewegte sich langsam zum Dorfplatz, wo einige Frauen in großen Töpfen Maisbrei rührten und Männer frische Ernten aus den Feldern brachten. Auf einer alten Holzbank saß Herr Aström, ein großer, kräftiger Mann mit schneeweißem Haar und einer Kochschürze umgebunden. Er lachte laut und verteilte kleine Beutel mit Essen an einige Kinder, die ihn wie einen Helden behandelten. »Da seid ihr ja endlich!« rief er, als er die beiden Frauen erblickte. »Kommt her, bevor das Essen kalt wird!«

Frey setzte sich neben ihn, während Livia stehen blieb und die Szene beobachtete. Sie ließ den Moment auf sich wirken. Die lachenden Kinder, die geschäftigen Dorfbewohner und das vertraute Gefühl von Gemeinschaft – all das fühlte sich wie ein Stück Heimat an.

»Es ist erstaunlich, was ihr hier aufgebaut habt,« sagte Herr Aström schließlich, während er ein Stück Brot brach und es einem kleinen Mädchen reichte. »Ihr habt diesen Kindern eine Chance gegeben, Livia. Und das ist mehr, als viele in ihrem Leben erreichen.«

Livia lächelte bescheiden und erwiderte: »Ohne dich und Frey hätten wir das nie geschafft.«

»Und trotzdem«, fuhr er fort, »bist du dabei, etwas noch Größeres zu tun.« Sein Blick wanderte zu Livia, und sein Lächeln wurde weicher. »Wie läuft es mit deinem Studium?«

»Gut«, antwortete Livia, ein Hauch von Stolz in ihrer Stimme. »Es ist nicht einfach, die Arbeit hier und das Lernen zu verbinden, aber ich komme voran. Noch ein Jahr, und ich bin Ärztin.«

Herr Aström nickte zustimmend. »Ich bin mir sicher, du wirst eine großartige Ärztin sein. Diese Kinder hier werden sich an dich erinnern – nicht nur als Dada Livia, sondern als die Frau, die wirklich einen Unterschied gemacht hat.«

Später, als die Sonne tiefer sank und das Dorf in ein goldenes Licht tauchte, versammelten sich die Kinder um Livia und Frey. Sie spielten und sangen Lieder, und das Lachen der Kinder hallte durch die warme Luft. Livia beobachtete sie, ihre Gedanken schweiften zurück zu Eric, zu den Geschichten, die er ihr auf der Insel erzählt hatte. Sein Leben, das von Ungerechtigkeit geprägt war, hatte sie inspiriert, dieses Projekt ins Leben zu rufen.

»Jede Seele trägt ihre Lasten«, hatte er ihr gesagt, »und manchmal sind diese Lasten der Grund für schreckliche Taten. Ein Buch sollte nie nach seinem Einband bewertet werden, Livia. Nur wenn wir uns die Mühe machen, die Geschichten hinter den Handlungen zu verstehen, können wir wirklich vergeben.«

Diese Worte hatten sie über die Jahre hinweg begleitet, besonders nach den Ereignissen auf der Insel. Eric hatte sie gelehrt, dass Vergebung der Schlüssel zu Frieden war, sowohl für andere als auch für sich selbst.

»Ich denke, Eric wäre stolz auf dich«, sagte Frey schließlich leise.

Livia blickte nachdenklich in die Ferne. Ihre Augen glänzten. »Auf uns,« korrigierte sie. »Er wäre stolz auf uns alle, und nicht nur er. Auch Ansgar, Hanna, Otto und Lars. Ansgar hätte geliebt, was aus uns geworden ist.«

Frey nickte, schwieg und ließ den Moment für sich wirken.

Es verging noch einige Zeit während sie auf der Bank saßen und die Menschen im Dorf beobachteten. Als die Nacht hereinbrach und die Sterne am Himmel erschienen, brach Frey schließlich die Stille. »Wir haben nach unserem Aufenthalt hier noch eine Woche Urlaub«, sagte sie. »Was hast du vor, Livia? Papa will wohl noch länger hierbleiben.«

Livia grübelte kurz, dann hob sie zögernd die Schultern. »Ich glaube, ich will mir die Pyramiden ansehen«, sagte sie schließlich. Ein sanftes Lächeln huschte über ihr Gesicht. »Es war der Ort, den Ansgar und ich uns ansehen wollten. Und ich glaube, ich bin bereit dazu.« Sie hielt kurz inne, dann fügte sie hinzu: »Danach werde ich wohl die Briefe öffnen, die Mama mir geschickt hat – die ich seit Monaten, seit sie mir wieder schreibt, ungeöffnet zu Hause liegen habe.«

Frey sah sie aufmerksam an, ihre Augen zeigten Verständnis. »Das klingt gut,« sagte sie sanft. »Du verdienst diesen Abschluss.«

Ein Windhauch strich durch die Dunkelheit, und Livia spürte plötzlich etwas – eine Präsenz, vertraut, warm. Ihr Atem stockte, als sie sich umblickte. Für einen Augenblick glaubte sie, eine Silhouette zu sehen, nur wenige Meter entfernt. Sie war vage, flimmernd, wie ein Schatten, der nicht dorthin gehörte.

Dann kam es – ein Flüstern, kaum hörbar. Livia…« Die Stimme war sanft, vertraut, ein Echo aus der Vergangenheit. Ihr Herz setzte einen Schlag aus, während sie sich fassungslos umdrehte. Doch da war nichts.

»Alles okay?« fragte Frey, ihre Stimme besorgt.

Livia nickte langsam, aber die Gänsehaut auf ihren Armen verriet ihre innere Unruhe. »Ja… alles in Ordnung«, sagte sie schließlich, doch ihre Augen suchten weiter die Dunkelheit ab.

Als sie wieder zu den Sternen hochblickte, war das Gefühl immer noch da – dass jemand oder etwas auf sie wartete, irgendwo, in einer Dunkelheit, die sie längst hinter sich gelassen zu haben glaubte.

Liebe Leserinnen und Leser,

am Ende dieser Reise durch die Seiten dieses Buches möchte ich einige besondere Menschen erwähnen, die mich auf meinem Weg begleitet und unterstützt haben.

Zuerst möchte ich meinem Freund Bobby danken, dessen einzigartige und liebenswürdige Persönlichkeit mich dazu inspiriert hat, ihn als Charakter in dieser Geschichte zu verewigen. Seine besondere Art und seine wunderbaren Eigenschaften haben diese Geschichte bereichert und ihr eine menschliche Tiefe verliehen, die ohne ihn nicht möglich gewesen wäre.

Ein besonderer Dank geht auch an meinen Freund Manu, der mich durch die Höhen und Tiefen dieses Schreibprozesses begleitet hat. Als die Schreibblockaden auftraten und Zweifel aufkamen, war er immer an meiner Seite, um mich zu ermutigen und gemeinsam mit mir nach Lösungen zu suchen. Seine unerschütterliche Unterstützung und sein Glaube an mich haben mir geholfen, dieses Buch bis zum Ende zu bringen.

Meiner lieben Frau möchte ich ebenfalls von Herzen danken. Trotz der Herausforderungen, die mit dem Schreiben dieses Buches einhergingen, stand sie immer hinter mir und glaubte an mich. Ihre Liebe, ihre Geduld und ihre Unterstützung haben mir die Kraft gegeben, meinen Traum zu verfolgen und dieses Buch zu vollenden. Ohne sie wäre dieses Buch nicht möglich gewesen.

Ein herzlicher Dank geht auch an meine Schwägerin Jacky, die sich um das Lektorat und alle anderen literarischen Belange gekümmert hat. Ihre professionelle Expertise und ihre kritischen Augen haben dazu beigetragen, dass diese Geschichte ihr volles Potenzial entfalten konnte. Ihre Unterstützung war unverzichtbar und hat einen großen Beitrag zum Gelingen dieses Buches geleistet.

Danke auch an Katha, die das Buch immer wieder durchgesehen hat, als ich selbst den Überblick verloren hatte und für den Text schon fast blind geworden war. Ihre Geduld und ihr scharfer Blick haben das Werk auf eine Weise veredelt, die ohne sie nicht möglich gewesen wäre.

Ein weiterer Dank geht an Yayklay, der mir als Testleser wertvolles Feedback gegeben hat. Seine Perspektiven und Anmerkungen waren eine große Hilfe bei der Ausarbeitung der Geschichte.

Lita möchte ich für ihr ausführliches, 18-seitiges Feedback danken. Ihre detaillierten Rückmeldungen haben mir nicht nur bei der Arbeit geholfen, sondern auch dabei, Schwächen zu erkennen und zu verbessern.

Mein Lieblingsschweizer Stefan hat nicht nur beim Testlesen unterstützt, sondern auch die Karte für das Buch sowie den Anker, der den Titel ziert, für mich entworfen. Seine Kreativität und sein Engagement haben dem Buch einen visuellen Charakter verliehen, der die Geschichte perfekt ergänzt.

Ein weiterer herzlicher Dank geht an Jacqueline, die unermüdlich meine ellenlangen Voicemails abgetippt hat, wenn ich mal wieder eine Schnapsidee hatte. Ohne diese Unterstützung wäre das Buch sicher nicht so weit gekommen, wie es heute ist.

Ein großes Danke geht auch an digismith, der Mann mit mehr Bart als Gesicht – oder auch der Bart mit Gesicht auf TWITCH –, der sich um ein neues Cover gekümmert hat, als mein erstes nicht tauglich für den Druck war. Seine Arbeit hat dem Buch ein würdiges Gesicht gegeben, das ich mir besser nicht hätte vorstellen können.

Ein besonderer Dank gilt auch Skatch, die mir in der finalen Phase bei einem weiteren Lektorat, dem Buchsatz und dem kosmetischen Teil des Buches geholfen hat. Danke, dass du mich gefunden hast und mir deine Hilfe angeboten hast, als ich fast am Verzweifeln war.

Abschließend möchte ich allen anderen danken, die während des Prozesses Werbung gemacht haben – ob sie mich kannten oder nicht. Ihr habt mit eurer Unterstützung dazu beigetragen, diese Geschichte in die Welt hinauszutragen.

Danke an euch alle, dass ihr Teil dieser Geschichte seid und sie mit eurer Präsenz, eurem Glauben und eurer fachlichen Expertise bereichert habt. Möge diese Geschichte euch ebenso viel Freude bringen, wie ihr mir Freude gebracht habt.

## ÜBER DEN AUTOR

Phillip begeistert sich seit seiner Kindheit für Geschichten. Bereits mit neun Jahren begann er, eigene Erzählungen zu schreiben und legte so den Grundstein für seinen großen Traum: eines Tages ein eigenes Buch zu veröffentlichen.

In seiner Freizeit liest Phillip gerne und spielt Dungeons & Dragons, eine Leidenschaft, die seine Begeisterung für das Entwerfen lebendiger und atmosphärischer Welten zusätzlich verstärkt.

**Contentwarnung:**

Dieses Buch enthält Darstellungen von Gewalt, Tod, Blut und sexuellen Übergriffen, einschließlich Vergewaltigung. Diese Inhalte können für einige Leser verstörend sein. Bitte lies das Buch nur, wenn du dich damit wohlfühlst und achte auf deine eigenen Grenzen.